U0140544

Best Time

白 马 时 光

〔元〕赵孟頫『东坡小像』（《行书赤壁赋》局部）

　　画中的苏东坡手持竹杖，眼神平静，从容地注视着前方。这正是那首著名词作《定风波·莫听穿林打叶声》中描绘的苏东坡"竹杖芒鞋轻胜马"的潇洒形象。

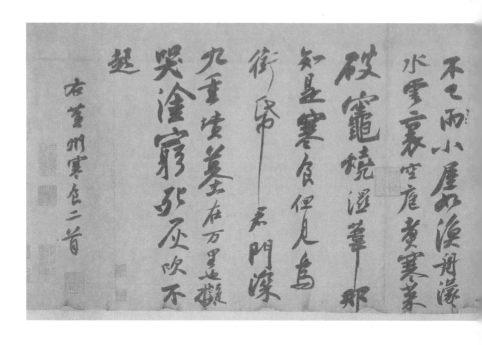

〔北宋〕苏轼《黄州寒食帖》（局部）

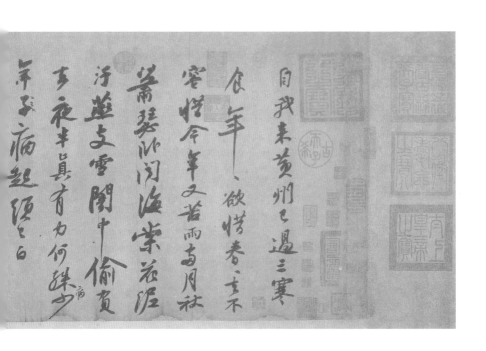

苏东坡不仅写得一手好诗文，在书画方面的造诣也是一流。《黄州寒食帖》为苏东坡被贬黄州期间所作，是书法史上的不朽经典，享有"天下第三行书"的美誉。

该诗作苍凉而多情，抒发了苏东坡彼时怅惘、孤独的心境。通篇书法气势奔放，起伏跌宕，每一笔都涌动着生命的感知与情绪。

壬戌之秋，七月既望，苏子与客泛舟游于赤壁之下。清风徐来，水波不兴。举酒属客，诵明月之诗，歌窈窕之章。少焉，月出于东山之上，徘徊于斗牛之间。白露横江，水光接天。纵一苇之所如，凌万顷之茫然。浩浩乎如冯虚御风，而不知其所止；飘飘乎如遗世独立，羽化而登仙。

于是饮酒乐甚，扣舷而歌之。歌曰："桂棹兮兰桨，击空明兮溯流光。渺渺兮予怀，望美人兮天一方。"客有吹洞箫者，倚歌而和之。其声呜呜然，如怨如慕，如泣如诉；余音袅袅，不绝如缕。舞幽壑之潜蛟，泣孤舟之嫠妇。

苏子愀然，正襟危坐，而问客曰："何为其然也？"客曰："'月明星稀，乌鹊南飞'，此非曹孟德之诗乎？西望夏口，东望武昌，山川相缪，郁乎苍苍，此非孟德之困于周郎者乎？方其破荆州，下江陵，顺流而东也，舳舻千里，旌旗蔽空，酾酒临江，横槊赋诗，固一世之雄也，而今安在哉？况吾与子渔樵于江渚之上，侣鱼虾而友麋鹿，驾一叶之扁舟，举匏樽以相属。寄蜉蝣于天地，渺沧海之一粟。哀吾生之须臾，羡长江之无穷。挟飞仙以遨游，抱明月而长终。知不可乎骤得，托遗响于悲风。"

苏子曰："客亦知夫水与月乎？逝者如斯，而未尝往也；盈虚者如彼，而卒莫消长也。盖将自其变者而观之，则天地曾不能以一瞬；自其不变者而观之，则物与我皆无尽也，而又何羡乎！且夫天地之间，物各有主，苟非吾之所有，虽一毫而莫取。惟江上之清风，与山间之明月，耳得之而为声，目遇之而成色，取之无禁，用之不竭，是造物者之无尽藏也，而吾与子之所共适。"

客喜而笑，洗盏更酌。肴核既尽，杯盘狼籍。相与枕藉乎舟中，不知东方之既白。

［北宋］苏轼《赤壁赋》

"惟江上之清风，与山间之明月，耳得之而为声，目遇之而成色，取之无禁，用之不竭，是造物者之无尽藏也。"

〔明〕仇英《赤壁图》（局部）

画面中，苏东坡与好友乘着一叶扁舟，缓行于江上，饮酒作诗，在茫茫夜色中，畅谈人生与自然的哲思。

　　西园是北宋驸马都尉王诜的宅第花园。元祐元年（1086），王诜曾邀苏东坡、黄庭坚、米芾、秦观、李公麟以及圆通大师等十六位文人名士在此游园聚会，史称"西园雅集"。

　　当其时，一众文人名士聚集于此，挥毫泼墨、吟诗赋词、抚琴唱和，极尽宴游之乐。

〔北宋〕苏轼《枯木怪石图》（局部）

《枯木怪石图》是苏东坡任徐州太守时，曾亲往萧县圣泉寺所创作的一幅纸本墨笔画。画作内容乍看很简单，其实展露出苏东坡很深的笔墨功底和思想内涵。

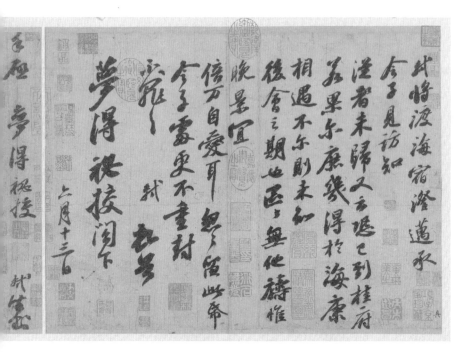

〔北宋〕苏轼《渡海帖》，亦名《致梦得秘校尺牍》

　　此帖书于元符三年（1100）六月，不做过多修饰，而是纯真潇洒、有感而发，为苏东坡晚年时期的书法代表作。是年，65岁的苏东坡原本被贬谪海南，突然被赦免，一时之间归心似箭。渡海前夕，想与故人赵梦得见上一面，但不巧，错失机缘，只能用文字聊表思念，遂成《渡海帖》。

作个闲人

费勇 著

苏东坡的治愈主义

江苏凤凰文艺出版社
JIANGSU PHOENIX LITERATURE AND
ART PUBLISHING

图书在版编目（CIP）数据

作个闲人：苏东坡的治愈主义 / 费勇著 . —— 南京：
江苏凤凰文艺出版社，2022.7（2023.10 重印）
ISBN 978-7-5594-6876-5

Ⅰ . ①作… Ⅱ . ①费… Ⅲ . ①散文集—中国—当代
Ⅳ . ① I267

中国版本图书馆 CIP 数据核字 (2022) 第 094919 号

作个闲人：苏东坡的治愈主义

费勇　著

责任编辑	刘洲原	
特约编辑	柴水水　樊新乐	
装帧设计	棱角视觉 ANGULAR VISION	
责任印制	刘　巍	
出版发行	江苏凤凰文艺出版社	
	南京市中央路 165 号，邮编：210009	
网　址	http://www.jswenyi.com	
印　刷	天津融正印刷有限公司	
开　本	880 毫米 × 1230 毫米 1/32	
印　张	10.25	
字　数	200 千字	
版　次	2022 年 7 月第 1 版	
印　次	2023 年 10 月第 8 次印刷	
书　号	ISBN 978-7-5594-6876-5	
定　价	59.80 元	

江苏凤凰文艺版图书凡印刷、装订错误可随时向承印厂调换

几时归去
作个闲人
对一张琴
一壶酒
一溪云

黄勇2025

序 苏东坡的治愈主义

　　近年来流行"治愈"这个概念，有时也叫"治愈系"，大概太多人需要被治愈。这个概念来自日本，出现在 1999 年前后，起初指的是某个演员能给人一种安静、清爽的感觉，一看到她／他，或者和她／他在一起，虽然不是恋爱，却觉得很自在，觉得被治愈了，有治愈系女人／男人的说法。又指某一类事物，能够安慰悲伤的心灵的动漫叫治愈系动漫，也有治愈系音乐，指的是那种能让人安静下来的音乐，随后慢慢扩展到治愈系风景、治愈系食物、治愈系读物。凡是让我们不再悲伤、不再混乱，能够安静下来的事物，都可以称为"治愈系"。

按照这个标准，苏东坡应该是最具治愈效果的中国人，是一个治愈了所有中国人的中国人。在大量的公众号上，有类似这样的推文——假如你遇到了什么，一句苏东坡的什么话，就能治愈你。用一句现在很流行的话形容就是："人生缘何不快乐，只因未读苏东坡。"

古罗马哲学家西塞罗说："我向你们保证，有一种治疗灵魂的医术。它是哲学，不需要像对身体的疾病那样，要到我们身体以外去寻找它的救助方法。我们一定要用我们的资源和力量，去努力变得能够治疗自己。"西塞罗说我们的灵魂需要哲学的治疗，而身体需要到外面去寻求治疗。而事实上，我们的身体也可以自我治愈，自愈是人体的一种机能。养生即自我治愈。过度依赖外界，我们渐渐遗忘了人的身心都是可以自我治愈的。

林语堂先生在《苏东坡传》里把苏东坡看作人间独一无二的人物：

> 是个秉性难改的乐天派，是悲天悯人的道德家，是黎民百姓的好朋友，是散文作家，是新派的画家，是伟大的书法家，是酿酒的实验者，是工程师，是假道学的反对派，是瑜伽术的修炼者，是佛教徒，是士大夫，是皇帝的秘书，是饮酒成癖者，是心肠慈悲的法官，是政治上的坚持己见者，是月下的漫步者，是诗人，是生性诙谐爱开玩笑的人。可是这些也许还不足以勾勒出苏东坡的全貌。我若说一提到苏东坡，在中国总会引起人亲切敬佩的微笑，也许这话

最能概括苏东坡的一切了。

关键是最后一句：一提到苏东坡，在中国总会引起人亲切敬佩的微笑。苏东坡给人带来快乐。一千年来，苏东坡以快乐的形象治愈了无数中国人，但实际上，苏东坡一生的经历并不是快乐的。他的一生，是自我治愈的一生，甚至在很多时候他都是自己做自己的医生。

苏东坡对于人生的问题，从不回避，总是老老实实去面对，用"作个闲人"这样一种生活方式，一一去化解。我把苏东坡"作个闲人"的生活方式，叫作"治愈主义"。或者说，对于人生的烦恼，苏东坡实践了一种"治愈主义"的解决方案，成就了他生命的丰富和快乐。

苏东坡说，再可怕的事，本身并不可怕，可怕的是没有发生的时候我们的担心和恐惧，一旦真正发生了，也就没有什么可怕了。所以，没有必要胡思乱想，不如安静下来，去经历生命的各种形态，去体验眼前的现实，去用心做好当下的事情，哪怕是很小的一件事。在经历之中，在体验之中，在做事情的过程里，人生的奥秘就会向我们显现，不确定性带来的困扰就会消解。

苏东坡把这种活法叫作"作个闲人"。苏东坡说，谁都可以作一个闲人，只要他愿意运用这三种元素。

第一种元素：一溪云。云是天上的，溪流是地上的，云映照在溪流里。这是自然的元素。苏东坡的一生都在云端看着这个世界。

《水调歌头·明月几时有》第一句："明月几时有？把酒问青天。"这是从云端回望人间。苏东坡的一生也都在地上，热爱花花草草，热爱季节的流转。"水光潋滟晴方好，山色空蒙雨亦奇。"（《饮湖上初晴后雨二首·其二》）"明月如霜，好风如水，清景无限。"（《永遇乐·明月如霜》）"花褪残红青杏小，燕子飞时，绿水人家绕。"（《蝶恋花·春景》）这些句子贯穿了他生命的每一个时刻，使他一生都在自然的场景里。

第二种元素：一壶酒。这是美食元素。对苏东坡而言，喝酒意味着对生活的热爱："持杯遥劝天边月，愿月圆无缺。持杯复更劝花枝，且愿花枝长在、莫离披。持杯月下花前醉，休问荣枯事。此欢能有几人知，对酒逢花不饮、待何时。"（《虞美人·持杯遥劝天边月》）

苏东坡说自己酒量很小，但喜欢"把杯为乐"。他在杭州做通判的时候，一次酒醉写下："人老簪花不自羞，花应羞上老人头。醉归扶路人应笑，十里珠帘半上钩。"（《吉祥寺赏牡丹》）在徐州做知州的时候，也是一次酒醉，写下："醉中走上黄茅冈，满冈乱石如群羊。冈头醉倒石作床，仰看白云天茫茫。歌声落谷秋风长，路人举首东南望，拍手大笑使君狂。"（《登云龙山》）

在黄州的时候，又是一次酒醉，写下"夜饮东坡醒复醉"，然后就"长恨此身非我有，何时忘却营营"。（《临江仙·夜饮东坡醒复醉》）他写渔父喝醉了："渔父醉，蓑衣舞，醉里却寻归路。

轻舟短棹任斜横，醒后不知何处。"（《渔父·渔父醉》）

他的老师欧阳修说，醉翁之意不在酒，在乎山水之间也。对苏东坡来说，醉翁之意不在酒，而在于自我解放，在于忘掉世俗，忘掉自我。苏东坡喝出了一种微醺的境界，酒醉带来的是清醒。他喝了一辈子的酒，越喝越清醒，越喝越快乐，以微醺治愈了世间的一切不快乐。

第三种元素：一张琴。这是艺术元素。苏东坡喜欢古琴，家里藏有唐代的古琴"雷琴"，而且他也是演奏的高手。他还是顶尖的歌词作者，精通音律，开创了豪放派的词风。他对音乐颇有研究，关于音乐和政治、音乐和人心，都有一套自己的看法。当然，他喜欢音乐，更喜欢欣赏音乐。在《听僧昭素琴》里，他称琴声"散我不平气，洗我不和心"。

1100 年 6 月 20 日，已经 65 岁的苏东坡，从海南岛北归中原，晚上渡海的时候，他看到海天一色，觉得从此不必像孔子那样颠沛流离，当理想和现实冲突的时候，就乘着小船浮游在海上。又因波涛声想到《庄子》里讲轩辕帝在洞庭之野演奏《咸池》这首乐曲，听到这首乐曲，就会进入物我两忘的境界，看透得失荣辱。

空余鲁叟乘桴意，粗识轩辕奏乐声。九死南荒吾不恨，兹游奇绝冠平生。（《六月二十日夜渡海》）

虽然在海南岛几乎死去，但我一点也没有怨恨，反而觉得这次经历是我一生中最奇特的。

苏东坡一生大起大落，但在每一个时刻，他都有"一张琴，一壶酒，一溪云"，因而每一个时刻都是闪闪发光的一刻。每一刻里既有"也无风雨也无晴"的平静，也有"大江东去浪淘尽"的豪迈；既有"千钟美酒，一曲满庭芳"的痛快淋漓，也有"天涯何处无芳草"的婉转感伤；既有"世事一场大梦，人生几度秋凉"的悲哀沮丧，也有"门前流水尚能西，休将白发唱黄鸡"的积极奋进。

苏东坡是一个天才型的人物，在他生活的年代，他的名声已经达到巅峰。但是，他的很多烦恼，和我们现在的普通人没有什么两样。他给朋友写过这样一封信，内容大致如下：

> 我有件小事求您打听一下。我想到江浙一个州郡任职，听说浙江四明县明年四月有空缺，尚未定人，请您在朝中打听一下，找找门路，有消息就回个信息。上次找您，您没有很留意。这次求托四明的事，恐不能太久，怕别人也谋取这个职位。到那时，就更加没有希望了。这也许对您有点苛求，但谋职一事，切不可一般地跑跑就想轻易地弄到手。

也许，谁都不会相信这是苏东坡写的信。在另外好几封信里，他絮絮叨叨地讲述自己如何受痔疮的折磨。还有很多信件，像我们现在的父母一样，为子女的前途操心。

苏东坡是一个伟大的文学家、书法家、画家，优秀的政治家，但也是一个平凡的父亲，一个焦虑不安的官员。他从不掩饰自己平凡的一面，从不回避问题。他承认自己无能为力，只好去"作个闲人"，有"一张琴，一壶酒，一溪云"。从"一张琴"上，他找到了生命的旋律；从"一壶酒"中，他享受了生活的美味；从"一溪云"里，他懂得了自然之道。

苏东坡有一次随手写一篇札记，记录了他很平常的一种状态：

> 东坡居士酒醉饭饱，倚于几上。白云左绕，清江右洄，重门洞开，林峦坌入。当是时，若有思而无所思，以受万物之备，惭愧！惭愧！（《书临皋亭》）

连苏东坡那样厉害的人，最后都"知命"，不敢说万物皆备于我，而是让自己"受万物之备"，不敢说自己如何利用万物，而是让万物来利用自己。承认自己的渺小，承认自己不够完美，承认自己无能为力，安于天命，把自己交给大自然，抱着惭愧心，随遇而安，想做的事，尽力去做，喝喝小酒，听听音乐，看看白云，倒也活得快快乐乐。

人生有许多的痛苦与挫折，只能靠我们自己治愈自己，自己拯救自己。人世间多的是锦上添花，很少有雪中送炭，越是在寒冷的冬季，我们越要学会为自己取暖。还好，无论在哪里，总还是可以有"一张琴，一壶酒，一溪云"。在旋律里，在微醺里，在自然里，我们总能找到快乐的源泉，找到平静的源流。还好，即使我们孤单一人，也可以和苏东坡聊聊天，聊聊怎样用"一张琴，一壶酒，一溪云"调动我们的五官，打开我们的心扉，照亮眼前的现实。

目 录

第一章

人生多漂泊，如何安定？

01/ 人生到处知何似？ 002

02/ 我本无家更安往 007

03/ 须信从来错 011

04/ 天涯流落俱可念 015

05/ 十年归梦寄西风 022

06/ 此心安处是吾乡 028

07/ 人生如逆旅，我亦是行人 034

08/ 团团如磨牛，步步踏陈迹 038

09/ 此间有什么歇不得处？ 043

10/ 家在牛栏西复西 050

第二章

人生多冲突，如何进退？

01/ 何时忘却营营？　　058

02/ 两事皆害性，一生恒苦心　　065

03/ 何必择所安，滔滔天下是　　073

04/ 贺下不贺上　　078

05/ 若对青山谈世事，当须举白便浮君　　084

06/ 我亦恋薄禄，因循失归休　　089

07/ 会挽雕弓如满月，西北望，射天狼　　093

08/ 居士，居士，莫忘小桥流水　　097

09/ 不能使其身一日安于朝廷之上　　104

10/ 岛边天外，未老身先退　　110

第三章

人生多风雨，如何平静？

01/ 也无风雨也无晴　　　118

02/ 过眼青钱转手空　　　122

03/ 化工只欲呈新巧，不放闲花得少休　　　128

04/ 日传万纸　　　136

05/ 今日捉将官里去，这回断送老头皮　　　141

06/ 回首尚心惊　　　146

07/ 是处青山可埋骨，他年夜雨独伤神　　　150

08/ 缥缈孤鸿影　　　154

09/ 也拟哭途穷，死灰吹不起　　　158

10/ 此生归路愈茫然　　　162

11/ 岭南万户皆春色，会有幽人客寓公　　　167

12/ 更著短檐高屋帽，东坡何事不违时　　　172

13/ 黄州、惠州、儋州　　　177

第四章

人生多虚无，如何豁达？

01/ 人行犹可复，岁行那可追　　184

02/ 世事一场大梦　　190

03/ 耳得之而为声，目遇之而成色　　194

04/ 开户视之，不见其处　　200

05/ 人生如梦，一尊还酹江月　　205

06/ 谁道人生无再少？　　210

07/ 十年生死两茫茫　　214

08/ 可以寓意于物，而不可以留意于物　　220

第五章　人生多烦恼，如何治愈？

01/ 作个闲人 226

02/ 散我不平气，洗我不和心 232

03/ 欲待曲终寻问取，人不见，数峰青 236

04/ 自谓人间乐事无逾此者 240

05/ 明日黄花蝶也愁 245

06/ 行看花柳动，共享无边春 250

07/ 且尽卢全七碗茶 253

08/ 勿使常医弄疾 259

09/ 诗酒趁年华 264

10/ 明月几时有？ 269

11/ 不识庐山真面目，只缘身在此山中 275

12/ 一张琴，一壶酒，一溪云 280

13/ 适然而已 286

14/ 着力即差 291

跋 295

参考书目 301

苏东坡66年的一生中，先后在眉州（今四川眉山）、汴京（今河南开封）、凤翔、杭州、密州（今山东诸城）、徐州、湖州、黄州、颍州、扬州、定州、惠州、儋州等十余个地方生活过。除了在故乡眉州生活的二十年之外，苏东坡分别在杭州、汴京居住过两次，其他地方很少居住超过四年，说苏东坡一生都在漂泊之中，一点也不夸张。

他年轻时的那句"人生到处知何似"成了他人生的写照。漂泊之中，他抒写了羁旅天涯的动荡不安，也写了动荡不安中的单调重复，更写出了一个想要家的人，却始终身不由己，无法安家的那种痛苦。就像当今的许多人，想要有一个家，却始终无法拥有一套属于自己的房子一样。苏东坡不仅细腻地表达了这些痛苦，更写出了当这种痛苦侵扰时，如何以"此心安处是吾乡"的旷达心态来化解这些痛苦，成就了一种"处处无家处处家"的生活境界。

第一章

人生多漂泊，如何安定？

01/ 人生到处知何似?

　　苏东坡于 1037 年 1 月 8 日出生在眉州（今四川眉山）。他是一个典型的小镇青年，也可以说是农家子弟，而且是偏远地区的小镇青年或农家子弟。他的原籍在河北栾城，但苏家在眉州已经延续了好几代。唐朝时期，有一个叫苏味道的人，到眉州做刺史，在他去世后，他的一个儿子留在了眉州，这个人就是苏家的曾祖。苏家在眉州有田地，也经商，是地方上有一定名望的家族，但一直淡泊名利、勤俭节约，过着与世无争的生活。

　　但到了苏东坡的父辈，平淡的日子发生了变化，苏家子弟有了想出去的念头。就像我们今天一样，一旦我们想要离开家乡去上大学或工作，甚至想出国去留学、移民，这就意味着我们的人生脱离了原来的轨道，走上了一条全新的路。苏东坡的伯父苏涣，在 1024 年考上了进士，是苏家第一个走出眉州的人，当时在整个蜀地都很轰动，也带动了蜀地的年轻人考科举的热情。

苏东坡的父亲苏洵25岁的时候，也决定要通过科举考取功名。虽然科考不是很顺利，但他想要离开眉州的决心一直很坚决。他在一首诗里表达了这样的意思：蜀地虽然富裕，过过小日子还可以，但是，后代在这样的环境里会变得粗鄙愚昧；而河南嵩山一带山清水秀，人文气息浓厚，又是政治中心，是定居的好地方。因为自己科考不顺利，年龄也大了，苏洵就把希望寄托在了两个儿子身上。

也许是受父亲的影响，苏东坡青年时代也有想要离开家乡的意愿。彼时，他有一个朋友要去京城，他写了一首诗为这位朋友送行。诗里勉励他的朋友，生活需要广阔的天地，首先就是要走出去。他还用了一个形象的比喻，山间石溪里的鲤鱼，偶然遇上赤日沸水的天气，而溪流里全部是密密麻麻的石头，找不到可以钻的隙缝，就会陷于窘迫，如涸辙之鲋。所以，一定要跃出小溪，去大江大海，不要做浮沉浅水的群蛙。

1056年3月，苏洵带着苏东坡和苏辙，前往汴京参加开封府试。这是苏东坡一生中第一个重要的节点，在这个节点上，他走出蜀地，开始了士大夫生涯的第一步。苏东坡和父亲、弟弟三个人从蜀地一路奔赴京城，走了两个多月，快到河南渑池的时候，骑的两匹马死掉了，只好换骑一头瘸了腿的驴子。当时奉闲法师在附近一座寺庙当住持，热情接待了他们。苏东坡兄弟在庙里的墙壁上题了诗。第一次离开家乡，旅途中发生的事，会成为一种难忘的记忆。

到了京城以后，他们首先参加了开封府试，均名列前茅。尤其是 1057 年，欧阳修主持的礼部考试，苏家两兄弟同科进士及第，一时之间名扬天下。苏东坡那篇《刑赏忠厚之至论》受到欧阳修的欣赏，一时之间使其进入了权力和文化的核心圈子。1061 年，苏东坡、苏辙兄弟二人参加了制科考试，苏东坡写了《进策》《进论》各二十五篇，最终，苏东坡被取为第三等。制科分五等，第一、二等为虚设，实际上第三等为最高等。苏东坡是北宋有制科考试以来第二个被取为第三等的考生，苏辙入第四等。

1061 年，朝廷任命苏东坡为大理评事，签书凤翔府节度判官厅公事。这是他的第一份工作，是职业生涯的开始。1061 年 11 月，苏东坡去凤翔任职。苏辙为他送行，一直送到郑州。苏东坡继续往前走，又到了渑池，就是四年前他们经过的地方。那个寺庙还在，但奉闲法师已经去世了，遗体葬在寺庙后院的一座塔里面。而四年前他们在墙壁上题的诗，已经看不见了。

到凤翔后，苏东坡收到弟弟寄来的一首诗《怀渑池寄子瞻兄》，马上就和了一首《和子由渑池怀旧》：

> 人生到处知何似？应似飞鸿踏雪泥。
> 泥上偶然留指爪，鸿飞那复计东西。
> 老僧已死成新塔，坏壁无由见旧题。
> 往日崎岖还记否？路长人困蹇驴嘶。

这首诗第一句就出手不凡。"人生到处知何似"，人的一生总是四处漂泊到底像什么呢？苏东坡当时 20 岁出头，只是在眉州和汴京之间有过两次来回，第一次是 1056 年经过渑池那一次，第二次是 1058 年母亲去世回眉州奔丧，然后在 1060 年回到汴京。就是这两次来回，苏东坡却敏锐地感受到了人生的漂泊，好像总是在走来走去。

人的漂泊像什么呢？他创造了一个不同凡响的比喻，"应似飞鸿踏雪泥"，就像飞翔的鸟儿刚踏在雪泥上，然后又飞走了。这是年轻的苏东坡对于人生的第一次描述。鸿，是一种鸟，在季节的流转里飞来飞去。诗经里有一首诗叫《鸿雁》："鸿雁于飞，肃肃其羽。"鸿雁翩翩飞在空中，扇动着翅膀嗖嗖地发出响声。《易经》里有一句话："鸿渐于干。"按次序逐步往前走，后来比喻进入仕途。

"泥上偶然留指爪，鸿飞那复计东西。"鸟儿偶然停留在雪地上，会留下痕迹，然后又飞走了，不知道是往东还是往西。人也是一样，偶然来到了这个地方，停留了一段时间，马上又要离开，不知道会去哪里。

"老僧已死成新塔，坏壁无由见旧题。"老僧，老和尚，就是奉闲法师已经去世了，塔还是新的，说明去世不久。墙壁不知道什么原因坏掉了，以前题写的诗歌也看不到了。

"往日崎岖还记否？路长人困蹇驴嘶。"还记得那次艰难的旅途吗？道路崎岖，人很困乏，跛脚的驴子发出嘶鸣。

首联和颔联写出对于人生的感触，颈联和尾联写出重游旧地的心理感受。好像有点悲观，但细细品味，又暗藏着一丝温暖与豪迈。

为什么会这样呢？

首先，是因为"飞鸿踏雪泥"这个比喻很特别。我们经常用梦来比喻人生，也会用驿站来比喻人生。苏东坡后来的诗词里用过这样的比喻，比如"世事一场大梦""人生如逆旅"等。梦的比喻，给人更多的是虚幻感；驿站的比喻，给人更多的是过客感。飞鸿踏雪泥，是一系列动作，虽然也有虚幻感和过客感，但是又有鸟儿飞翔的动作，还有留下痕迹的意象，冲淡了感伤和悲观。

　　人生的一切努力，一切追索，都浓缩在"飞鸿踏雪泥"这样一个姿态里了。

　　其次，在最后的问句里，苏东坡说，还记不记得从前我们一起走过的崎岖的漫长道路？还记得一路上的艰辛吗？虽然是一个问句，但充满了肯定的意蕴。人生像飞鸿踏雪泥，留下的痕迹都会消失。虽然人生的旅途非常艰难，但是，这一切都成了我们兄弟共同的回忆。我们共同的记忆，消解了人生的艰难。

　　年轻的苏东坡在他事业刚刚起步的时候，在他被认为是少年得志的时候，却体会到了人生的虚无感和漂泊感，好像预示了他一生的经历：一直无法安顿下来，一直在漂泊。同时，他又以飞鸟的形象，暗暗传递了一种向上的力量，并且以记忆以及兄弟之情治愈了这种虚无，流露出一丝温暖。

　　这首诗的微妙之处在于，既有对于前途的感伤，但感伤里又隐隐地有一种豪迈；既有时间的风霜，让人感到寒冷，但寒冷里又有亲情的温暖。悲观和乐观，奇妙地交织在一起，构成了苏东坡式的达观。

02/ 我本无家更安往

下面这首诗显示了苏东坡从 "人生到处知何似"那种青春期的茫然，转向"我本无家更安往"那种聚焦于安家的愿望，也显示了一般中国士大夫所向往的生活。

六月二十七日望湖楼醉书五绝·其一

未成小隐聊中隐，可得长闲胜暂闲。
我本无家更安往，故乡无此好湖山。

这首诗是 1072 年苏东坡刚到杭州做通判时写的。"未成小隐聊中隐，可得长闲胜暂闲。"一直做不到小隐隐于野，也做不到大隐隐于市，没想到到了杭州，可以实现中隐，也算是得到了长久的清闲。"我本无家更安往，故乡无此好湖山。"我本来就已经没有家乡了，能够到哪里去呢？再说，我的故乡眉州也没有这样美好的湖光山色。

这首诗的第一句有一个关键词——隐，隐居的隐，隐逸的隐。中国的士大夫自古以来就有"隐"的情结，这个"隐"到底是什么意思呢？第一层意思，指的是"不事王侯，高尚其事"，出自《易经》里"蛊"卦，一般解释为贤人君子高尚其志节，不肯出仕。更准确的意思是，不去为皇帝官府服务，而专心侍奉自己的父母。我们今天也有人辞掉了工作，回家照顾父母，这个也叫隐。第二层意思，是孔子说的"天下有道则见，无道则隐"，天下政治清明，就出来做官，如果政治黑暗，就不做官。第三层意思，完全否定政治，甚至否定世俗生活，返回到"老死不相往来"的自然生活里。

"隐"这个概念涉及的是人如何对待工作，更确切地说，是人如何对待社会化的活动，也就是如何对待名利。

小隐隐于野，是完全脱离了社会，到自然中去隐居。一般人做不到。大隐隐于市，是身在红尘之中，却能隐藏机锋，清净无为，大智若愚；又或者像禅宗说的那样，在坐立卧行的日常行为里，不着相，不起分别心。这种境界也很难做到。所以，苏东坡说不如"中隐"。这种说法不是苏东坡首创，而是来自白居易。白居易有一首诗叫《中隐》，里面就说大隐要隐在朝廷，太喧嚣了；小隐要躲在深山，太冷清了；不如中隐，去做一个不大不小的地方官。没有多少责任，既不会太忙碌，又不会太空闲；虽然不会大富大贵，却也不会忍受饥寒。

这首诗的第二句，有一个关键词——家。看似表达上有一点矛盾，一方面说自己没有家，另一方面又说自己的故乡没有这样美丽的湖山。其实并不矛盾，就像我们今天考上了大学离开家乡，不打算回去，毕业之后面临着各种选择，不知道最终在哪儿安定下来，一方面有故乡，另一方面确实不知道家在哪里。

苏东坡离开眉州之后，他的父亲想定居在河南，但其父亲显然没有实现这个愿望，他去世之后灵柩被运回到眉州老家。苏东坡先是到了凤翔，但显然没有定居凤翔的打算，他曾以一首诗来表达自己对凤翔与眉州的感受，觉得凤翔远不如自己的家乡眉州美丽。

凤翔八观 东湖（节选）

吾家蜀江上，江水清如蓝。
尔来走尘土，意思殊不堪。
况当岐山下，风物尤可惭。
有山秃如赭，有水浊如泔。

然而，一到杭州，他却说："我本无家更安往，故乡无此好湖山。"苏东坡甚至认为，"前生我已到杭州，到处便如到旧游"，由此可见他对于杭州的喜爱。1074年，苏东坡调任密州知州，第二年的正月十五，他填了一首《蝶恋花·密州上元》，怀念起杭州的繁华。

灯火钱塘三五夜，明月如霜，照见人如画。帐底吹笙香吐麝，此般风味应无价。

寂寞山城人老也，击鼓吹箫，却入农桑社。火冷灯稀霜露下，昏昏雪意云垂野。

很多年后，元祐年间，他又到杭州做知州，写过这样一首诗：

送襄阳从事李友谅归钱塘（节选）

居杭积五岁，自意本杭人。

故山归无家，欲卜西湖邻。

在杭州住了五年多了，自己觉得已经是杭州人了，在故乡眉州其实已经没有家了，想在杭州住下来，和西湖做邻居。

显然，苏东坡很想定居在杭州，但不知道什么原因，这个愿望没有实现，也许只是因为买不起杭州的房子。"我本无家更安往"？故乡眉州已经不打算回去，那到底要在哪里安家呢？想要安定下来，这个念想跟随了苏东坡一辈子。

03/ 须信从来错

　　苏东坡刚到杭州的时候，一下子陶醉在杭州的美丽之中，生发出"我本无家更安往，故乡无此好湖山"这样的感叹，杭州让他想起了家，而家应该在哪里呢？好像不在自己的故乡，因为他不会再回去了，那么有着美好湖山的杭州是家吗？苏东坡没有明说，只是说自己前生就是杭州人。既然前生是杭州人，那道理上杭州就应该是家，来了就是回家，不用走了。

　　但是，身不由己。1074年9月，朝廷任命苏东坡为密州知州，必须离开杭州。就在去密州的前夕，他遇到了杨元素，一个蜀地老乡，一下子激起他对于故乡的想念，甚至觉得自己当年离开眉州，是一个错误的决定。

　　从"我本无家更安往"到"须信从来错"，虽然都是漂泊感，但内涵发生了变化，已经不仅仅是总在旅途的那种不安定感，而是对于自己的人生道路产生了疑惑。假如当初一直留在自己的故乡，会怎么样呢？

杨绘，字元素，所以也叫杨元素。这个人的名和字印证了孔子说过的一句话：绘事后素。先有白色的底子，也就是先要有良好的质地，才有绘画，才能画出好的画。

后来苏东坡在常州又遇杨绘，是旅途中的擦肩而过，留下了一首词：

醉落魄·席上呈元素

> 分携如昨。人生到处萍漂泊。偶然相聚还离索。多病多愁，须信从来错。
> 尊前一笑休辞却。天涯同是伤沦落。故山犹负平生约。西望峨嵋，长羡归飞鹤。

"分携如昨"，分携，即分别。不久前我还在汴京，因为要去杭州做通判，于是和包括杨绘在内的朋友们一起饮酒告别，这些事好像发生在昨天。想不到现在我又要去密州，而你杨绘却要去杭州。

"人生到处萍漂泊"，人的一生到处走来走去，像浮萍一样漂泊。"偶然相聚还离索"，偶然遇到了，马上又要分开。"多病多愁，须信从来错"，这样为了当官，到处浮游，多病多愁，实在得不偿失，应该是从一开始就错了，一开始我们就不应该离开故乡。但已经错了，又能怎么样呢？"尊前一笑休辞却"，就不要推辞喝酒取乐了。

"天涯同是伤沦落"，我们两个都沦落在异乡。"故山犹负平生约"，回归故乡的约定，至今不能践约。"西望峨嵋，长羡归飞鹤"，向西望着故乡峨眉山，期盼着能够回去。丁令威这样成仙的人，还会回到故乡，何况我们呢？

在写这首词之前，苏东坡和杨绘在杭州还有过一次聚会，他写下一首《南乡子·和杨元素时移守密州》，里面说："何日功成名遂了，还乡，醉笑陪公三万场。"什么时候功成名就了，我们一起回到故乡，我要陪你大醉三万场。

故乡眉州，仍然是苏东坡可以归去的寄托。但这首词最耐人寻味的不是这种天涯沦落思故乡的情怀，而是暗暗隐藏着一种怀疑，"多病多愁，须信从来错"。是不是一开始就错了？还记不记得年轻时的苏东坡，勉励朋友和自己不要安于故乡这个小地方，而是要到外面去，到京城去，到舞台的中央去……但现在，他开始怀疑当初的选择是不是错了。

这种怀疑，其实早已出现。1066年，苏洵去世，苏东坡护送父亲的灵柩回眉州，路过泗州的龟山，1071年苏东坡从京城去杭州途中，再次路过了泗州的龟山。一晃五年过去了，苏东坡写了一首《龟山》，首联"我生飘荡去何求，再过龟山岁五周"，我这一生要飘荡到哪儿去呢？再次经过龟山，已经五年过去了。颔联"身行万里半天下，僧卧一庵初白头"，这五年我在眉州和汴京之间来回奔波，几乎走遍半个中国，而庙里的师父安安静静在庙里，头发开始白了。

黄庭坚读到这一句,认为"初白头"是笔误,应该是"初日头",这样才能和上一句的"半天下"对仗。有人就去问苏东坡本人,苏东坡回答他写的是"初白头",但要是黄庭坚非要改作"初日头",那也无可奈何。不管是"初日头",还是"初白头",和"身行万里半天下"都形成了对比,前者是静态中时间流逝,后者是动态中时间流逝。"初日头",天天晒太阳。和尚就是待在同一个庙里,每天就是晒晒太阳,打打坐,而苏东坡为了谋求事业,到处奔波。这样的对比之中,隐隐地藏着一个问题:到底谁过得更好呢?

延伸开来,有人一直待在眉州,安安稳稳过小日子,有人一直在外面努力奋斗获取功名,谁比谁更幸福呢?有人一辈子待在一个单位,做同一种工作,有人不断跳槽,不断换工作,到底谁比谁幸福呢?往往是围城里的人想要出来,围城外的人想要进去。漂泊的人羡慕安定的人岁月静好,而安定的人又羡慕漂泊的人生活多姿多彩。

在"人生到处萍漂泊"的感叹中,苏东坡对于自己所走的道路产生了怀疑。是不是走错路了?后来苏辙在一首诗中把苏东坡的"须信从来错"表达得更加清晰:"目断家山空记路,手披禅册渐忘情。功名久已知前错,婚嫁犹须毕此生。"(《次韵子瞻与安节夜坐三首》)大意是故乡已经回不去了,只能靠参禅来缓解痛苦的情绪,走上了一条追求功名的不归路,这是一个错误的选择。

因为觉得一开始就错了,就更加强化了漂泊的感觉,不知道自己的家到底在哪里,不知道自己到底应该在哪里安定下来。

04/ 天涯流落俱可念

《寓居定惠院之东杂花满山有海棠一株土人不知贵也》，是一首诗的题目，名字很长，但把这首诗的背景讲清楚了。1080 年苏东坡刚到黄州，借住在定惠院，东边的山上开满了野花，居然有一株海棠花，而当地人并不知道海棠花有多高贵。透过这首诗我们可以感受到，之前苏东坡对杨绘感叹的"同是天涯伤沦落"，不过是泛泛的人生感叹，到了黄州，在这株海棠花的意象上，苏东坡才真正写出了天涯沦落的哀痛。

一株高贵的海棠，本来是蜀地的名花，却不知道什么原因，流落在了偏僻的黄州，仿佛就是苏东坡自己的写照。苏东坡到黄州，是从高处一下子跌落到了底层。

苏东坡是一个少年得志的人。1057 年，22 岁的苏东坡参加欧阳修主持的礼部考试，以一篇《刑赏忠厚之至论》获得主考官欧阳修的赏识，和弟弟苏辙同科进士及第。《刑赏忠厚之至论》是苏东坡的成名之作，当时的主考官欧阳修对这篇文章赞不绝口，他在写给梅圣俞的信中说："读轼（苏东坡）书，不觉汗出。快哉！快哉！老夫当避此人，放出一头地也。可喜！可喜！"（欧阳修《与梅圣俞》）那种发现人才的喜悦之情跃然纸上。他还对人说："更三十年，无人道着我也。"大意是再过三十年，因为有苏东坡，不会有人再提到他了。要知道，欧阳修当时不仅是文坛领袖，还是政坛大佬，能得到他的垂青，为苏东坡今后的仕途发展打下了坚实的基础。

殿试的时候，仁宗皇帝主持策问，对于苏氏兄弟的回答非常满意，回去后兴奋地对皇后说："我今天为子孙找到了两个太平宰相。"这是皇帝对于他们的期许。可以说，苏东坡在参加第一次进士考试时已经名满天下，但后来的仕途一波三折。因为政见不同，虽然得不到神宗皇帝的重用，但他一直被认为是举足轻重的人物，而且他的诗词文章享有盛誉，在欧阳修之后，理所当然地被认为是当时的文坛领袖。

谁料，1079 年 7 月的一天，在湖州，一切戛然而止，苏东坡从名满天下、前途无量的臣子，瞬间成为罪犯，受尽羞辱。他在京城的监狱被关押了几个月之后被贬至黄州。1080 年 2 月，苏东坡初到黄州，虽然名义上还是团练副使，但实际上不能行使职权，属于被监管居住。

刚到黄州，他堂兄的儿子去看望他，他说自己害怕见人，已经变得很迟钝，问起从前眉州的故交，差不多有一半已不在人世了。又说自己"永夜思家在何处"，漫漫长夜里，思念自己家乡，却不知道自己的家在哪里。从前在杭州，苏东坡说"我本无家更安往"，紧接着是"故乡无此好湖山"，故乡没有杭州这样的秀美湖山。而现在在黄州，他说完"永夜思家在何处"之后，接着说"梦断酒醒山雨绝，笑看饥鼠上灯檠"，梦醒了，酒醒了，山中的雨也停了，看着饥饿的老鼠爬上了灯架，觉得有点可笑。我们可以细细体味一下其心态的深刻变化。

如果说在杭州的"我本无家更安往"，淡淡感伤里更多的是对于未来的憧憬，那么在黄州的"永夜思家在何处"，是一种对于未来不抱任何希望的痛楚。

苏东坡刚到黄州写给朋友的信中说：

我借住在庙里，随着和尚吃素，过得还可以。除了感谢这次变故中帮助我的人，以及反省自己的过错，心灰意冷，不愿意和人说什么，也不愿意去交往。你问我每天干什么，我就是到村里的另一个寺庙里洗澡，去山里寻找溪水钓鱼，或者到山谷里去采药，自己娱乐自己。

"借住在庙里"，这个庙就是定惠院。有一次，他在定惠院的东边山坡上，发现了一株海棠花，这是蜀地的花，居然在这样的地方遇到了！苏东坡为这株海棠写了一首诗：

寓居定惠院之东杂花满山有海棠一株土人不知贵也

江城地瘴蕃草木，只有名花苦幽独。

嫣然一笑竹篱间，桃李漫山总粗俗。

也知造物有深意，故遣佳人在空谷。

自然富贵出天姿，不待金盘荐华屋。

朱唇得酒晕生脸，翠袖卷纱红映肉。

林深雾暗晓光迟，日暖风轻春睡足。

雨中有泪亦凄怆，月下无人更清淑。

先生食饱无一事，散步逍遥自扪腹。

不问人家与僧舍，拄杖敲门看修竹。

忽逢绝艳照衰朽，叹息无言揩病目。

陋邦何处得此花，无乃好事移西蜀？

寸根千里不易致，衔子飞来定鸿鹄。

天涯流落俱可念，为饮一樽歌此曲。

明朝酒醒还独来，雪落纷纷那忍触。

诗的前半部分，把海棠花比喻为一个美人，写了她的各种情态。黄州在长江边，很潮湿，各种草木特别繁盛，但海棠花很少见。偶然有一株在竹林间，像一个美人嫣然一笑，让边上的花花草草，都显得粗俗。一定是上天有什么想法，特意让海棠长在了这个空旷的山谷。海棠天生丽质，不需要华美的房子或贵重的盘子来衬托。

海棠花的美，好像美女酒后双颊微红，卷起衣袖红纱映现出如雪的肌肤。树林里浓雾弥漫，阳光透进来，有暗淡的光，海棠又仿佛是和风暖日中刚刚睡醒的美女。当风雨来袭，海棠又好像是含泪的佳人，神情凄婉。月光下，空无一人，海棠更显得清秀美好。

诗的后半部分，写自己和海棠花的相遇。经历了一场巨大的变故，被贬至黄州的苏东坡，一方面非常痛苦，甚至还有点惊恐，害怕再被抓住什么把柄；另一方面，因为没有什么工作，每天吃饱了饭，就自己摸着肚皮散步，逍遥自在。

"先生食饱无一事，散步逍遥自扪腹。"巨大痛苦之后，是平静。以前总觉得自己的主张如何高明，总希望皇帝还有其他人能够采纳自己的主张。以前从杭州调动到密州，也会感伤，以为是天涯沦落。现在真的沦落了，真的掉到了社会的最底层，连温饱都成了问题。这个时候，从前的一切，都成了烟云，只要能吃饱饭，就心满意足了。生活变得很简单。失去了名利，好像也失去了压力，这样也挺好。

拄着杖走在路上，不管遇到别人家的院子，还是寺庙，都要敲门进去，只是为了看看修长挺拔的竹子。竹林间，长满了各种野草野花，突然有一朵绝色的海棠花，映照着衰老的自己。这么高贵的花，却流落到这样僻陋的地方，苏东坡不禁叹息，泪水模糊了双眼。海棠生长在蜀地的西部，难道是有什么好事的人，把她带到了这里吗？黄州和蜀地相距几千里，大概是鸿雁衔了种子带来的吧。

"天涯沦落俱可念，为饮一樽歌此曲。"这朵海棠花和苏东坡一样，都从蜀地流落到黄州，都很可怜，不如一起喝一杯酒。"明朝酒醒还独来，雪落纷纷那忍触。" 等到明天酒醒了，还要一个人再来，大雪纷纷里，柔美的海棠正经受着严寒，哪忍心去触摸呢？

"先生食饱无一事，散步逍遥自扪腹。"因为遇到海棠，激发了内心的最痛，是无法言说的痛，是"明朝酒醒还独来，雪落纷纷那忍触"。

苏东坡很喜欢这首写海棠的诗，认为是其平生少有的"得意之作"，经常抄写后送给朋友。孤独中的苏东坡，不愿意和人来往，却和海棠建立了一种深刻的联结。后来的《寒食诗》，也就是有名的《黄州寒食帖》里，也写到海棠。1084 年，苏东坡即将离开黄州，写过一首《海棠》：

东风袅袅泛崇光，香雾空蒙月转廊。
只恐夜深花睡去，故烧高烛照红妆。

夜深了，担心海棠睡去，居然烧着蜡烛，一夜照着海棠。对于海棠的深情，可见一斑。据说苏东坡即将离开黄州时，当地的朋友宴饮送别，席上有一个叫李琪的歌妓，请苏东坡为她写一首诗，苏东坡提笔写了第一句：

东坡五载黄州住，何事无言及李琪？

然后，就和别人聊天喝酒。当李琪忍不住提醒他，还有下一句时，他提笔写下：

却似西川杜工部，海棠虽好不吟诗。

杜甫很喜欢海棠，喜欢到什么程度呢？从来没有为海棠写过一首诗，因为太喜欢了，反而默默埋在心里。苏东坡这首诗属于应景的游戏之作，但随手写出了一种深爱，因为深爱，所以不敢提起，就像海棠之于杜甫。其实，表达的仍是自己对海棠的一往情深。

05/ 十年归梦寄西风

　　苏东坡的父亲有一个梦想，是在河南安家。但苏东坡喜欢上了江南，喜欢上了宜兴。早在 1057 年，一起考中进士的宜兴人蒋之奇，在宴会上和苏东坡同桌，向苏东坡讲起自己家乡的山水之美，听得苏东坡很神往，相约以后退休了一起去宜兴居住。

　　1071 年到 1074 年间，苏东坡在杭州做通判，多次去过宜兴。宜兴是苏东坡计划退休后定居的首选之地。据说早在 1074 年，苏东坡就在宜兴买过田。在一首诗里，他甚至在脑海里想象出自己在宜兴做田舍翁，招待朋友的画面。

　　但不久，突然发生了"乌台诗案"，退隐宜兴已经不太可能。1079 年 12 月 29 日，朝廷做出最终判决，苏东坡被贬谪黄州。1080 年 2 月，苏东坡到达黄州，这一年他已经 45 岁，在古代，算是步入老年。他不知道会在黄州待多久，但已经做好了安居黄州的打算。他甚至计划过，买一个园子，让苏辙一家也搬到黄州。他还计划买田，也实实在在地开垦过荒地，开垦出了东坡，还修筑了"东坡雪堂"。但这些计划后来大多落空了。1083年，侍妾王朝云为其诞下儿子苏遁。一家人已经融入黄州的生活，孩子讲的都是当地的土话。

1084年，当新的任命传来，应该出乎苏东坡的意料。这一年的正月，神宗亲手写下手札："苏轼黜居思咎，阅岁滋深；人才实难，不忍终弃。"下诏把苏东坡改授为汝州团练副使，本州安置，不得签书公事。这个任命从表面看是平调，但并没有改变原有的处分，只是改派到离京城更近的一个地方。但由皇帝亲自下诏，又有不同寻常的意义，意味着苏东坡的政治道路上又出现了曙光。

刚刚想在黄州安定下来，却又因皇帝的新任命要去汝州。苏东坡的心情，就像《满庭芳·归去来兮》写的那样："归去来兮，吾归何处？万里家在岷峨。百年强半，来日苦无多。"要回去了，但我能够回哪儿去呢？故乡眉州在万里之外，我年过半百，未来的日子已经不多了。到底哪里是家？再次成为一个疑问。1084年，在去河南的途中，他游览了庐山，又到金陵（今江苏南京）拜访王安石，起过在金陵买地定居的念头。但最终，他还是决定在宜兴定居。他去宜兴买了田，这件事记录在《楚颂帖》里：

吾来阳羡（宜兴），船入荆溪，意思豁然。如惬平生之欲，逝将归老，殆是前缘。王逸少云，我卒当以乐死，殆非虚言。
吾性好种植，能手自接果木，尤好栽橘。阳羡在洞庭上，
柑橘栽至易得。当买一小园，种柑橘三百本。屈原作《橘颂》，
吾园落成，当作一亭，名只曰楚颂。元丰七年十月二日。

看来，他喜欢宜兴，只是因为那里的山水很美，可以实现对美好生活的向往，好像是前世有缘。然后，他引用了王羲之（王逸少）的话：我最后一定要在快乐之中死去。苏东坡说这句话不是虚言，他的意思是自己可以在宜兴快乐到死。他说自己喜欢种植，尤其喜欢种橘树。宜兴在洞庭上，很容易种柑橘。他计划买一个小园，种柑橘三百株。因为屈原写过《橘颂》，所以，园子建成后，要在里面建一个小亭子，就叫楚颂亭。

元代书法家赵孟頫，在这幅书法上有一个题跋："东坡公欲买田种橘于荆溪上，然志竟不遂，岂造物者当有所靳耶！而楚颂一帖传之后世为不朽，则又非造物有所能靳也。"大意是，苏东坡想在荆溪上买田种橘，最终却不能实现，难道是造物者不肯给予吗？而《楚颂帖》传到后世，是不朽之作，难道又是造物主所能控制的？

但很可惜，这幅不朽之作的真迹，在明代以后就亡佚了。

当然，写这幅帖的时候，苏东坡并没有想到愿望会落空。在去汝州的路上，他一连两次给神宗皇帝写奏章，要求改派常州作为居住地。他在《乞常州居住表》一文里描述了自己的困境："自离黄州，风涛惊恐，举家重病，一子丧亡。今虽已至泗州，而赀用罄竭，

去汝尚远，难于陆行。无屋可居，无田可食，二十余口，不知所归，饥寒之忧，近在朝夕。与其强颜忍耻，干求于众人，不若归命投诚，控告于君父。臣有薄田在常州宜兴县，粗给馆粥，欲望圣慈，许于常州居住。"

这一段文字，讲了苏东坡一家二十多口从黄州乘船北归，旅途艰险，全家人都生了病，小儿子不幸夭折。现在到了泗州，离河南汝州尚远，但旅费几乎花完了，很难再走陆地。又没有房子可以居住，没有田地可以耕食，全家二十多人，不知道去哪里，受饥寒之苦，近在朝夕。与其勉强厚着脸皮忍受耻辱去乞求众人，不如老老实实向皇上真诚表达。苏东坡又说自己有薄田在常州宜兴，可以勉强养家，希望皇帝能够仁慈，允许他在常州居住。

终于在1085年获得神宗的批准，当苏东坡接到批准的时候，他已经到了河南商丘，当时的"南京"。北宋有一段时间，南京商丘和东京开封并立，故此也称南都。1085年3月，苏东坡南下前往常州，经过扬州时写下了《归宜兴留题竹西寺三首》，其中有一首：

十年归梦寄西风，此去真为田舍翁。

剩觅蜀冈新井水，要携乡味过江东。

另有一首：

此生已觉都无事，今岁仍逢大有年。

山寺归来闻好语，野鸟啼花亦欣然。

　　题目里用了"归宜兴"，这个"归"字，经常出现在苏东坡的诗词里。"归"有两层含义，一是归家的"归"，相当于回到家，背后的问题是在哪里安家，或者说，家在哪里。二是归隐的"归"，相当于退隐，背后的问题是要不要当官，当什么样的官。这两层含义，有时候指的是同一件事。在哪里安家，就意味着从官场隐退。从官场隐退，意味着要找一个地方安顿下来。

　　苏东坡有过定居黄州的想法，但那不是自己的选择，是无奈的随遇而安。而宜兴是苏东坡自己选择的想安家的地方，现在他终于实现这个愿望了，心中的喜悦可想而知。所以，他把宜兴看作自己的家，并说这个归家的梦做了十年，总是实现不了，只能寄托在西风里。推算起来，苏东坡大约是在 1074 年在宜兴买田，起了在那里安家的念头，到 1084 年，正好十年。经历了那么多风雨，现在终于可以做一个田舍翁，彻底离开名利场了。扬州竹西寺的后面有一片山冈，叫蜀冈，那里井水的味道，和蜀地的水很像。所以，苏东坡说，我带着有故乡味道的水，去宜兴，去我的新家。

　　另外一首的一句 "此生已觉都无事，今岁仍逢大有年"，终于安定下来了，这辈子再也不会有什么事了，正好今年又碰上丰收年。从山里的寺庙里回来，听到了好消息，连鸟儿和花朵也在为我高兴。

这两首诗表达了一种终于开始过上自己想过的生活的喜悦之情。当然，苏东坡做梦都不会想到，很多年后，这组诗成为他的一个罪证。因为写诗的时间，刚好是神宗去世不久，有人认为苏东坡是听到皇帝驾崩的消息而感到高兴。这是后话。

苏东坡在宜兴有过短暂的停留，这可能是他一生中唯一一次按照自己的意愿生活，由此在当地留下不少传说。据说他为了喝好茶，自己设计了一种茶壶，叫"提梁壶"，也叫"东坡提梁壶"，灵感来自灯笼的形状。他还将"松风竹炉，提壶相呼"这句话刻在茶壶上，展现出一幅宋代人煎茶、饮茶的画面。

虽然苏东坡最终没有在宜兴定居，但是《楚颂帖》短短数语构想的"宜兴生活"，至今打动人心。虽然没有实现，却在未来苏东坡漂泊的生活里，不知不觉沉淀为美的动力。

其实，无论处在什么情况下，都不妨碍我们去设计自己的生活，找一个喜爱的地方，过一种平淡的生活。也许暂时不能达到，但会成为一种内在的动力，带着我们在生活里不断向上。

06/ 此心安处是吾乡

　　苏东坡的词《定风波·南海归赠王定国侍人寓娘》里面有一句很有名的话：此心安处是吾乡。如何解决人生漂泊？如何解决身不由己？这句话好像就是一个最简单的答案——此心安处是吾乡。你的心在哪里安定下来，哪里就是你的家乡。听起来很简单，实际上并不简单。

　　心如何安是一个很大的问题。当年达摩在少林寺修行，有一个叫神光的人去那里求法，达摩不见他，他就在雪地里等着，一直不走，达摩就是不开门。后来神光就把自己的手臂砍了，达摩只好出来，问他想要求什么。神光说："请大师为我安心。"看来，心不能安定，困扰着神光，这是他找达摩的原因。这个问题深深地困扰着他，所以，为了弄明白这个问题，不惜断掉自己的手臂。达摩就说："那请你把你的心拿来。"神光听完很诧异："我就是因为不知道我的心在哪里，才来找您啊！"达摩看了他一下，突然说："我已经帮你把心安好了。"

一刹那间，神光就觉悟了，成了禅宗的二世祖，达摩给他取了个名字叫慧可。

不知道大家听了，有没有弄明白到底怎么样才能把心安下来呢？暂且把达摩放下，看看苏东坡是怎么说的。

苏东坡这一首《定风波·南海归赠王定国侍人寓娘》写于1086年，但要了解这一首词的创作背景，还得回到1079年。那一年因乌台诗案，苏东坡被贬谪到黄州，受到牵连的有二十多人，遭受到各种惩罚。这些人平时和苏东坡有书信来往，可能讲了一些牢骚话，或者传播了苏东坡讽刺当时"新政"的诗歌。

其中有一个人叫王巩，也叫王定国，受到的惩罚最重，他被贬到了当时的荒蛮之地——岭南的宾州（今广西宾阳）。苏东坡对他一直心感愧疚，这从苏东坡写给王定国的很多信里可以看出来。而王定国对于这件事，一直不以为意，不怨天，也不尤人。1086年他从岭南回来了，正好苏东坡也回了朝廷，王定国就设酒宴宴请苏东坡。宴会之后，苏东坡写了这首词：

定风波·南海归赠王定国侍人寓娘

常羡人间琢玉郎，天应乞与点酥娘。尽道清歌传皓齿，风起，雪飞炎海变清凉。

　　万里归来颜愈少。微笑，笑时犹带岭梅香。试问岭南
应不好，却道：此心安处是吾乡。

　　"常羡人间琢玉郎"，琢玉，像雕琢过的玉石，琢玉郎，形容
王定国是长得丰神俊朗的男子，常常羡慕这人世间还有这样俊美的
男子。

　　"天应乞与点酥娘"，就连上天也怜惜他，赠予他温婉美丽、
肤如凝脂的女子陪伴他。这个女子就是王定国的歌妓，叫柔奴，也
称寓娘。

　　"尽道清歌传皓齿"，大家称赞这个女子歌声清亮悦耳，笑容
柔美。

　　"风起，雪飞炎海变清凉"，听到这个女子的歌声，就好像风
吹来，雪片飞过炎热的夏天，让世界都变得清凉了。

　　"万里归来颜愈少。微笑，笑时犹带岭梅香"，流落在万里之
外的岭南，一定吃了不少苦，却更显得年轻。微笑的时候，还带着
岭南梅花的清香。

　　"试问岭南应不好，却道：此心安处是吾乡"，我试探着询问
你在岭南应该吃了不少苦吧，没想到你却回答：过得也挺好，心安
定下来了，哪里都是自己的家乡，都可以过得很好。

　　历经沧桑，受尽苦难，却变得更有生命力了，为什么呢？一个

歌妓的回答是：此心安处是吾乡。这个说法，其实更早出现在白居易的几首诗里，白居易有一首《吾土》："身心安处为吾土，岂限长安与洛阳。水竹花前谋活计，琴诗酒里到家乡。"感到身心安宁的地方就是家乡，管它是在长安还是在洛阳，有水、有竹子、有花的地方，都可以活得很好，只要能够弹琴、饮酒、写诗，就是到了家乡。

又有一首《种桃杏》，里面有一句："无论海角与天涯，大抵心安即是家。"不管在天涯还是海角，心安就是家。又有一首《初出城留别》，里面有一句："我生本无乡，心安即归处。"人生本来漂泊，内心安定的地方，就是我的归宿。这些句子，苏东坡应该是知道的。

当然，作为禅宗的信徒，苏东坡也知道禅宗有一句诗："处处无家处处家。"实际上，早在1075年，他在密州写过一篇文章叫《超然台记》，从另一个角度讲了"此心安处是吾乡"。文章题目很有庄子超然物外的味道，第一段：

> 凡物皆有可观。苟有可观，皆有可乐，非必怪奇伟丽者也。哺糟啜醨，皆可以醉；果蔬草木，皆可以饱。推此类也，吾安往而不乐？

万物都有可以观赏之处。既然都可以观赏，那么，也一定会给人带来快乐。不一定非要奇特、新奇、华美的东西，就算是吃酒糟、喝淡酒，也可以使人醉；水果、蔬菜、杂草、树叶，也可以吃饱肚皮。按照这样的逻辑去推论，无论我到哪里，怎么可能不快乐呢？

然后，他讲了人们只愿意追求幸福而回避灾祸的心理，但恰恰是这种心理，给人带来无限的痛苦。如果我们能够跳出事物的局限，就不会在意幸福或者不幸。接着，他说自己从杭州调到密州，放弃了杭州的繁华，过上了困苦的生活，一般人肯定以为他不快乐。但实际上，他在密州待了一年之后，面貌更加丰润，白发也一天天变黑了。虽然生活困苦，但他很享受密州淳朴的民风，也喜欢那里的老百姓。最后说自己之所以写这一篇文章，是为了"以见余之无所往而不乐者，盖游于物之外也"。我之所以到哪里都很快乐，是因为我能逍遥于物之外吧。

这篇文章，写的是为什么自己到了简陋的地方，还能变得年轻，几乎是《定风波》那首词的文章版。只不过，经历了黄州的磨难，苏东坡在词里的感受更为深厚。写《超然台记》时，苏东坡从杭州调到密州，只是很小的不愉快，所以，文章更多的是讲道理。到了黄州，更多的是当下的行动，道理会显得轻飘。当然，苏东坡原先就有的这种超然物外的理念，帮助他很快在人生的巨变之中把心安定下来。

一旦真正把心安定下来，也就不需要讲道理了。

真正痛苦的时候，道理很苍白，需要立即把道理转化为行动，在行动中才能度过最艰难的时光。仅仅想是没有用的，只会带来更多的焦虑。

达摩不愿意和神光讲道理，大概是想要让他在当下就采取行动。

苏东坡的词里，最精彩的是这一句"此心安处是吾乡"。但细细品读整首词，有两个意象很突出，一是柔奴的歌声，能够让世界变得清凉，想象一下是什么样的音乐呢？二是岭南的梅花。即使在蛮荒的岭南，梅花仍然给予我们清香，想象一下梅花的清香弥漫在我们的周围。这两个意象都具有能动性，似乎是在提醒我们，所谓此心安处是吾乡，不是简单的被动的随波逐流，不是消极地接受命运，而是面对不可抵抗的命运，尽自己的一切努力，在有限的资源里为自己创造最好的状态。用通俗的话说就是，哪怕穷得穿破衣服，也要打理得干干净净，保持尊严。

所以，此心安处是吾乡，不是消极地认命，更不是苟且，而是创造，是生命的呼唤。即使在糟糕的情况下，也不能妨碍我去弹琴、去写字、去写诗，也不能妨碍我去喝酒，去游山玩水，去看月亮。这些主动的行为来自我们的心，没有什么东西可以阻挡。只要我们的心还是活泼的，不受外物的局限，那么就能做到此心安处是吾乡，也能像苏东坡那样，无论身外何种环境都很快乐。

07/ 人生如逆旅，我亦是行人

苏东坡的词《临江仙·送钱穆父》里面有一句很有名的话：人生如逆旅，我亦是行人。这首词写于1091年，为什么到了1091年，苏东坡觉得自己不过是一个旅人，人生不过是从这个驿站到另一个驿站呢？

这还要从1085年说起，苏东坡本来已经得到了神宗皇帝的批准，允许他在宜兴定居。但同年3月，神宗驾崩，年仅10岁的哲宗即位，由于哲宗的年龄尚小，由神宗的母亲高太后主政。高太后主政的第一件事，就是起用旧党，苏东坡不仅被平反，还得到重用。苏东坡虽然对宜兴尚有留恋，但他内心的抱负还是促使他很快决定重新回到京城。1085年到1089年，应该是他一生中事业最辉煌的时期，也是家庭生活最幸福的时期。

苏东坡在京城安了家。黄庭坚写过一首诗《雨过至城西苏家》，写雨后拜访苏东坡家的喜悦。据文献记载，当时的开封城西相当于我们现在所说的"高端住宅区"，应该是苏东坡一生中住的最好的地方。当时在苏家，经常举办各种聚会，热闹非凡。画家李公麟也是常客，他画的《西园雅集》，有一部分场景可能来自他在苏家的聚会。那时，苏东坡一家，除了长子苏迈在外地做官，其他的孩子都在身边，大大小小有二十多口人。尤其是弟弟苏辙也在京城的户部上班，兄弟俩经常见面，算得上是一大家子其乐融融。他有一次写自己倒满了酒，等待苏辙过来一起小酌。又有一次过年，写自己被家人催着穿新衣服，和一家大小玩乐。这是苏东坡诗词里并不多见的喜乐场面。

仅仅四五年时光，因为厌倦朝廷里的权力斗争，苏东坡又主动要求外派，结果又去了杭州，上次是做通判，这一次是做知州。1089年苏东坡到杭州，从前的朋友，有的老了，有的去世了，让他发出了"到处相逢亦偶然"的感叹。1091年他在杭州遇到吴越钱王的后裔钱勰（字穆父），钱穆父是一位书法家，也是一位书法收藏家，他收藏的《鲁公寒食帖》、《颜鲁公帖》、《怀素两帖》、《唐人书白乐天诗》、《出师颂》、王子敬草书、《洛神赋》摹本等，在书法史上都很有名。钱穆父和苏东坡是老朋友。元祐初年，他们两人在京城时来往不少。这次在杭州，是重逢，又是送别，苏东坡写了一首词：

临江仙 · 送钱穆父

一别都门三改火，天涯踏尽红尘。依然一笑作春温。

无波真古井，有节是秋筠。

　　惆怅孤帆连夜发，送行淡月微云。樽前不用翠眉颦。
人生如逆旅，我亦是行人。

　　"一别都门三改火"，说的是在京城告别以后，已有三年没见了，没想到会在杭州重聚。但短暂的相聚之后，马上又要送钱穆父去瀛洲。

　　"天涯踏尽红尘"，讲的是钱穆父这三年从京城到越州，马上又要去瀛洲，好像总在旅途上，总在人世间奔波。

　　"依然一笑作春温"，虽然红尘滚滚，相逢时却依然笑得如春天般温暖。

　　"无波真古井"，你的心像一口古井那样平静，不受外界的影响。

　　"有节是秋筠"，你的节操和品格，就像秋天的竹子。

　　"惆怅孤帆连夜发"，我感到很惆怅，因为你连夜要坐船出发去瀛洲。

　　"送行淡月微云"，云彩微茫，月光淡淡，为你送行。

　　"樽前不用翠眉颦"，席间的歌妓无须皱眉悲伤。

　　"人生如逆旅，我亦是行人"，人生就像旅馆、驿站，我也不过是一个行人，一个过客。

　　这首词里的"天涯踏尽红尘。依然一笑作春温"和"万里归来颜愈少。微笑，笑时犹带岭梅香"意思很相近，"人生如逆旅"又呼应了早期的"人生到处知何似"，一方面是前路茫茫，一方面是人生短暂。

　　1092 年到 1093 年这一段时间，苏东坡的诗文作品里，又多了一份漂泊感，好像再一次渴望安定，再一次怀念故乡眉州。1092年苏东坡被任命为扬州知州时，设想要在扬州任上请求退休，打算回到家乡眉州"筑室种果"，等到弟弟年纪大一点也回到家乡，他说这个愿望不知道能否实现。

在另外一篇短文里，又说自己打算在京口（今江苏镇江）买田。1093年，苏东坡去定州之前和苏辙告别，又想起了兄弟曾经"夜雨对床"的约定。"对床定悠悠，夜雨空萧瑟。""夜雨对床"这个典故出自唐朝诗人韦应物的一句诗："安知风雨夜，复此对床眠。"在风雨之夜，两个人能够对床而眠，别有一种风雨中的温馨。苏东坡、苏辙兄弟借用这句诗，翻写了不少诗句，表达的是一种期待兄弟相聚的渴望。但是，1093年的苏东坡，又一次感到了前路茫茫，"白首归无期"，头发白了，好像仍看不到归期。

1093年苏东坡写下一首《和陶饮酒二十首·其十五》："去乡三十年，风雨荒旧宅。惟存一束书，寄食无定迹。"离开故乡眉州三十多年了，老宅子在风雨中荒废了。留下来的只有一捆书，到处漂泊，没有固定的行踪。经过了一段繁华，好像又回到了起点，苏东坡再次觉得自己不过是一个旅人，在天涯漂泊，渴望着能够安定下来。

在送别钱穆父的时候，苏东坡称赞钱穆父"天涯踏尽红尘。依然一笑作春温"，历经风风雨雨，笑容依旧如春天般温暖。这大概也是苏东坡自己的画像，就像"此心安处是吾乡"，是对柔奴的赞美，其实也是苏东坡自己的写照。

08/ 团团如磨牛，步步踏陈迹

　　1092 年至 1093 年这段时间，苏东坡再次体会出"到处相逢亦偶然""人生如逆旅，我亦是行人"这样的漂泊感，但另一方面，《送芝上人游庐山》写了另一种漂泊感，漂泊无定，却又是不断重复。如果苏东坡之前写漂泊感，更多的是感叹前路茫茫、身世不定，那么这一首诗写的漂泊感，却是在感叹人生重复无趣的痛苦，用钱锺书的话说就是一种"陈陈相袭、沉沉欲死、心生倦怠、摆脱无从"的状态。

　　这首诗写给芝上人，芝上人是临济宗的一个禅师，叫法芝，也叫昙秀，是苏东坡在杭州做通判时交往的一个朋友。1097 年，苏东坡被贬在惠州，这个禅师还去探望过苏东坡，当时苏东坡的儿子苏过还写了一首诗给他。据说，这个禅师俗姓钱，和前面提到的钱穆父一样，也是吴越钱王的后裔。1092 年，苏东坡在扬州任知州，遇到即将去庐山的法芝，就写了这样一首诗：

送芝上人游庐山

二年阅三州，我老不自惜。
团团如磨牛，步步踏陈迹。
岂知世外人，长与鱼鸟逸。
老芝如云月，炯炯时一出。
比年三见之，常若有所适。
逝将走庐阜，计阔道愈密。
吾生如寄耳，出处谁能必。
江南千万峰，何处访子室。

这首诗首先表达了一种厌倦感。1091 年至 1092 年这两年，苏东坡先后担任杭州、颍州、扬州的知州。二十年前，即 1071 年，为了躲避新党旧党的斗争，苏东坡主动要求离开朝廷，外派到杭州做地方官，然后去了密州、徐州、湖州，直到 1079 年被捕入狱。1089 年，为了躲避旧党内部的派系斗争，他主动要求去杭州做地方官，不久又去了颍州、扬州，好像一个轮回。所以，苏东坡说"二年阅三州"，短短的两年时间，就换了三个州做知州。可怕的是，换了地方，但生活没有任何改变，还是一样的早出晚归，一样的公文，一样的语调。所以，苏东坡用了一个比喻——"团团如磨牛，步步踏陈迹"。好像在往前走，实际上像拉磨的牛在团团转，每一步都在重复走过的足迹。

接着写了芝上人，好像世外之人，和鱼鸟一样自由安逸，又像云中的月亮，一旦有光就会破云而出。每年见面三次，每一次都好像有合适的地方可去，现在即将去庐山，越来越开阔，修行也会越来越深入。人活着，好像暂时寄生在这个世界上，哪有什么一定的出处和去处呢？江南有那么多山峰，到哪里去寻访你的住处呢？

自己的"团团如磨牛"，相对于法师的"长与鱼鸟逸"，前后有一个对比，我自己到处奔波，重复着单调的公务，而法师到处云游，却像云中的月亮，藏着光芒，又像鱼和鸟一样潇洒。1071年，苏东坡经过龟山时，写过一句"身行万里半天下，僧卧一庵初白头"，也是把自己和一位僧人相对比。当时虽然茫然，却并没有明显的厌倦，"身行万里半天下"只是一个描述，描述人行走的姿态。而"团团如磨牛"是一个比喻，把自己比作拉磨的牛，有一个词语叫"做牛做马"，形容人谋生的艰难。

苏东坡写了漂泊带来的沉重感，也可以看作是重复的工作带来的厌倦感，更深一层也可以生发出人生虚无的联想。太阳底下没有新的事情，一切都是重复，一切都是轮回。那么，人为什么要工作呢？为什么要活着呢？

苏东坡又写了法芝，呈现了另一种活法，一种"世外人"的活法。人生并不是重复，太阳每一天都是新的，每一天都可以像鱼和鸟那样，自在逍遥，安住于自己的本性。一方面，世间谋生的人，

"团团如磨牛，步步踏陈迹"，另一方面，世外的人"长与鱼鸟逸"。在感受年复一年的单调暗淡里，也知道有年复一年的丰富明快。这种叙述方式，透露了苏东坡保持乐观的一个秘密，无论在多么痛苦的情况下，他都对"超然物外"的状态保持着信念，相信那是真正的归宿，总有一天能达到那样的状态。

这种信念在苏东坡1101年再次写给法芝的诗里，表现得更为清晰：

次韵法芝举旧诗一首

春来何处不归鸿，非复羸牛踏旧踪。
但愿老师心似月，谁家瓮里不相逢。

写这首诗时，苏东坡从海南回到常州，经过金陵时见到法芝。他说，春天到处都是归来的大雁，不再是瘦弱的老牛重复走过的路。归来的大雁，回到了家，不再漂泊。留意这里的比喻，归鸿和羸牛相对，要摆脱羸牛的"步步踏陈迹"，就要成为归鸿，回到你自己的家。"但愿老师心似月"，禅宗里用月亮比喻佛性，本来清净的佛性。唐朝寒山有一首有名的诗·

寒山吾心诗

吾心似秋月，碧潭清皎洁。
无物堪比伦，教我如何说。

　　"我的心像秋天的月亮，映照在皎洁的潭水里，任何东西都无法比拟她，我不知道如何来描述。"苏东坡这首诗希望法师的心像月亮，映照在普通人家的水缸里，和大家相逢。这比寒山的那首诗更具有禅宗的意味。禅宗讲究生活即修行。水缸是日常生活用品，是柴米油盐的平凡生活。如果说在 1092 年写"团团如磨牛"时，苏东坡内心对于世间之外有所向往，要想摆脱人生的羁绊，就要远离世俗，和鱼鸟在一起，那么，再次写给法芝的诗里，世外的超脱，并不是远离世间，而是在日常生活里。这是一个飞跃，而这个飞跃，并非一下子完成，而是在不断的迷茫、痛苦中慢慢修炼。最后，月亮不仅清澈，而且普照天下。这是一个生命自我治愈、自我觉醒的过程，也是一个带着痛感不断前行的旅程，最终让自己的身心得到安顿。

09/ 此间有什么歇不得处？

古代士大夫，一般情况下要工作到 70 岁才可以致仕，也就是我们现在的退休，可以领退休工资。如果有特殊情况，可以提出申请提前退休。1092 年至 1093 年间，苏东坡有过退休回老家眉州或去镇江的打算。他也经常在诗词里期待着提前退休，以舒缓公务带给他的压力，但一直没有下决心提前退休。

苏东坡有一篇名为《记游松风亭》的小品文，这篇文章写于 1094 年的惠州，但苏东坡应该做梦都没有想到自己会到惠州。

1094 年，苏东坡又遭遇了一次重大的人生打击。高太后去世，独立掌权的哲宗把高太后时代的人，也就是旧党，全部打压下去。苏东坡首当其冲，被贬谪到了惠州，比黄州更远了。北宋人心目中的惠州，是非常可怕的荒凉的僻远之地。

那一年，苏东坡已经 59 岁了。

历经重重艰险，1094年10月，苏东坡到了惠州，初居合江楼，不久后搬到了嘉祐寺。嘉祐寺位于山脚下，周围有一片梅花林。11月，梅花开放，一下子触动了苏东坡，让他想起了1080年，大约十四年前，他在去黄州的路上，经过一个叫春风岭的地方，那里有一条溪流，两岸开满了梅花。那时候，他绝对想不到十四年后自己会被贬到如此遥远的惠州。惠州的梅花触动了苏东坡，他写了一首诗：

十一月二十六日松风亭下梅花盛开

春风岭上淮南村，昔年梅花曾断魂。
岂知流落复相见，蛮风蜑雨愁黄昏。
长条半落荔支浦，卧树独秀桄榔园。
岂惟幽光留夜色，直恐冷艳排冬温。
松风亭下荆棘里，两株玉蕊明朝暾。
海南仙云娇堕砌，月下缟衣来扣门。
酒醒梦觉起绕树，妙意有在终无言。
先生独饮勿叹息，幸有落月窥清樽。

诗的前半部分说，春风岭上淮南村，从前也盛开过梅花，让人伤心断魂。哪知道今天流落到这里，又见到梅花。又是凄风苦雨里，又是愁人的黄昏。后半部分说，酒醒了，梦也醒了，徘徊在梅花树边；花的姿态里有无限的美妙，无法用语言来表达。我自己独自喝酒，无须叹息，应该感到幸运。在清澈的酒杯里，有月亮在偷偷地望着你。

十四年前经过春风岭时，苏东坡也写了有关梅花的诗，其中一首是：

梅花二首·其一（节选）

何人把酒慰深幽，开自无聊落更愁。
幸有清溪三百曲，不辞相送到黄州。

什么人把酒安慰流落在深谷里的梅花呢？花开时很无聊，花落时很悲愁。好在还有一路上清清的溪流，一直把我送到黄州。苏东坡在黄州和惠州都写了梅花，最后一句都显得豁达，都有一个"幸"字。在黄州时的梅花诗说"幸有清溪三百曲，不辞相送到黄州"，很幸运还有清清的溪流，愿意送我到黄州。惠州时的梅花诗则是，"先生独饮勿叹息，幸有落月窥清樽"。一个人独饮没有必要叹息，已经很幸运了，还有月亮到酒杯里来陪伴我。

但是，其中有微妙的变化。黄州时的梅花，"何人把酒慰深幽，开自无聊落更愁"写的"同是天涯沦落人"，和后来写的那首有名的"海棠"诗异曲同工。而惠州时的梅花，"酒醒梦觉起绕树，妙意有在终无言"与的是梅花有不可言说的"妙意"。虽然在惠州多了一份艰难，多了一份绝望，却也多了一份豁达，那种天涯沦落之感反而淡化了。

苏东坡在到达黄州和惠州之前，分别经历了与不同人士的两场相遇，这两场相遇也在潜移默化中影响着他对于人生的心态。苏东坡到达黄州之前，经过一个叫岐亭的地方，突然看到一个人骑着马从山上奔驰而来，那个人到苏东坡面前下了马，原来是很多年没见的老朋友陈慥，也叫陈季常。1062 年苏东坡在凤翔做签判，当时凤翔的太守是陈希亮，他有一个小儿子叫陈慥，从小不愿意走仕途，像一个侠客一样浪迹江湖，也像一个浪子般放荡不羁。如今他在岐亭修道已经多年，不想在这里偶遇了苏东坡。

苏东坡专门写了一篇《方山子传》记录陈慥这个人，他很欣赏陈慥疏狂的个性，可以做官，却不去做官，可以过富裕的日子，却放弃荣华富贵，宁愿在岐山隐居，家徒四壁，不和世间的人来往。

苏东坡在陈慥的家里住了五天，后来陈慥也去黄州的临皋亭看望过苏东坡几次。出身官宦之家，陈慥却选择了完全不同的道路，完全摆脱了对官场的依赖，成了一个彻底的官场之外的人。

苏东坡到达惠州之前，过大庾岭，途经一片树林，有两位道人远远看到苏东坡，就退回到山间的茅屋里。苏东坡对押解他的人说："这两个人应该是高人，我们理应去拜访一下。"进了茅屋，道人问押解的人这是谁，押解的人就说："这是苏学士。"押解的人还说："学士始以文章得，终以文章失。"

两位道人笑了笑，说："文章岂解能荣辱，富贵从来有盛衰。"苏东坡听了，默默地自言自语了一句："哪里的山林里面都会有得道之人。"

"身行万里半天下，僧卧一庵初白头"，这句诗几乎是苏东坡一生的写照，一方面，是公务上的压力，是世俗生活的烦恼，是漂泊，是单调的重复；另一方面，是无牵无挂，来去自由。

他一辈子在官场内，却向往官场外的自由，一辈子过着人世间的世俗生活，却向往世外隐士的逍遥。他在到达黄州之前，遇到了在官场外的陈慥，而在到达惠州之前，遇到了俗尘之外的两个道士。这也意味着他被贬惠州，打击虽然比被贬黄州更大，但心态好像更平和了一些，对于滚滚红尘，看得也更透彻了一些。

这两个场面，很能代表他一生的姿态：身在牢笼，心却常常在牢笼之外。

回到惠州，回到松风亭。之前，苏东坡一直被"家"的概念困扰，一直筹划要在什么地方安家，一直在感叹天涯沦落，感叹漂泊之苦，感叹"团团如磨牛"。现在，遇到了巨大的挫折，沦落到了惠州，路上仍然会有"岷峨家万里，投老得归无"（《南康望湖亭》）的感叹。故乡在万里之外，还能回去吗？

但是，当苏东坡在嘉祐寺安顿下来，对于"家"又有了新的认识，对于生命也有了新的认识。有一天，他徒步去松风亭，快步走了一段路，感觉很累，想在树林间休息。他一抬头，望到松风亭还在树梢的上面，还有很远的距离。怎么能够走到那儿呢？山一样的压力挥之不去，犹豫之间，苏东坡突然转了一个念头：这里到处都是可以休息的地方，到处都是可以看风景的地方，为什么非要累死累活爬到松风亭呢？

一转念，就解脱了。

就像已经上了钩的鱼，突然从钩上解脱出来，又游回了宽广的湖水里，自由自在。苏东坡很感慨，假如人明白了这个道理，那么在那样一种情况下，更应该马上歇下来。

什么情况下呢？两军短兵相接，战鼓像雷霆一样轰鸣，你往前进，会死于敌人的刀枪，往后退，会死于自己军队的军法。在这样一种危急的状态下，更应该马上歇下来。

他把这个感悟写成了《记游松风亭》：

> 余尝寓居惠州嘉祐寺，纵步松风亭下。足力疲乏，思欲就林止息。望亭宇尚在木末，意谓是如何得到？良久，忽曰：此间有什么歇不得处？由是如挂钩之鱼，忽得解脱。若人悟此，虽兵阵相接，鼓声如雷霆，进则死敌，退则死法，当恁么时也不妨熟歇。

文章很短，但寓意很深。

"此间有什么歇不得处？"和《楞严经》里的"歇即菩提"相通，《楞严经》说："狂心若歇，歇即菩提。"狂乱的心，如果能够停下来，就是觉悟了。这个也是"此心安处是吾乡"。

狂心，就是受污染的心。通俗一点的说法，就是受到"名利"束缚的心，受到各种"执念"束缚的心。我们活在这个世界上，以为"非要"怎么样。比如，非要考上大学、非要晋升职称、非要买房子、非要结婚、非要有一个家……于是，一生都在跑道上，边上是无数的和自己一样的人，不断往前奔跑，完全停不下来。然后，某一天的某一刻，就像苏东坡那样，突然一转念：这个世界上哪里没有跑道呢？

于是，转身离开了跑道，发现了无垠的草地、森林、湖泊，天地如此广大，但是那么多人只挤在了一条狭窄的跑道上。

这些我们以为非要不可的东西，就像诱饵，诱我们上了钩。如果我们对这些诱饵完全没有兴趣，那么就没有什么可以羁绊我们。这些"非要怎样"的执念，让我们挤进同一个战场，像两军短兵相接中只有死路一条的士兵。一旦我们放下这些执念，对阵的两军就消失了，我们就退出了战场。

这一篇短文里，这一句最为点睛：此间有什么歇不得处？这里有什么不能停下来的地方呢？正好在这里，正好在这里停下，这里就是家。这是苏东坡以一次散步的经验，再一次诠释了"此心安处是吾乡"。

有一个禅宗公案，也可以帮助我们理解"此间有什么歇不得处？"这一句话。四祖道信第一次见到三祖僧璨，就向他礼拜请教："希望和尚您慈悲，教会我如何解脱的法门。"三祖僧璨问他："难道有谁把你绑住了吗？"道信回答："没有人绑住我啊！"三祖就说："那你为什么还要求解脱呢？"道信一听，就觉悟了。

10/ 家在牛栏西复西

　　读读苏东坡在海南写的两首诗，体会一下：在走投无路的情况下，苏东坡是如何为自己找到出路的；在最艰难的环境里，如何做到"此心安处是吾乡"；如何在天涯海角踏着月色穿过牛栏找回自己的家。

　　苏东坡做梦也没有想到自己会来到海南，就像他做梦也想不到自己会到惠州一样。当然，当年他做梦也想不到自己会被贬到黄州。从湖州到黄州，从定州到惠州，从惠州到海南的儋州，在苏东坡的人生旅程里，是三次晴天霹雳，三次狂风暴雨，一下子把繁华打碎，一地荒凉。

　　但有意思的是，苏东坡在这三个地方都买了地，建了房，打算安家。这在北宋很少见，一般被贬谪的官员，都是临时租赁房子居住，随时准备离开。而苏东坡在黄州，修筑了东坡雪堂，把黄州当作了家。

在惠州，在白鹤峰买了地，计划一家人都在惠州定居。花了一年时间，在白鹤峰建了新居，和黄州东坡雪堂一样，也是苏东坡自己设计的。因为在岭南，有一个果园，种了很多果树。

新屋大约在1097年2月建成，苏东坡刚搬进去住了两个多月，却突然被贬到海南。

到了海南，苏东坡才知道什么是天涯沦落。当年在杭州遇到同乡，有一种天涯沦落的淡淡乡愁；到了黄州，看到故乡的海棠，有一种天涯沦落的痛楚。现在，到了海南，是真正到了天涯海角。北宋时的岭南，已经非常蛮荒，而海南是蛮荒之中的蛮荒，几乎还处于没有开化的原始状态。气候尤其恶劣，连忍耐力很强的苏东坡也说，这样潮湿炎热，难以忍受，每一天都是度日如年。雪上加霜的是，海南岛和大陆隔离，渡海一次异常艰难。以苏东坡这样的年纪，几乎很难再回到中原，这一次是真正沦落在天涯海角，好像再也回不去了。

苏东坡刚到海南，就写了一首诗，其中有一句"此生当安归，四顾真途穷"（《行琼儋间肩舆坐睡梦中得句云千山动鳞甲万谷酣笙钟觉而遇清风急雨戏作此数句》）。这一生还能回到哪里去呢？四面看看真是穷途末路。但接着，苏东坡说围绕中国的，也是茫茫大海，中国在宇宙之中，和海南岛一样，也不过是一粒米粒，说不上谁大谁小，谁是中心，谁是边缘。然后又说："喜我归有期，举酒属青童。"因为我是谪仙，现在天上有一个神仙的宴会，我很高兴我马上要去参加宴会。

苏东坡写过一篇短文，说自己刚到海南，环视四周，只见水天相连，无边无际，不免感伤，自问：什么时候能够离开这里呢？后来想了想，觉得天地都在积聚的水里，九州在大瀛海里，中国在少海里，凡是有生命的哪一个不是活在岛上呢？把一盆水倒在地上，小草就会在上面漂浮，蚂蚁附在小草上，感到茫然，不知道什么时候渡过积水。不一会儿，水干了，蚂蚁就直接到了地上，再见到它的同类，哭着说：我以为再也见不到你了，哪里料到俯仰之间就出现了四通八达的路。

苏东坡说想到这些就令人发笑。写这一段文字是他到海南的第二年，和客人喝了点小酒，微醺时信笔写下的。

另一篇短文《书海南风土》，又从另一个角度写了如何在海南安住下来。苏东坡提了一个很有意思的问题，海南的环境确实异常恶劣，夏天和秋天，什么都会腐败，照理人的身体也会受到极大的侵害，但为什么海南却有不少长寿老人，甚至100多岁的也不在少数？由此，苏东坡认为，"寿夭无定，习而安之，则冰蚕火鼠，皆可以生"。寿命并没有定数，只要你能够习惯环境，就算蚕在冰里，老鼠在火里，也能生存。但这个"安于环境"，不是简单适应环境，而是以自己的心境去融合环境。他说自己曾经让心中空明澄净，没有杂念，然后把这种"心境"用于万物，可以御寒，可以抵挡炎热，活到100岁不是问题。

最后，他引用了《庄子》中的一段话，大意是我们觉得窒息无力，昏暗苦闷，只是我们自己堵塞了七窍。因为天然的精气日夜无息地贯穿于我们的七窍之中，只要你打开你的五官，打开意识的牢笼，那么天地就一片广阔，怎么会无路可走呢？

就这样，苏东坡像一个海南人一样，在儋州安顿下来。还是像以前一样，到处漫游，和当地人交朋友，欣赏山川文物。一首组诗叫《被酒独行遍至子云威徽先觉四黎之舍三首》，题目的意思是，喝了酒，带着醉意，独自散步，到了子云、威、徽、先觉四个黎族人的家，写了三首诗，其中第一首：

半醒半醉问诸黎，竹刺藤梢步步迷。
但寻牛矢觅归路，家在牛栏西复西。

苏东坡喝了酒以后去散步，回来时迷迷糊糊的，在树丛里迷路了。怎么办呢？只好找牛粪，随着牛粪回到家，因为家就在牛栏的西边的西边。以前苏东坡说，"家在万里岷峨"，指的是故乡眉州。又说过"家在江南黄叶村"，指的是江南宜兴。在惠州时，他写过："前年家水东，去年家水西"，合江楼在惠州水东，嘉祐寺在惠州水西。现在他说"家在牛栏西复西"，在一个黎族人的村子边上。很荒凉，要靠牛粪的指引才能找到。

第二首·

总角黎家三小童，口吹葱叶送迎翁。

莫作天涯万里意，溪边自有舞雩风。

三个黎族的小朋友，用葱叶吹着口哨和我打招呼。没有必要觉得自己是在浪迹天涯，就算是在海南的小溪流边，也可以像曾点那样在舞雩台上吹吹风。这里有一个典故，《论语》里孔夫子请他几个学生聊聊自己的志向，前面几个讲的都是齐家、治国、平天下之类的大事，轮到曾点时，他说自己的志向不过是春天时穿着春天的衣服，和几个小孩、大人一起去沂水边的舞雩台，洗洗澡、吹吹风，然后唱着歌把家回。

第二首诗用曾点舞雩的典故，至少有两层含义：第一，即使在边陲，只要我心中保持着文化的信念，那么，海南的小溪流和伟大的儒家文化中心沂水是一样的；第二，即使在边陲，在那么简陋的环境中，只要对美好生活有所向往，那么，海南的小溪边也能有"舞雩风"，有岁月的静好。

苏东坡初到海南时，借住在政府的一所房子里，后来不被允许居住，他就自己买地，自己设计，盖了五间平房。在椰树林里为自己建了一个家，命名为"桃榔庵"，还写了几句诗表达自己的心情：

和陶和刘柴桑

漂流四十年，今乃言卜居。

且喜天壤间，一席亦吾庐。

"漂泊了四十年，今天终于有了自己的家。天地之间一块小得不能再小的地方，也是我的家，让我感到喜悦。"苏东坡在去海南之前，曾认为自己再也回不去了，却没想到1100年事情又发生了变化，哲宗去世，徽宗登基，权力格局再度逆转。苏东坡被重新安置在廉州，6月渡海北归。之后，一路重新安置，最后被复任朝奉郎，提举成都玉局观。

离开海南之前，苏东坡在《别海南黎民表》中写道："我本海南民，寄生西蜀州。"他把自己当作了海南人。北归途中，苏东坡考虑过回眉州定居，也考虑过去杭州，最终决定去常州。

1101年6月，苏东坡到了常州，因为买地买房的事还没有办妥，暂时借住在孙宅里。不想到了常州，他就病倒了。苏东坡给维琳法师的告别信里说："我在万里之外的海南都大难不死，而回到常州，终于要回归田园，却一病不起。难道这不是命吗？生死不过如此，不必执着，只希望法师为了佛陀为了佛法为了众生好好保重。"

1101年8月24日，漂泊了一生的苏东坡在常州的孙宅去世。

苏东坡的一生，两次在中央任职，进入了权力中心，两次主动要求外派做地方官，先后在杭州、密州、徐州、湖州、颖州、扬州、定州等地主政。苏东坡三次被贬谪，第一次被贬至黄州，第二次被贬至惠州，第三次被贬至儋州。

苏东坡一生都在官场，经历了三次斗争，第一次是作为旧党核心人物和新党之间的斗争，第二次是作为旧党内的开明派和旧党内的保守派之间的斗争，第三次是作为蜀党领袖和以程颐为领袖的洛党之间的斗争。苏东坡的一生，社会身份都是官员，他自己却说："我是江湖上的人，长期在官场，好像在樊笼之中，哪有什么美好的灵感？"

"作个闲人"，是他的突围策略，也让他在进退之间找到了平衡。

第二章

人生多冲突，如何进退？

01/ 何时忘却营营？

读研究生的时候，有一次和老师闲聊，聊到学术界、学校的种种，老师突然感慨了一句：何时忘却营营？这是我第一次知道苏东坡有这么一首词，也是第一次感受到一位长者发出的"退隐"感叹。那个年代，每一个人都意气风发，充满希望，每一个人都像负着时代的使命，正在做着什么大事。但我从老师那里，第一次听到了热闹的另一面：钻营、投机、劳碌、纷扰、纠缠、名利……然后，老师说了一句一千年前苏东坡说过的话："何时忘却营营？"

当时我20岁出头，老实说，还不是很理解老师的感受。后来，我离开学校进入社会，不时地会想起老师当时的神情。年轻时很多美好的愿望和期许，在社会的泥潭里常常不堪一击，不时地会有很深的厌倦感。人生那么短暂，我们却把很多精力消耗在了人事的纠纷、无聊的杂务，甚至彼此的争斗上。

有什么意思呢？

现在，我也到了老师当年的年龄。我想，如果再和老师聊天，再聊到"何时忘却营营"，一定会和老师有很多的共鸣。苏东坡的"何时忘却营营"出自《临江仙·夜饮东坡醒复醉》这首词，创作于1083年4月（也有说是1082年9月），那时候，苏东坡将近50岁，被贬谪在黄州。

为什么会被贬谪在黄州呢？

必须提到"乌台诗案"。所谓乌台，就是御史台；诗案，就是关于诗歌的一个案件。1071年，苏东坡为了躲避权力斗争，而主动要求外放到杭州、密州、徐州等地做地方官，1079年3月被任命为湖州知州。4月他到达湖州，7月就被御史台以利用诗歌毁谤皇帝新政的罪名逮捕，关在监狱里，直到12月结案，被贬谪到黄州做团练副使，但不得签书公事，相当于挂名在那里被监管，类似于流放。

乌台诗案，是苏东坡一生中最重要的一个转折点。到黄州后不久，他在朋友的帮助下，得到一块荒地进行开垦，命名为东坡。他还在那里修筑了东坡雪堂，经常和朋友一起在那里吟诗、作画、喝酒，喝得醉眼蒙胧。有一天晚上，苏东坡又在东坡和几个朋友喝得醉醺醺的，对着夜色里的江水、月亮，诗兴大发，写了一首词。

临江仙 · 夜饮东坡醒复醉

夜饮东坡醒复醉，归来仿佛三更。家童鼻息已雷鸣。敲门都不应，倚杖听江声。

长恨此身非我有，何时忘却营营？夜阑风静縠纹平。小舟从此逝，江海寄余生。

写完后，这几个人又唱又喝，过了很久才各自糊里糊涂回家。第二天，有人还记得苏东坡写了"夜阑风静縠纹平。小舟从此逝，江海寄余生"，还说苏东坡把衣服挂在江边，乘上小舟长啸而去。当地的郡守听了大吃一惊，担心自己要受到处分，因为苏东坡是"有罪之人"，安置在黄州，当地官员有监管的责任，马上跑到苏东坡的家，推门进去，发现苏东坡还在呼呼大睡。

实际情形和词里的描写好像有点不一样，大概所谓诗，所谓艺术，就是来源于生活又高于生活。回到苏东坡这首词本身，首先写的是这样一个画面：喝酒喝醉了，休息了一会儿，又喝醉了。回到临皋的家里，好像已经三更了。家里的童仆等不及留门，已经呼呼大睡，鼾声如雷。敲门都敲不醒，只好在江边依靠着拐杖，听深夜的江水声。

然后，写了一种感受，什么感受呢？就是突然感到这个我不是我，这个身体不是我的身体，活在这个世上，一切都是身不由己。什么时候能够忘掉现实里那些钻营忙碌啊？趁着夜深风静，湖面平坦，驾着一叶小舟，从这里消失，浮游在江海上寄托余生吧。

这个画面，这种感受，好像很平常，却深刻地写出了在尘网里奔波的人普遍的一种压抑以及压抑之后的期望。从古到今，谁不想自由自在地过自己想过的生活呢？但从古到今，又有多少人能够自由自在地过自己想过的生活呢？谁不是在牢笼之中？谁不是在身不由己里跋涉前行呢？

这种感受里蕴含着文化的源流，第一个源流来自《庄子·外篇·知北游》：

> 舜问乎丞曰："道可得而有乎？"
> 曰："汝身非汝有也，汝何得有夫道？"
> 舜曰："吾身非吾有也，孰有之哉？"
> 曰："是天地之委形也；生非汝有，是天地之委和也；性命非汝有，是天地之委顺也；子孙非汝有，是天地之委蜕也。故行不知所往，处不知所持，食不知所味。天地之强阳气也，又胡可得而有邪！"

大意是，我们的身体，我们的一切，其实都不是我们拥有的，不过是天地委付的形体；生命也不是我们拥有的，是天地所委付的和气；性命也不是我们拥有的，是天地委付的自然；子孙也不是我们拥有的，是天地委付的蜕变。所以，行动时不知道往哪里去，居住时不知道把持什么，吃东西时不知道味道。只是天地间的运动而已，怎么能够获得而保有呢？

全汝形，抱汝生，无使汝思虑营营。（《庄子·庚桑楚》）

大意是，庚桑楚说："保全你的身形，护养你的生命，不要使你的思虑为求取各种世俗的功名利禄而奔波劳苦。"

第二个源流是《论语·公冶长》：

子曰："道不行，乘桴浮于海。"

大意是，孔子说："如果我的主张不能实行的话，那就乘着小筏子去海外漂浮吧。"

读庄子的那两段话，可以进一步理解"长恨此身非我有，何时忘却营营"的深意。

我们以为这个身体是我们自己的，但很遗憾，身体并非我们自己的，不过是天地间的自然运行而已，我们只能顺其自然。如果非要按照人为的意志去做什么，去强求什么，那么就会很痛苦。如何才能顺其自然呢？忘掉世间各种世俗的追求。

当你忘掉名利的时候，恰恰你的身体就会成为你自己的。通俗一点说，就是当你淡泊名利的时候，你就越接近自己。

什么时候能够忘却名利呢？什么时候能够停止追逐和纷争呢？

这是苏东坡对自己的提醒。

然后，他表达了孔子的一个原则，就是当自己的主张无法实行，或者说，当理想和现实产生矛盾的时候，孔子说：那就去海外吧。孔子这句话的意思，也可以用他的另一句话来表达："邦有道，则仕；邦无道，则可卷而怀之。"（《论语·卫灵公》）如果这个国家的政治清明，那么就出来做官；如果政治黑暗，那么就隐退。这就是儒家的"进"与"退"，后来归纳为"穷则独善其身，达则兼济天下"《孟子·尽心章句上·第九节》。

庄子对于"世俗"的"进"是完全否定的，提倡彻底的"隐"。而孔子对于世俗的"进"是肯定的，但又留下了"退"的余地。苏东坡在这首词里把庄子和孔子的观念糅合在了一起。在苏东坡那个时代，儒释道已经混合，很难分清谁是谁。庄子彻底的"隐"和孔子的"进退"，在苏东坡那里是融会一体的，混合成一个自洽的生活态度。

所以，苏东坡喝完酒，写下"小舟从此逝，江海寄余生"，然后就回家呼呼大睡了。对于他来说，是很自然的一件事，不觉得有什么矛盾。生活仍在继续。虽然对于世俗生活感到厌倦，但他的一生一直没有离开世俗生活。

苏东坡一直崇拜陶渊明，却没有像陶渊明那样归隐田园，而是保持着身在红尘、心在红尘之外的状态。也许，恰恰是因为他一直在红尘之中，所以，对于世俗生活的体验就更为深刻，表达出来的虚无感也更强烈。

乍一想，这好像是一个悖论，但恰恰是这样一个悖论，体现了一种生活艺术。夜晚的酒醉，带来的是对世俗生活的清醒审视，让人能够在心理上和世俗保持距离；厌倦和感伤，也冲淡了世俗带来的烦恼。这也许就是所谓的以悲伤治愈悲伤。从另一个更高的角度，也可以说，这是以出世的心，做入世的事，苏东坡就是这样的典范。而这首词，也以诗的意象，表达了这样一种活法。

02/ 两事皆害性，一生恒苦心

苏东坡转述过韩愈的一句话："居闲食不足，从仕力难任；两事皆害性，一生恒苦心。"（《从仕》）从这句话里，可以看出苏东坡一生的困境在哪里。不喜欢工作，但为了谋生，又不得不工作。辞掉了工作，无法养家糊口，也会扭曲人的性情；为了养家糊口，又不得不做不喜欢的工作，也很拧巴。

这也许是人类进入文明社会之后永恒的矛盾，必须谋生才能生存，而谋生又往往和自己的兴趣相冲突，谋生必须融入现实，而现实又往往和自己的理想相龃龉。当苏东坡感叹："何时忘却营营？"饱含的是对工作与兴趣、现实与理想之间如何达到平衡的思考。

当苏东坡说"两事皆害性，一生恒苦心""何时忘却营营"时，其实也是在问自己："当官到底是为了什么？"

要想了解他为什么会有这样的疑问，需要简单回顾一下苏东坡的职业经历。苏东坡原来不过是眉州的农家子弟，但选择了走出蜀地，参加科举，以仕途作为自己的人生道路。古代中国，普通人想要走仕途，只有参加科举，或者经现任官员的推荐这两种方法，尤其是科举考试，使得平民有机会晋升到上层社会。在北宋，科举考试分为常科和制科两大系统。常科，就是考进士。勉强类比的话，有点像我们今天的高考。制科，是由皇帝下诏举行的人才选拔，一旦考中，比较容易被提拔。

所以，一些已经考中进士的人，也会参加制科考试。制科考试分为三个阶段，第一个阶段，获得某一个有名望的大臣推荐，向朝廷提交五十篇策论，经翰林院学士等人评选，排出名次，叫作"贤良进卷"。第二个阶段，入选者汇集京城，到"秘阁"写六篇命题作文，叫"秘阁六论"。第三个阶段，秘阁六论通过者，可以去参加"御试对策"，回答当前政治上的各种问题，由评选委员考评，合格的就算获得"制科"出身。

1056年，苏东坡21岁，他和弟弟苏辙应开封府试，苏东坡以第二名中举，苏辙也考中。1057年，苏东坡22岁，欧阳修主持礼部考试，苏东坡兄弟同科进士，一下子名扬全国，苏东坡那篇《刑赏忠厚之至论》也是他的成名之作。1058年到1059年，苏东坡回到蜀地为母亲服丧。1061年，苏东坡26岁，他写了《进策》和《进论》各二十五篇，应制科试，取为第三等。同年，他被任命为大理评事，空降到陕西凤翔府任节度判官，开始了他的职业生涯。

以前都是读书、纸上谈兵，现在真正进入了官场，面对现实的社会问题和官场生活，苏东坡感到了失望。所谓理想和现实的矛盾，不论哪个时代，许多人都会面临。苏东坡感到这种衙门杂务，很消耗精力，甚至感觉是在浪费生命。1065年，苏东坡回到京城，开始在朝廷任职。此时正值王安石变法，旧党和新党的争斗，让他更加怀疑官场是不是适合自己。1071年，苏东坡主动要求外派，去了杭州、密州、徐州、湖州等地做地方官。1079年，遭遇"乌台诗案"。1082年，苏东坡在黄州写下"何时忘却营营？"，对自己的职业产生了疑问。

这样当官有意思吗？不如退隐。

但实际上，他一辈子都没有退隐。为什么呢？苏东坡一生中多次提到，是因为钱。退隐了，没有经济来源，难以养家糊口。而做官，可以解决经济的问题。当年苏东坡和父亲、弟弟一起走出蜀地，走上仕途，为了更好的生活，经济是一个重要的因素。

1078年，苏东坡写过一篇《滕县公堂记》，很直接地表达了一个观点：当官是为了好的待遇。他在这篇文章里说："君子之所以走仕途，是用他的才能换取天下对他的供养。才能有大有小，所以，供养也有厚薄。只要有益于人，即使是夺取民财来供养自己也不为过。因此，饮食一定要丰盛，车马衣服一定要舒适，居室一定要壮观，使唤的奴仆一定要够用，那么人们就会轻易地抛弃家园而不愿意丢弃朝廷授予的官职。如果他的衣食粗劣不如自己家中的吃穿，居室弊陋不如自己家里的房屋，使唤的奴仆粗野，数量又不如自己家中的童仆，那么即使是君子安于这种生活，不提出什么异议，然而从人之常情来看，人们之所以离开父母舍弃祖坟出外游宦，难道是厌恶安逸而追求劳苦吗？"

所以，苏东坡说为了钱，不得不做官，有一定的道理。

但是，如果仅仅为了钱，苏东坡那个年代，至少还有另外两个选择。第一个选择是留在家乡。他的家在眉州，虽然算不上大富大贵，却也是稳定的中产之家，老老实实在那里种田、经商，应该不会贫穷，至少不至于沦落到被贬谪黄州乃至被流放到海南的地步。不离开老家，循规蹈矩，可以过上平常但安稳的生活。

第二个选择，以他的才华，可以通过其他途径赚钱。宋代的商业已经非常发达，社会上，包括士大夫在内对于商业都有比较开明的看法。前面提到过，苏东坡在杭州做通判的时候，有出版商出版了他的诗文集《苏子瞻学士钱塘集》，因为畅销，元丰初年又出版了《元丰续添苏子瞻学士钱塘集》。后来，苏东坡在杭州做太守，发生了一件事：一个卖扇子的商人，欠了绸缎商很多钱。绸缎商告到官府，苏东坡觉得，这个扇子商很可怜，因为天气等各种原因，扇子卖不出去，亲人又生病；但绸缎商讨要欠款，也合情合理。这让苏东坡左右为难。他突然灵机一动，让那个卖扇子的拿来一千把扇子，他在上面或写字或画画，让扇子商拿出去卖，赚来的钱正好可以帮他还清欠款。也就是说，苏东坡如果想获得自由，是可以做自由艺术家的，靠卖文卖画卖字谋生，大概不会贫穷，还很自由。

但苏东坡几乎完全没有考虑过这两种选择。他选择的是一条传统的人生道路，就是把自己定位为士大夫。士大夫这种角色，可以说是古代中国很特别的一个角色定位。余英时说："这是世界文化史上独一无二的现象。"（《士与中国文化》）

士大夫，来源于儒家，有点像知识分子，但又有点不一样。既有职业层面的特点，往往做官，或者做教师，也有道德层面的特点，是某种人格的实践者，还担负着社会使命，甚至还有宗教意义上的特点。《论语》里对于"士"的描述：

> 士志于道，而耻恶衣恶食者，未足与议也。（《论语·里仁》）
> 君子谋道不谋食。耕也，馁在其中矣；学也，禄在其中矣。君子忧道不忧贫。（《论语·卫灵公》）
> 士不可以不弘毅，任重而道远。仁以为己任，不亦重乎？死而后已，不亦远乎？（《论语·泰伯》）

中国历史上，"士"作为一个独立的群体存在，民间常常叫读书人。他们一般是平民，通过科举考试，成为国家的管理者。也可以不做官，靠自己的道德文章，产生很大的影响，有点像现在的"意见领袖"。

宋代以文治国，士大夫获得前所未有的地位，与皇帝"共治天下"，又有不杀士大夫的传统。因此，宋代的士大夫产生了很强烈的使命感。范仲淹的"先天下之忧而忧，后天下之乐而乐"，张载的"为天地立心，为生民立命，为往圣继绝学，为万世开太平"，成为士大夫的一种自觉担当。

生活在那个时代的苏东坡，作为那个时代优秀的"读书人"，自然而然也有这种担当。"当官固然是为了谋生，但当官更是为了一种使命，一种担当。"这种意识融化在苏东坡的血液里。这种使命感和担当感，使得苏东坡像一个理想主义者，难免会对现实感到失望。

理想和现实的矛盾，我们可以从官员的类型去观察。一般而言，官场上有三类官员，第一类是"理想型"，有理想主义情怀，有操守，有原则；第二类是"职业型"，看重的是职位的晋升；第三类是"钻营型"，属于投机分子。第一类和第三类都属于少数。在北宋的政坛上，王安石、苏东坡、欧阳修、司马光都是第一类官员。第一类官员，因为自己的情怀和操守，使得他们和第三类官员格格不入，同时也和第二类官员志趣相异。

作为第二类"职业型"官员，朱熹有过这样的描述：

> 今世士大夫惟以苟且逐旋换去为事，换得过时且过。上下相咻以勿生事，不要十分理会事，且恁鹘突。才理会得分明，便做官不得。（《朱文公政训》）

> 大率习软美之态，依阿之言，而以不分是非、不辨曲直为得计。下之事上，固不敢稍忤其意。上之御下，亦不敢稍咈其情。惟其私意之所在，则千途万辙，经营计较。必得而后已。（《宋史》第 188 卷《道学三》）

归纳起来，就是平庸，不求有功，只求无过。

苏东坡从少年时代开始，对于社会就有一套自己的理念和理想。他的朋友说他"奋厉有当世志"，而且自信"致君尧舜，此事何难"。一个才高气盛的理想主义的年轻人，进入官场后，遇到的大多数是职业型的官员，每天都在经营计较当中，不免失望。后来又卷入权力斗争，自然就生发了对于官场的厌倦，进而对于社会感到厌倦。

厌倦了，还留在官场。为什么呢？

谋生、使命，都是个中原因。还有就是，当时的政治生活相对自由开放，也使得他没有必要像陶渊明那样完全归隐田园。就像余英时说的：

> 总之，宋代士大夫在党争失败后虽不免受到以宰相为首的执政派的种种迫害，但由于儒家文化浸润下的皇帝往往发挥着缓和甚至保护作用，他们的遭遇在中国历史上可以算是最幸运的了。（余英时《朱熹的历史世界：宋代士大夫政治文化研究》）

余先生又举了朱熹的例子。庆元党禁时期，朱熹说："某又不曾作诗讪谤，只是与朋友讲习古书，说这道理。更不教做，却作何事！""其默足以容，只是不去击鼓讼冤，便是默，不成屋下合说底话亦不敢说也。"（《朱子语类》）大意是只要我不骂皇帝，不到衙门去闹，私底下说什么，谁也管不着。这种情形，苏东坡也是如此，虽然他总想要改掉评议时政这个毛病，但总是改不掉，其实这也和当时的政治环境有关。

当然，还有另一个原因，就是苏东坡在官场获得的巨大名声，也让他很难完全退出官场。他很难做到像他的朋友陈季常那样，自动游离在官场外，浪迹江湖。举一个不太恰当却很能说明问题的例子，我在很年轻的时候在大学里已经破格成为教授，所以，即使偶尔有辞职的念头，也只是一闪而过。而我的一个朋友，研究生毕业后，迟迟评不上职称，也就很快下定决心辞职了。我有很长一段时间在体制内按部就班，而那位朋友很早就成了民营企业家。

即使是今天，当我们在体制内获得一些成就，都很难下决心辞职。我们对于体制外的生活，有很多疑虑。一千年前的苏东坡，少年得志，名满天下，被寄予厚望，让他毅然决然去从事当时还比较边缘化的商业，对他有些苛求。

苏东坡和我们现在大多数人一样，是一个职业上的保守主义者，对体制有一种依赖。但是，他比我们大多数人厉害的是，他在体制内却活出了体制外的自在和趣味。他拥有一颗自由的心，没有什么能够阻挡他去热爱生活，创造生活。

03/ 何必择所安，滔滔天下是

苏东坡特别羡慕一种生活，就是财富自由，不用考虑生计问题，想去工作就工作，但工作只是出于兴趣，不想做了随时可以不做。

1079 年 3 月苏东坡赴任湖州之前，经过安徽灵璧，为张方平家的园子写了一篇《灵璧张氏园亭记》：

> 古之君子，不必仕，不必不仕。必仕则忘其身，必不仕则忘其君。譬之饮食，适于饥饱而已。然士罕能蹈其义，赴其节。处者安于故而难出，出者狃于利而忘返。于是有违亲绝俗之讥，怀禄苟安之弊。

大意是："古代的君子，不是非要做官，也不是非要不做官。非要做官就容易忘掉自我，非要不做官就容易忘掉国君。就像饮食一样，自己感到适意就行了。然而士子很难做到合于古人所说的君臣节义。居于乡野的人安于现状不愿外出做官，外出做官的人为利益所牵而不愿退出。于是他们就有了违拗亲情自命高洁或贪图利禄苟且偷安的弊病，因而受到人们的讥讽。"

苏东坡这个意思，和庆历年间杜衍说的话很接近。1046 年，贾黯廷试第一，去答谢杜衍，杜衍别的什么也没有问他，只问了他家里的经济情况怎么样。贾黯很奇怪，杜衍解释道："一般人假如没有经济基础，即使做大官，也不能昂首挺胸，进退自如。现在你贾君名在第一，学问不用问也可知，我只是担心你经济不宽裕，以致进退失据，不能按照原则和志向来做事。所以才会问你的家境如何。"

这是理想的生活状况，但世间的生活大多不理想，即使苏东坡才华横溢，但没有丰厚的家产，照样受到工作的困扰。即使遭受煎熬，也不得不继续在官场挣扎，在罗网和樊笼里讨生活。苏东坡安慰自己，哪里都是罗网，你能逃到哪里去呢？于是他写了这样一首短诗：

出都来陈，所乘船上有题小诗八首，不知何人（节选）

鸟乐忘罝罘，鱼乐忘钩饵。
何必择所安，滔滔天下是。

"鸟乐忘罝罘，鱼乐忘钩饵"，罝罘，指捕鸟兽的网。鸟玩耍

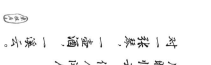

几时归去、作个闲人。对一张琴、一壶酒、一溪云。

故垒西边，人道是、三国周郎赤壁。

回首向来萧瑟处、归去。也无风雨也无晴。

江海寄余生。小舟从此逝

得太开心了，不知道有人在张网捕捉它；鱼在水里自由游乐，忘掉诱饵上是致命的钩子。人也是一样，得意的时候，会忘掉背后的危险。但是，普天之下，哪里不是罗网、哪里没有危险呢？看开了，想开了，也就没有必要刻意去逃避。

"何必择所安，滔滔天下是"，就算你逃避，去山里隐居或出家，仍然会面对生计的问题，仍然有人际的交往。只要你还在这个地球上，就很难逃离世俗生活，很难找到一个真正安全的地方。活着，就是要面对各种危险。所以，不如不逃，不如以达观去化解危险。

这是一个很诗意的回答，也是一个很有高度的回答；很轻松地化解了眼前的痛苦，也很轻松地解释了苏东坡为什么没有真正"隐退"。

这首诗写于1071年，苏东坡离开京城去杭州做通判，去杭州前从京城坐船去陈州看望张方平。在船上，写了八首短诗，这是其中一首。苏东坡去杭州做通判的原因要追溯到1069年，这一年，苏东坡被任命为殿中丞直史馆判官告院，这是苏东坡第一次在"中央"任职，接着又任开封府推官、兼判尚书祠部等官职。如果没有王安石变法，那么从苏东坡当时的名声以及他的才华而言，大概率是一路高升，取得他那个时代士大夫所能达到的最高成就。

王安石变法，因为触及制度层面的改革，引起极大争议，可以说改变了宋朝的历史，当然也改变了苏东坡的命运。王安石变法把士大夫分化为两派：新党和旧党。王安石代表改革的新党，欧阳修、司马光、苏东坡等代表保守的旧党。这是中国历史上第一次因为政见不同而出现的政治派别。两派因为治国理念和方法的不同，展开了激烈的争论，开始是"君子之争"，后来慢慢演变成了权力斗争，最后又发展到人身攻击。

苏东坡作为旧党的骨干，自然成为被攻击的主要对象。一个叫谢景温的人弹劾了苏东坡，罪名是苏东坡送父亲的灵柩回眉州时，动用军队的士兵运船，而且还贩卖私盐。这个事件一下子成为大新闻，引起朝廷议论，经过调查之后发现并没有这回事。而真相是当时眉州的士兵出去迎接新的太守，苏东坡正好返回京城，搭了便船而已。至于贩卖私盐，更是捕风捉影的事了。虽证得了清白，但两年来处于新旧两党争斗中的苏东坡，感到很疲惫，因此主动要求外派，结果被任命为杭州通判。

这是苏东坡政治生涯上的第一次挫折。他采取的方法，是主动要求外派到地方，也算是一种"退"。当时，因为神宗皇帝支持新党，欧阳修、张方平、司马光等人，觉得无法实现自己的政治主张，也都要求去地方做官。这是北宋时的一种惯例，得势的一方在中央，而失势的一方就去地方。

苏东坡主动要求外派地方的目的是要远离权力斗争。后来他写"何时忘却营营？"时已经经历了更残酷的权斗，感触也就更深刻。那么，去杭州之前，为什么特意去看望张方平？因为张方平是苏东坡人生中很关键的一个人物。

1054 年，张方平以礼部侍郎的身份去蜀地做益州知州。当时年近五十的苏洵，正在谋求仕途。因一篇《张益州画像记》，引起了张方平的注意。所以，当苏洵到成都求见，张方平立即接见了他，表达了对其文章的欣赏，并把他推荐给了欧阳修。随后，又建议苏东坡和苏辙去京城参加科考，并资助了苏洵父子三人。从此，苏东坡两兄弟在仕途上走出了重要的第一步。

苏东坡到杭州做通判，不是正常的升迁，而是他仕途中第一次遭遇挫折后的妥协。可以想象他去看望张方平时的心情。当他写出"鸟乐忘置罥，鱼乐忘钩饵。何必择所安，滔滔天下是"时，既有不满现实的感慨，也有对自我的开解。当你一心一意在做事，背后却是要捕捉你的罗网，现实的险恶如此。而且，到处都一样，并没有可以逃避的地方，大概只有坦然面对吧。

04/ 贺下不贺上

　　常人喜欢进步，不喜欢退步；喜欢升官发财，不喜欢降职清贫。但是，苏东坡却说贺下不贺上，你退下来，就祝贺你，你升官了，不祝贺你。1071 年，欧阳修在太子少师的位置上辞职，获得皇上批准，苏东坡写了一篇《贺欧阳少师致仕启》表示祝贺。苏东坡说，得知您获得皇上批准，可以辞职去颍州养老，我们大家都很开心。

　　因为当官还是退隐，对于一个君子来说，是非常困难的选择。苏东坡也一直在这二者之间挣扎，一方面考虑君臣之间的恩义，另一方面有自己家庭的打算。就是说，一方面有使命感在推动，另一方面又有现实的生计问题在拉扯。所以，一些人在深山里隐居了一辈子，到老年还是忍不住寂寞要出来做官。

　　那些正处于高位的人，往往很不容易放弃既得的荣华富贵。所以，苏东坡说欧阳修很了不起，懂得进退之道，不贪恋权力。最后说，固然为天下可惜，失去了一个德高望重的人，却为欧阳修本人感到高兴，因为他做到了明哲保身，远离是非之地。

确实像苏东坡说的，欧阳修在当时的地位很高。既是文坛领袖，又是政坛大佬。这也是北宋时的一个时代特点，很多优秀的文学家同时又是政治家，可以写优秀的诗文，同时可以做很大的官。比如范仲淹、欧阳修、王安石、曾巩、苏东坡、苏辙等，另外像司马光、程颐这样的历史学家和哲学家，在政治上也有重要影响；这种情况是其他任何一个朝代所没有的。

说欧阳修不仅德高望重，而且位高权重，并不夸张。但欧阳修的仕途并非一帆风顺。仁宗年间，范仲淹庆历改革，他站在范仲淹一边，但仁宗支持的是范仲淹的对立面，改革派都被贬到地方上去做官。

欧阳修去了滁州当知州，写下了千古名篇《醉翁亭记》。

后来神宗年间，王安石改革，欧阳修却站在了改革的对立面，批评王安石的青苗法。1071 年，欧阳修以太子少师的身份辞职，去颍州养老。在颍州，写了有名的《采桑子·西湖念语》十首，最后一首：

平生为爱西湖好，来拥朱轮。富贵浮云，俯仰流年二十春！
归来恰似辽东鹤，城郭人民，触目皆新，谁识当年旧主人？

二十多年前，欧阳修曾经在颖州做过太守。当初乘着官家华丽的高车，前呼后拥。一晃二十多年过去了，富贵荣华，都像浮云。汉朝的丁令威在外面学道很多年后回到家乡，城郭如故，但人都变了。看到的都是新面孔，谁还认识他这位当年的太守呢？"俯仰流年二十春"，这个感慨里，欧阳修一定想到了自己两次遭到诬陷的事。

第一次大约在1044年。当时正好是庆历改革，改革的、反对改革的，陷入争斗，免不了相互攻击。相互攻击，第一个层面，从职责上去找你的差错，第二个层面，从道德上找你的瑕疵。欧阳修家里发生的一件事，给对立面提供了弹药。

欧阳修有一个外甥女张氏，从小在欧阳修家长大，嫁给了欧阳修的侄子欧阳晟。张氏不知道出于什么原因，说自己没有出嫁时和舅舅欧阳修有过不正当的关系。这件事太令人震惊了，牵涉到朝廷官员的品德问题，也是涉嫌犯罪的问题。朝廷派出调查组去调查，结果是张氏诬告，是子虚乌有的事。

第二次是在神宗熙宁年间，有人告他和儿媳妇有私情，而弹劾的人是欧阳修提拔的一个叫蒋之奇的官员。神宗皇帝过问了这件事，问蒋之奇是怎么知道的，蒋说是听别人说的，是御史中丞彭思永告诉他的。又问彭思永，也说是听来的。这样追查下去，弄清楚了来龙去脉。原来欧阳修的小舅子薛良孺因为受贿被免职了，欧阳修没有替他说话，于是他怀恨在心，捏造了欧阳修和儿媳妇私通的谣言，而且到处散布。宋神宗知道了真相之后，就把彭思永和蒋之奇都撤了职。

虽然两次都被证实清白，但这种私生活的流言极具伤害性，有一种说不清理还乱的纠缠。欧阳修两次都想辞职，尤其是后面那次，更是强烈地请求辞职。欧阳修应该是对于因为政见不同而引发的人际争斗，产生了很深的厌倦，但神宗挽留了他。

直到1071年，辞职的请求终于获得批准。那一年，苏东坡也经历了政治的风雨，领略了政治无趣、烦人的一面，主动要求外派地方，去了杭州做通判。去杭州的途中，他先去看望了张方平。接着，就在9月份，经过颍州时，又去看望欧阳修，并在欧阳修家里住了二十多天。欧阳修显得衰老、憔悴，一定让苏东坡联想到自己，让他更深地思考自己未来的路应该怎么走。

在短文《贺下不贺上》里，苏东坡进一步梳理了"进退之道"。

在这篇短文里，苏东坡说，他和欧阳修很熟悉，知道他是真的想辞官，不像有些人只是口头说说而已。但受形势所迫，欧阳修不得不继续做官。做官之后，要想求退，并不容易，常常是身不由己。所以，一心求官的人，应当有所警戒。一旦当官，做到问心无愧，又不招惹毁谤，十分困难。所以，一旦卸下身上的重担："如大热远行，虽未到家，得清凉馆舍，一解衣漱濯，已足乐矣。况于致仕而归，脱冠佩，访林泉，顾平生一无可恨者，其乐岂可胜言哉！"（《跋欧阳文忠公书》）

苏东坡说，我们在进步的时候，一路得意，忘了"求退之难"。在官场上，进步并不难，难的是进步之后的"退"，非常困难，只能进，不能退。很多人热衷于升官发财，不断进步，却在有一天发现已经走到了死胡同，再也没有退路。

苏东坡借着欧阳修的辞官，为自己确立了一种政治生活的态度：退步比进步更重要。苏东坡的一生，从未谋求升官。相反，每次在担任政府官员的时候，都是主动要求外派地方，自愿边缘化。

为什么要这样呢？

因为苏东坡看到了以权斗为核心的政治生活，会消耗人的一切美好，没有任何意义。苏东坡所处的时代，在政治上最重要的特点是：形成了旧党和新党这两个不同的政治圈子，完全没有办法和平相处。开始是政见的不同，慢慢就变成了权力之争，变得只有立场，没有原则。站队变得非常重要。而一旦站队，你就被贴上了标签，你就很难成为你自己，此时的你不过是一个政治工具和符号。这是苏东坡说的求退很难、身不由己的意思。整个北宋的政治，就陷在新党和旧党的相互斗争里，这是个人无法改变的环境氛围。而一旦陷入非黑即白的纷争，就陷入了泥潭。

唯一的办法是抽身而退。

完全退到田园或江湖，又不现实。那么，在政治生活这一块，不如不求上进，只求平安。既然这种政治氛围里的工作是我所不喜欢的，但又离不开这份工作，那么没有必要在这份工作上有所追求，做好本分就好了。这是苏东坡在一种特定的政治环境里以"退步"作为自己的生存策略。

05/ 若对青山谈世事，当须举白便浮君

读读苏东坡《赠孙莘老七绝》中的一首诗，领略一下作为变法反对派的苏东坡，一方面不赞同这个政策，一方面作为地方官又不得不执行这个政策，这种分裂是如何形成一种新的表达方式的？

先梳理一下王安石变法的历史背景。

1067 年，英宗驾崩，他的长子，年仅 20 岁的赵顼继位，就是宋神宗。开国于 960 年的宋朝到神宗皇帝，已有 107 年的历史了，祖宗传下的一些规矩、制度，一方面成为习惯，大家理所当然地遵守，另一方面这些规矩、制度的弊端也开始浮现，经济上出现危机，军事上更有辽、西夏的不断侵扰，这些问题长久得不到解决。年轻的神宗怀着"富国强兵"的梦想，决意进行改革。他把年号改为"熙宁"，寓意是明亮、安宁，以寄托对国家未来的期待。

神宗不想因循守旧，不想沿着他父亲的旧路走下去，他想走一

条自己的路。通俗地说，他是一个想做一番大事的皇帝。于是，同样怀抱"做一番大事"理想的王安石登上了历史舞台，和神宗一起开启了"熙宁变法"，也叫王安石变法。吕思勉先生在《中国史略》中归纳了王安石变法的内容，主要集中在三个方面：

其一，青苗、免役之法，旨在救济农民。

其二，裁兵、置将及保甲之法，旨在整顿军队。

其三，改革学校、贡举之法，旨在培养人才。

除了这三方面，另外还有农田水利、赋税等方面的改革。朝廷还特别设置了制置三司条例司来规划财政，苏东坡的弟弟苏辙一开始被招入制置三司条例司，不久因为见解相差太远就离开了。1069年，王安石担任参知政事，1070年升任宰相，前后为相大约七年，北宋朝廷在这期间形成了新党和旧党对立的政治局面。

作为旧党的主要人物，苏东坡发表了很多有影响的反对变法的言论，其中最著名的就是1069年写的万言书——《上神宗皇帝书》。在这封万言书里，苏东坡论述了反对变法的理由，他是从三个方面展开的。第一是"结人心"，这主要从"人心不乐"，即老百姓不乐意这个角度来阐述的，主张不应该推行水利、免役、青苗等新的政策。第二是"厚风俗"，认为一个社会风气的好坏，比经济、军事实力更关系到兴亡盛衰。第三是"存纲纪"，劝说神宗要听取不同的意见。

　　但神宗变法的决心异常坚决，苏东坡的意见没有得到反馈。当然，其他人的反对意见也不会得到反馈。所以，旧党纷纷求退。当时旧党的领袖是司马光，他回到洛阳去写《资治通鉴》了，从此以后大概有十年闭口不谈政治。苏东坡是旧党里的第二号人物，也去做地方官了。这其实是宋朝自太祖以来的一个惯例，如果反对当朝皇帝或宰相确定的政策，那么就离开朝廷，外派做地方官，形成一个地方上的反对派。相比于其他朝代，北宋可能是最接近现代的一个朝代。朝廷的争斗，基本上是政见不同。对于不同意见者，一般不会严厉处罚，只是外派做地方官。

　　当然，很多人主动求退去做地方官，毕竟并非自愿，而是心有不甘。心有不甘，难免就会有牢骚话。刘贡父因为反对王安石的青苗法，被调任泰州做通判，苏东坡写诗为他送行：

送刘攽倅海陵

君不见阮嗣宗臧否不挂口。莫夸舌在齿牙牢，是中惟可饮醇酒。
读书不用多，作诗不须工。海边无事日日醉，梦魂不到蓬莱宫。
秋风昨夜入庭树，莼丝未老君先去。
君先去，几时回？
刘郎应白发，桃花开不开。

这首诗就是漂亮的牢骚话。因为王安石很固执，听不得不同意见，所以，苏东坡劝朋友少说话，不要批评什么赞成什么。又因为王安石改革，科举考试不考诗赋了，所以苏东坡讽刺说读书多也没什么用，写诗写得再好也是徒劳，不如在海边天天喝酒喝到醉，不要再操心什么国家大事了。

实际上，苏东坡还是在操心国家大事，不过换了一种叙述方式。1072年，苏东坡受两浙转运使的委托，去湖州考察水利工程。这里要注意一个细节，就是苏东坡其实并不赞同当时朝廷的水利政策，但作为地方官，他必须去执行，你可以想象他的心情有多么矛盾。

当时湖州的知州是孙觉（孙莘老），苏东坡在京城时就和他熟悉，两人相见免不了喝酒吟诗。席间苏东坡行酒令，规定不准谈论时事，谁谈了就罚酒一杯。这次聚会之后，苏东坡写了《赠孙莘老七绝》，其中第一首：

嗟予与子久离群，耳冷心灰百不闻。
若对青山谈世事，当须举白便浮君。

第一、二句感叹自己和孙觉已经离开政治中心很久了，心灰意冷到什么消息都不关心。第二、四句说，假如对着这么好的青山谈论政治，谈论是是非非，谈论世间那些烦心的事，那么就要举起杯子，倒满酒，自己罚酒一杯。

这首诗当然是一个政治上不得意的人抒发的不满情绪，但这些情绪都化解在酒和山水之间了。"若对青山谈世事，当须举白便浮君"，不过一个很日常的场景，两个失意的人，在湖州的山水之间，和一帮朋友一起喝酒，不许谈论朝廷的事。不许自己谈论，恰恰证明还没有完全放下。同一时期，苏东坡还有一组写杭州农村的诗，也是批评新政，也是同样的写法。比如《山村五绝·其三》：

老翁七十自腰镰，惭愧春山笋蕨甜。
岂是闻韶解忘味，迩来三月食无盐。

70 岁的老人腰间配着镰刀，春天里收获了一大堆甜嫩的笋蕨，却吃不出什么味道，难道是像孔夫子那样听到韶乐而忘了肉的味道吗？其实，是三个月没有盐吃了。这首诗用的是反讽的手法。

06/ 我亦恋薄禄，因循失归休

1072 年除夕，在杭州做通判的苏东坡在衙门加班。当时朝廷实行新法，其中一项是严加管制食盐的贸易，绝对不允许私盐贩卖。这本来没有问题，像盐这样的日用品，应该由政府统筹管理。

但问题在于，政府的盐太贵，老百姓买不起，因而有很多人铤而走险贩卖私盐。因此，一下子多了很多罪犯。苏东坡当时写过一首诗，表达自己的看法：

山村五绝·其二

烟雨蒙蒙鸡犬声，有生何处不安生。
但令黄犊无人佩，布谷何劳也劝耕。

烟雨蒙蒙里的村庄，鸡犬相闻，每一种生物为了活命不得安生。黄犊，就是小黄牛。西汉时渤海一带的老百姓喜欢佩带刀剑，太守龚遂号召当地人卖掉刀剑换成牛犊。苏东坡这里的意思是，假如放宽盐禁，让人们自由买卖，那么也就不会有人佩着刀剑去贩卖私盐了，老百姓也会安心耕田种田，不需要布谷鸟去叫唤他们。

但朝廷很强硬，所以犯法的人也就越来越多。苏东坡处理这些罪犯的文书工作，一直到除夕还没有完成。他一个人在府衙里加班，很感慨，就写了一首诗：

除夜直都厅囚系皆满日暮不得返舍因题一诗于壁

> 除日当早归，官事乃见留。
> 执笔对之泣，哀此系中囚。
> 小人营糇粮，堕网不知羞。
> 我亦恋薄禄，因循失归休。
> 不须论贤愚，均是为食谋。
> 谁能暂纵遣，闵默愧前修。

"除日当早归，官事乃见留"，大年三十本来应该早一点回家，却因这件事滞留在办公室。

"执笔对之泣，哀此系中囚"，拿起笔的时候，我很感伤，不禁落泪，为这些被拘留的囚犯感到悲哀。因为这些犯人不是那种杀人放火的凶恶之徒，多半是迫于生计而犯险的小民。

"小人营糇粮，堕网不知羞"，平民百姓为了谋生，堕落到法律的罗网里，并不觉得羞耻。

接下来的一句，不同凡响。"我亦恋薄禄，因循失归休"，其实呢，我（苏东坡）也和他们差不多，贪恋微薄的俸禄，而延误了回家团聚过年。

苏东坡当时是杭州通判，但他一点也没有"官"的意识，完全把自己看作一个普通的人，这个职位不过就是一份为了谋生的工作，和那些为了生存而铤而走险的罪犯没有什么两样。然后，他作了一个总结，"不须论贤愚，均是为食谋"。这个世界上的人啊，不论是圣贤还是愚民，其实都不过是为了混一口饭吃。

所以，谁也不必太把自己当回事，不就为了混一口饭吃吗？因此，人与人之间应该多一分包容和理解。大家活着，为了生存，都不容易。

"谁能暂纵遣，闵默愧前修"，谁能够把这些囚犯放走呢？这里暗用了一个典故，《后汉书》里记载，有一个叫虞延的官员，每到除夕就暂时释放囚犯回家，而这些囚犯也能感恩，除夕之后就主动回到监狱。苏东坡说自己很惭愧，不能像虞延那样。

我们谈论苏东坡，经常谈论他如何想得开，如何快乐，却往往忽略了苏东坡经常以人之常情作为出发点，为别人的痛苦感到悲伤，感到不快乐。由此，也许会帮助我们更深地理解到底什么是真正的快乐。

在黄州，苏东坡发现当地人因为贫穷养不活孩子，生了两三个孩子后，再生下来的婴儿往往被溺死。苏东坡非常不忍心，就写信给当地的知州，要求从政府层面禁止这种残忍的行为。他又让当地的一个好朋友发起组织"育儿会"，向富人募捐，资助穷人。苏东坡自己很穷，却也带头捐款。他说："若岁活得百个小儿，亦闲居一乐事也，吾虽贫，亦当出十千。"

在海南，苏东坡见到当地人杀牛，也是非常不忍心，他在《书柳子厚牛赋后》中说："岭南各地有杀牛的风俗，海南特别厉害。客人从高化把牛装到船上，渡过大海，一条船上装有一百头牛，遇见大风，因饥渴而相互依靠着死去的牛不计其数。牛登船的时候，都发出悲哀的叫声，流下眼泪。到了海南以后，耕牛和杀牛各一半。当地人有了病，不去吃药，而是杀牛祈祷，以此向神灵求保佑。如果不死，就感谢巫师。他们把牛当成了药。又说当地出产沉香，必须用牛向黎族人换沉香。黎族人得到牛后，就杀牛祭祀鬼神，没有一头牛能幸免。中原地区的人用沉香供奉佛祖，实际上是在烧牛。我没有能力改变这种风俗，就把柳宗元的《牛赋》抄录下来送给琼州的僧人道赟，让他去开导那些有知识的人，这样做能减少一点我的悲哀。"

07/ 会挽雕弓如满月，西北望 ，射天狼

《江城子·密州出猎》这首词是苏东坡具有开创性的一首词，他写完这首词后比较得意，就给朋友写信，大意是说：

> 我近来写了一些小词，虽然没有柳永那种风格，却也自成一家。几天前，在密州郊外打猎，收获颇多，写了一首词，让东州壮士顿足而歌之，以吹笛击鼓打节拍，颇为壮观。

所谓自成一家，就是开创了豪放派的词风。苏东坡之前，宋词的代表是柳永，他的词作风格偏于婉约。当苏东坡的《江城子·密州出猎》这样的词出现的时候，一种新的后来被称作豪放派的风格就诞生了。

这首词写于 1075 年 8 月, 当时密州闹干旱, 苏东坡就举行祈雨仪式, 向常山山神求雨, 不久果然下雨了。为了答谢常山山神赐雨, 苏东坡带了一群官民去祭祀, 回来的途中, 进行了一次打猎。苏东坡就写了这首词, 记录这一次打猎的情景。

江城子·密州出猎

老夫聊发少年狂, 左牵黄, 右擎苍, 锦帽貂裘, 千骑卷平冈。为报倾城随太守, 亲射虎, 看孙郎。

酒酣胸胆尚开张。鬓微霜, 又何妨! 持节云中, 何日遣冯唐? 会挽雕弓如满月, 西北望, 射天狼。

那时苏东坡 40 岁, 自称老夫, 却像一个少年一样, 左手牵着黄犬, 右臂上托着苍鹰, 戴着华美鲜艳的帽子, 穿着貂鼠皮衣, 带着一队人马像疾风一样席卷平坦的山冈。为了报答全城的百姓跟着我去打猎, 我像孙权一样, 亲自射杀老虎。

打猎之前, 我痛饮美酒, 心胸开阔, 胆气更加豪迈。虽然我的两鬓已经微白, 但又有什么关系呢? 说不定什么时候, 就像当年魏文帝派遣冯唐那样, 皇帝也会派遣我去西北边陲。那个时候, 我会用尽力气把雕弓拉满, 就像满月一样, 面朝西北, 射向来犯的侵略者。

在这首词里, 苏东坡展现了一个为了国家奔赴边陲保家卫国的英雄形象。写这首词的时候, 朝廷还是新党执政, 苏东坡在政治上还是很不得意，他却以士大夫的使命感写出了这么一首堪称时代曲的作品。

无法维护边关安宁，一直是北宋对外最大的困扰。苏东坡写这首词的时候，北宋主要受到西夏和辽的威胁。如何让国家的军事强大呢？苏东坡在一篇策论《教战守策》中比较系统地论述了他的看法。

第一，苏东坡用人的身体打了个比方，他说那些达官贵人平时吃得好，穿得好，但是他们的身体往往不如农民。为什么会这样呢？因为风霜雨露、寒冷暑热的变化，是疾病的原因。达官贵人住在楼房里，出门有车，穿得很暖和，起风了有风衣，好像保护得很好，实际上丧失了抵抗力。一旦出现一点意外，他们就会很快得病。而那些农民每天都在日晒雨淋，反而习惯了恶劣的环境，获得了很强的抵抗力。所以，苏东坡的意思是，平时不能放弃军备，尤其是让老百姓有军备的意识，要经常地组织他们去打猎，训练他们打仗的能力。这样一旦发生战争，老百姓就不会惊慌失措。

第二，苏东坡还强调了一个重点，就是老百姓有军备意识，平时经常训练，可以避免过分依赖专门的军队。养着专门的军队，一方面会给国家财政带来压力，另一方面军队还会骚扰百姓。

苏东坡总结说，士大夫都应该有尚武的精神，讲授练习作战的方法；在官府服务的平民，让他们学习军事操练；负责抓捕盗贼的公务人员，让他们学习刀剑格斗的技能。每年年底把这些人集中到州府，进行聚会比武，这样就能形成一种常态化的防御机制。

苏东坡主张要有尚武精神，主张要有全民皆兵的防御措施。但是，苏东坡坚决反对"好战"。1076年，他主笔了一篇《谏用兵书》，认为"好战"就像"好色"，"兴师十万，日费千金。内则国库空虚，外则百姓穷匮"。他还举了历史上大量的例子，好动干戈的君王，要么因兵败而亡国，要么像秦始皇、汉武帝、隋文帝、唐太宗那样，虽然打了胜仗，扩大了国土，但引起的后果却是灾难性的。

所以，苏东坡一方面主张尚武，要有英雄气概，但目的是保卫国家，而不是向外扩张；另一方面，他完全不赞成好战，不赞成战争，主张尽可能不要用战争去解决问题。

宋代一直被认为对外软弱，每年都要向边境的少数民族上贡。但从苏东坡的思考逻辑看，我们也许会发现北宋对于战争的看法有现代意识的萌芽，北宋采用的是花钱买和平，并非软弱，而是一种很理性的国与国之间的行为，不再采取武力征服，而以民众的福祉为优先，宁愿不要虚名，花钱换来和平。这是一个近年来引起国内外学者讨论的话题，也很值得我们思考。

08/ 居士，居士，莫忘小桥流水

1085 年和 1086 年是苏东坡政治生涯的高光时刻。

1085 年 5 月，他被任命为登州知州，上任五天，就有新的任命，回到朝廷担任礼部郎中，半个月后，又被提拔为起居舍人。

1086 年 3 月，又被提拔为中书舍人，9 月又高升为翰林学士，负责皇帝的文书工作。一年多的时间，苏东坡的政治地位直线上升，很快从一个沦落在黄州的戴罪之人，成为权力中心的核心人物。

就在这个高光时刻，苏东坡听说杨君素要去担任黄州太守，就写了《如梦令》二首送给他：

如梦令·寄黄州杨使君二首

其一

为向东坡传语，人在玉堂深处。别后有谁来，雪压小桥无路。归去，归去，江上一犁春雨。

其二

手种堂前桃李，无限绿阴青子。帘外百舌儿，惊起五更春睡。居士，居士，莫忘小桥流水。

春风得意的时候，苏东坡却怀念起黄州的日子。玉堂，指的是翰林院。翰林院这个机构，是从唐代开始出现的，最初是用来安置各类特别的行当，比如文学艺术、医学工艺、宗教方术、棋琴书画等方面的人才，并不是正式的官署。说得通俗一点，这些人是陪皇帝玩的。到了晚唐，翰林院成了专门起草机密诏书的机构。到了北宋，翰林院已经是一个正式的政府机构，而且是精英最集中的机构。能够进入翰林院，是一种荣誉，代表着最受尊重的士大夫精英群体。

在翰林院的苏东坡，想念起黄州的东坡。那一块东边的山坡，留下了他一生里一段痛苦的岁月，现在却成了有点甜蜜的回忆。苏东坡说，我离开之后有谁去过那里呢？那里应该已经荒凉了，雪压着小桥，因为没有足迹，看不到路。然后，他连用了两个"归去"，让人想到陶渊明的《归去来兮辞》。陶渊明是归去田园，回到自己的家。苏东坡是要回到黄州的东坡，而不是眉州。春天的时候回去吧，那时候下着雨，落在江面上，正好是春耕的时候啊！"一犁"，这个犁，本来是耕田的工具，是名词，这里用作量词，和"一蓑烟雨任平生"的"一蓑"是一样的用法，把名词量词化。这句话呈现出这样的意境：下雨和耕田的情景交融在一起。

第二首词描述了当年东坡雪堂的春天生活，自己亲手种下的桃李，绿叶成荫，果实累累，窗外的鸟鸣惊醒了春睡中的苏东坡。现在身处翰林院的苏东坡提醒自己，"居士，居士，莫忘小桥流水"。在黄州时，苏东坡开始信佛，并称自己为"东坡居士"。在京城身处高位的苏东坡，怀念起当年黄州春天小桥流水的景象，还是称呼自己为居士。

为什么春风得意的时候，苏东坡怀念起黄州那一段苦日子？为什么春风得意的时候，回忆起那段苦日子却有了甜蜜的感觉？为什么又提醒自己是一个居士呢？

比较明显的理由，是苏东坡在春风得意的时候，都遇到激烈的权斗。第一次在朝廷工作，正好遇到王安石实行新法，士大夫分裂为新党和旧党，苏东坡作为旧党的核心人物，受到攻击、排挤。

第二次回到朝廷工作，旧党领袖司马光担任宰相，苏东坡成为他的得力助手。但很快，苏东坡和他发生了意见分歧。苏东坡到地方历练了一圈，又经历"乌台诗案"沦落到黄州，对于民间的真实情况有了更深的了解，不再像当初那样一概反对王安石的新法，觉得新法里的免役法还是很有实效的一项政策。

但司马光比较极端，凡是王安石赞成的，他都反对。

这让苏东坡非常苦恼，他在给杨绘的信里袒露了自己的心声，内容大意是说：

> 我近来连续请辞，请求外派地方，但还没有得到允许。这些日子一直在闭门等待。反正我一定要离开翰林院了，想必你已经有所闻了，原因是台谏容不得我。昔之君子，惟荆是师；今之君子，惟温是随。所随不同，其随一也。老弟与温，相知至深，始终无间，然多不随耳。致此烦言，盖始于此。然进退得失，齐之久矣，皆不足道。

在这段话里，苏东坡讲出了一个重点，就是当时的士大夫，一开始是政治见解不同，到后来就演变成派别之争。王安石当政时，不管什么原则，只看是不是跟随他。司马光当政，也不管什么原则，只看是不是跟随自己。

苏东坡说，虽然跟随的人不一样，但性质是一样的，就是只讲立场，不讲原则，只讲站队，不讲大局。这是苏东坡对于政治失望的一个根本原因，这样的争斗毫无意义。苏东坡说自己虽然和司马光私交很深，但不会只是"跟随"，而是讲原则，不赞成的不会盲从。

王安石和司马光、王安石和苏东坡、司马光和苏东坡之间，还是属于"君子之争"，不会意气用事，不会穿小鞋、使绊子。但其他同僚就不大一样了，有时候仅仅因为嫉妒就会发动攻击。苏东坡提拔太快，加上他弟弟苏辙也同时得到重用，被任命为中书舍人，因此就受到了一些人的嫉妒。

当时的孙升对司马光说："苏轼这个人，翰林学士应该是极限了，不能再做更大的职位了。假如以文章写得好坏作为当官的标准，那么本朝的赵普、王旦、韩琦，都不是以文章出名。"孙升还上奏说："辅弼经纶之业，不在乎文章学问。今苏轼之学，中外所服，然德业器识，有所不足。为翰林学士，可谓极其任矣，若或辅弼经纶，则愿陛下以王安石为戒。"孙升的看法，应该是代表了当时朝廷里大部分官员的一种普遍看法。

一个人太红了，当然就会受到嫉妒。受到嫉妒，就容易被人找碴儿。

苏东坡为进士候选任职的人出题目，出了这么一道题："师仁祖之忠厚，法神考之励精：今朝廷欲师仁祖之忠厚，而患百官有司不举其职，或至于媮。欲法神考之励精，而恐监司守令不识其意，流入于刻。"大意是，如今朝廷想效法仁宗皇帝的忠厚，但可能会引起各级官员因为皇帝忠厚而不尽心尽职的弊端；想效法神宗皇帝奋发有为，但可能会引起各级官员不能团结一致甚至苛求百姓的弊端。

谏官朱光庭和苏东坡是进士同年，是理学家程颐的弟子。他上书告状，认为苏东坡的题目是在讥讽仁宗和神宗。他从苏东坡的题目里读出了这样的意思："臣以为仁宗深仁厚德，如天下之为大，汉文不足以过也。神考之雄才大略，如神之不测，宣帝不足以过也，今学士院考试不识大体，反以媮刻为议论，乞正考试官之罪。"

苏东坡为自己辩护，他讲的媮刻，不是说仁宗和神宗，而是讲大臣不能很好地奉行，就会犯这样的毛病。最后他用了撒手铜，说这道题是经过御笔亲点的，假如有讥讽的意思，怎么可能逃过圣鉴呢？最后经皇太后裁定，苏东坡的题目没有问题。

　　接着，右司谏吕陶，上疏弹劾朱光庭，认为他是报私仇。报什么私仇呢？这个上疏里讲了一件事，是关于苏东坡和程颐的。1086年10月11日司马光去世，那天正好有一个祀典，安放神宗的灵位到太庙。10月17日典礼结束，大家赶往司马光家吊唁。程颐却觉得这个时候不应该去吊唁，为什么呢？因为《论语》上说："子于是日哭，则不歌。"刚刚参加了热闹的典礼，不能马上就去参加丧礼，这样做不符合古礼。有人不以为然，说孔夫子只说"哭则不歌"，并没有说"歌则不哭"。一时间大家各说不一。这个时候，苏东坡说了一句："此乃鏖糟陂里叔孙通所制礼也。"

　　叔孙通是汉朝立国之初规章和礼仪的制定者，据说他制定的这些规章礼仪都是有依据的。鏖糟陂是一个地名，是开封西南附近的一块烂泥地。鏖糟陂里的叔孙通，带有嘲笑的意思，是说程颐不过是学到了叔孙通的皮毛，并不懂真正的古礼。苏东坡自己认为这句话不过是一句调侃，因为他也说自己是"鏖糟陂里的陶渊明"，但程颐显然不太高兴。吕陶认为苏东坡和程颐因此结下私怨。

　　程颐和他的哥哥程颢，都是理学大家，在中国思想史上地位很高，和周敦颐一起奠定了理学的基础，也是"天理"概念的创立者。苏东坡在文学史上地位很高。这两个人都很有建树，也很有才华，而且都是君子，但彼此因为性格不同，就是相互看着不顺眼。苏东坡给哲宗皇帝的奏状中说："臣素疾程颐之奸，未尝假以色词，故颐之党人无不侧目。"他认为程颐这个人虚伪，而程颐则认为苏东坡很轻浮，思想根基很浅薄。

司马光在世时，这些人还能勉强维持表面的团结。但在司马光去世后，程颐代表的洛党和苏东坡代表的蜀党，还有势力最大的刘挚、刘安世等人代表的朔党，形成了很激烈的派别斗争。苏东坡先是和洛党交锋，洛党被排斥之后，朔党和蜀党之间又是没完没了地相互攻击。从一件很小的事上就可以看出当时权斗的风格：挖历史。礼部郎中叶祖洽在十八年前考进士的时候，为了讨好王安石，说了一通"祖宗以来因循守旧"的话，鼓吹改革。十八年后给事中赵君锡把这件事翻了出来，予以举报。

这让苏东坡感到非常厌倦，怀念起黄州的岁月，很想回归到那种清贫但是单纯的生活。从前苏东坡在密州，他在写给好友的诗歌里感叹密州的生活很艰苦，也很无趣。但是，京城虽然繁华好玩，却处处是党争的陷阱。所以，他宁愿在地方上，虽然处于边缘，却更逍遥一些，心不累。没有想到的是，多年后他再次回到朝廷，飞黄腾达，却怀念起被贬谪的居住地黄州。那一段艰苦的岁月，相比于权力斗争，也显得如此美好。所以，人的一生，有得必有失，你获得了很高的社会地位，却陷入复杂的人事纠纷；你遭遇了不幸的打击，远离了中心，却得到了清静。

09/ 不能使其身一日安于朝廷之上

1092年，潮州重新修建韩愈庙，潮州知州王涤请苏东坡写了一篇碑文，于是就有了《潮州韩文公庙碑》这一篇碑文。在这篇碑文里，最核心的一段话是：

> 故公之精诚，能开衡山之云，而不能回宪宗之惑；能驯鳄鱼之暴，而不能弭皇甫镈、李逢吉之谤；能信于南海之民，庙食百世，而不能使其身一日安于朝廷之上：盖公之所能者，天也，其所不能者，人也。

大意是，韩愈的精进诚恳，能够拨开衡山的乌云，却不能挽回唐宪宗的迷惑；能够驯服鳄鱼的凶暴，却不能消除皇甫镈、李逢吉的诽谤；能够在南海的人民中得到信任，建庙祭祀，世代相传，却不能使自己在朝廷上有一天的安生。大概是由于韩公能感动的是天，不能感动的是人！

苏东坡认为，一个人可以骗人，但是骗不了天。他说自己曾经做过研究，发现有些人什么事都做得出来，但老天不容许他作假，他的狡猾可以欺骗王公贵族，却骗不了小鱼、小猪这类小动物；武力可以征服天下，却不一定能够得到天下人的心。

苏东坡写韩愈，但也是他的夫子自道，借韩愈在写自己。更重要的是，这篇碑文可以帮助我们从一个侧面探寻古代士大夫的自我定位，可以从某种程度上回答一个问题，像韩愈、苏东坡这样的士大夫，几乎都得不到皇帝的重用，不仅得不到重用，还受到迫害，但为什么他们却一直保持着忠诚和努力？

苏东坡得出结论，韩愈虽然得不到皇帝的欢心，得不到权贵的支持，却得到了上天的支持，得到了潮州老百姓的支持。所以，他取得的成就，挽救了一个时代的堕落。"古文运动逆转了衰败已久的文风，他的道德挽救了天下人的沉迷不悟，他的忠心使他敢于冒犯皇帝的恼怒，他的勇气折服了三军的统帅，带来了一股与天地并立、关系国家盛衰的浩然正气。"韩愈在潮州任职的短短八个月里，塑造了那里的文化，他的精神长久地影响着潮州。

这里，苏东坡点出了中国士大夫内在的自我期许，不管做什么，不是为了做给人看的，而是做给天看的。皇帝不欣赏没有关系，得不到别人的欣赏也没有关系，只要我做的事情是应该做的，那么上天就会看得到。韩愈创立了"道统"这个概念，认为士大夫在政治体制之外，另外有一个自己的系统。在政治体制里，权力的大小决定了你的地位，但在道统里，你的品德、你的能力决定了你的地位。一个人可能官职很小，甚至遭到贬谪，但是，在士大夫的阶层和民间，声望却很高。

所以，苏东坡和韩愈一样，虽然"不能使其身一日安于朝廷之上"，不能在朝廷上找到自己的位置，但是，并不影响他的道德文章流传于天下，也不影响他在朝廷之外的地方取得成就。苏东坡两次在朝廷任职，尤其是第二次，几乎到了士大夫所能达到的权力顶峰，却难以施展自己的理想和才华，倒是外派地方做地方官，被贬谪到黄州、惠州、儋州等地，为当地人民留下了丰厚的物质和精神财富，被传颂至今。

苏东坡最早在凤翔府任签判时，发现那里的老百姓要负担一种差役——把从终南山砍伐下来的竹子和木头，编成木筏，装载着西北诸州县的官物，沿着渭河，经过三门峡等险峻之地，运抵汴京，才算完成任务。如果途中官物有所损失，运送的人往往会被治罪或倾家荡产。如何解决这个问题呢？苏东坡经过实地调查，提出一个方案，在涨水期到来之前，由服役者自己决定运送时间，就可以避免损失。他一方面写信给宰相韩琦，反映情况和提出建议，以期引起朝廷的重视；另一方面在自己的职权范围内，积极寻找破解的办法，向上级报告后，就修改了衙前役的规则。

1071 年至 1074 年间，苏东坡第一次到杭州做通判，看到杭州的饮用水问题很严重。唐朝时李泌做杭州刺史时，在城内挖了六口大井，引入西湖的水，解决了老百姓的饮水问题。后来白居易任杭州刺史时，进一步疏通六井。但到苏东坡做通判时，六井已经渐渐淤塞，于是他和知州陈襄一起，请来精通水利的僧人，治理了淤塞。

1089 年至 1091 年间，苏东坡第二次到杭州做太守，全面治理了西湖水系，还修了一条长堤，就是现在的苏堤。此次任期内，杭州发生瘟疫，苏东坡自己配制了一种叫"圣散子"的药剂，在街上用大锅煎熬，给路人喝。据说，这是苏东坡从老朋友巢谷那里得来的治疗瘟疫的秘方。瘟疫过后，苏东坡认为杭州这样的商贸城市，来往的人很多，传染病传播频繁，应设立"病坊"。于是就通过公款和捐赠的办法，在众安桥建立了一所名为"安乐坊"的病坊。苏东坡自己带头捐了五十两黄金。这应该是我国历史上第一所面向民众的官办医院，后来搬到西湖边，改名"安济坊"。

1074 年至 1076 年间，苏东坡任密州知州，上任途中就发现当地官员没有如实向朝廷报告蝗虫灾害的严重性。他一到官所安顿好行李，就开始了田野调查，并写成了《上韩丞相论灾伤手实书》，把他调查的情况详细汇报，并实施了驱除蝗虫的方案。另外，在密州，苏东坡还解决了历来盗贼严重的社会问题，写有《河北京东盗贼状》的报告。在密州期间，当时执政的吕惠卿推行手实法，让百姓自己申报自己的财产，然后官府根据财产的多少来分派役钱。为了确保大家如实申报，还鼓励相互举报。苏东坡对于这种鼓励告密的做法很不以为然，认为会败坏社会风气，他利用这个法案推行中的一个漏洞，以拖延的方式没有执行这个来自中央的法令。

1077 年至 1079 年间，苏东坡任徐州知州，他治理洪水的事迹被写入了《宋史·苏轼传》。有一段记录苏东坡在徐州处理水灾的情况，可以看到苏东坡作为地方首长的形象：

> （苏轼）调任徐州任知州。黄河在曹村这个地方决口，泛滥于梁山泊和南清河等地，最后洪水汇集到徐州城下。暴涨的洪水没有被及时疏导，徐州城将要淹没在洪水里，富人争着出城躲灾。苏轼说："富人们出城，老百姓就会动摇，谁和我一起守卫这座城池呢？只要我在这里，就决不允许洪水危及城池。"于是，将逃出城外的富人们又赶回城里。苏轼拜访守卫的军队，对士兵头目说："黄河水将危害到徐州城，事态非常紧急，即使你们是禁军，也要听从我的命令为我效力。"士兵头目说："您太守大人尚且不躲避洪水和污泥，我们都是小人，理应为您效命。"于是带领手下人拿着畚锸等走出军营，修筑起东南长堤。大雨日夜不停，城墙仅有三版没有淹没到洪水里。苏轼在城墙上过夜，路过家门时也没有进去。他让各级官员分别堵住各自防守的地方，最后终于保全了徐州城。

1091 年至 1092 年间，苏东坡任颍州知州，刚上任就遇到一个有争议的水利工程——开挖八丈沟。这是朝廷下旨决定的项目，一般地方官员都会表示赞同。但苏东坡认为水利工程关系到民生，不可儿戏。他亲自去实地勘查，走访专业人士，得出的结论是开挖八丈沟会带来很多问题，这个项目应该终止。他上奏朝廷之后，朝廷采纳了他的意见。

1092 年，苏东坡任扬州知州。上任的时候，正好是阳春三月，每年这个时候当地政府都要举办芍药花会，场面很大，很华丽，但花费的全是公款，获利的是官员和承办的商人。苏东坡上任后做的第一件事，就是取消了这个劳民伤财的面子工程。

1093 年至 1094 年间，苏东坡任定州知州。这是苏东坡一生中最后一次任地方官。定州是一个边境重镇，与契丹相邻。宋代的军队分为几种禁军，直属中央，是主力部队；厢兵，属于各个州的地方部队；乡兵，临时组织的民兵；蕃兵，边境各个部落的军事组织。苏东坡发现禁军很疲弱，又因为不敢刺激契丹，不能公开训练，更加缺乏战斗力。怎么办呢？苏东坡注意到一个叫"弓箭社"的本地乡兵组织，觉得可以加以利用，弥补边境军力的不足。于是他向朝廷上奏《乞增修弓箭社条约状》，但可惜，没有得到回应。苏东坡就一心整顿废弛的军纪，处分了一些违反纪律的军人。

经过一个大略的梳理可以看出苏东坡，作为一个士大夫担任地方官时所能达到的高度。即使以今天的眼光来看，他也称得上是优秀的政治家。

10/ 岛边天外，未老身先退

　　如果有人问什么样的形象才是中国士大夫的标准形象，我首先推荐的一定是苏东坡的《千秋岁·岛边天外》，这是苏东坡写的最后一首词，完美地写出了士大夫的姿态，悲怆而又不失豪迈，孤独而又不失信念。

千秋岁·岛边天外

　　岛边天外，未老身先退。珠泪溅，丹衷碎。声摇苍玉佩，色重黄金带。一万里，斜阳正与长安对。

　　道远谁云会，罪大天能盖。君命重，臣节在。新恩犹可觊，旧学终难改。吾已矣，乘桴且恁浮于海。

　　"岛边天外"，当时苏东坡在海南岛的儋州，著名的天涯海角。

"未老身先退"，还没有老就致仕（相当于现在的退休）了。古代中国士大夫，一般 70 岁致仕，另外还有一种说法，叫作"功成身退"，做出一番事业之后，就不留恋职位，退出名利场。苏东坡在海南岛的时候 60 多岁，还没有到致仕的年龄。可能隐隐地，苏东坡也认为还没有实现政治上的抱负。苏东坡以前还不太老的时候，很喜欢说自己老了，但现在 60 多岁了却说"未老"，只是被迫退到了海南，退到了边缘。

"珠泪溅，丹衷碎。声摇苍玉佩，色重黄金带。"不在乎吗？还是在乎的。悲伤得溅出了像珍珠一样的眼泪，一片丹心破碎。但是悲伤归悲伤，作为一位大臣的威严仪态依然不改，腰间佩带的金色的玉饰发出厚重的声音。体会一下古代汉语的表述：声摇苍玉佩。是走动时腰间的玉佩发出声音，给人的感觉却像是声音摇动着腰带上的玉佩。"色重黄金带"，黄金色使得腰带显得凝重。

"一万里，斜阳正与长安对。"海南岛虽然离京城很远很远，但我在斜阳里，顺着阳光的方向，我知道那里就是京城。

"道远谁云会，罪大天能盖。"道路遥远，谁说还能见面呢？虽然我的罪过很大，君王对我的惩罚也很重，但是"君命重，臣节在"，君王给予的重大使命，我不会忘记，作为臣子的节操，我仍然会保持。

"新恩犹可觊，旧学终难改。"虽然被君王赦免的希望值得期待，但我仍然不会改变我的主张。"吾已矣，乘桴且恁浮于海。"好吧，我就这样度过一生吧，乘着小船漂浮在海上。

这首词感情饱满，有一个立足点，就是君臣关系。中国士大夫的自我定位，也是基于君臣关系展开的。按照孔子的构想，君王应该是德行充沛、君临天下的人，但在实际生活里，君王往往德不配位。怎么办呢？孔子说："君使臣以礼，臣事君以忠。"假如君王以礼相待臣子，那么，臣子就要忠于国君。如果君王不能以礼相待，怎么办呢？孔子没有正面回答，只是说："道不行，乘桴浮于海。"意思是，假如国君不像国君，我也不会去抗争，我还是会守住臣子的本分，但会以退为进。

孔子是一个非暴力主义者，他对于周武王造反杀掉纣王，是不赞成的。伯夷、叔齐认为周武王是"弑君"，所以不食周粟，躲在首阳山饿死了。孔子非常敬重他们。但孔子说的"君君臣臣"，绝不是后来有人理解的"君要臣死，臣不得不死"，而是一种对等关系，就是臣子对君王的忠诚有一个前提，那就是君王首先必须做到君王的本分。

后来的孟子比较激进，他有一个很大胆的观点，和孔子的看法不一样，他觉得周武王杀了纣王，不过是杀了一个独夫民贼，没有问题。孟子的"民本思想"在某种程度上是对孔子的一个补充。一方面，把对君王的要求具体化为顺应民意，重民轻君。另一方面，为朝代的更替找到了理由，就是当君王变成独夫的时候，臣子就可以不忠于他、推翻他。孟子的学说有点危险。所以，一般统治者获得天下后，往往不喜欢孟子，朱元璋甚至想把孟子从太庙里赶出去。

苏东坡写过一篇《论武王》的文章，赞同孔子的说法，批评武王不应该杀纣王。也批评了孟子的说法，他说世上的君子，都会坚持孔子的方法。那么，应该怎么办呢？苏东坡说应该由殷朝的人立一个新的国王来归顺周朝，这样就两全其美了。

如果说，孟子代表了儒家里的激进派，苏东坡毫无疑问是一个保守主义者。他在上面这首词，以及那首《临江仙·夜饮东坡醒复醉》的词句里，都引用了孔子的"道不行，乘桴浮于海"这句话，意思是如果君王不欣赏我，那就算了，我就在海上自得其乐，独善其身吧。

但苏东坡对于君王的看法有细微的变化。苏东坡年轻时在凤翔写过一首名为《秦穆公墓》的诗，歌颂过"三良"，三个贤良的臣子。当秦穆公死的时候，他们自愿殉葬了，苏东坡感叹："古人感一饭，尚能杀其身。今人不复见此等，乃以所见疑古人。""三良"这个事件在历史上有争议，最早在《诗经·秦风·黄鸟》里，认为"三良"是被迫殉葬的，所以谴责了秦穆公的残暴。但到了东汉，这个事件被改编成这三个人为了答谢秦穆公的知遇之恩，自愿殉葬。后来的人有不同的看法，不同的看法体现的是对于君臣关系的不同理解。陶渊明写过一首《咏三良》，是歌颂这三个人的，把他们写成了有情有义的侠士。

苏东坡写《秦穆公墓》三十多年后，被贬谪到了岭南，写了首《和陶咏三良》，却表达了与陶渊明，以及以前的自己完全不同的看法，他在诗里说，如果为了当年君王的一句话就去陪葬，实在是太不值得了，是把重如泰山的生命，浪费在轻于鸿毛的事情上。并进一步说，"君为社稷死，我则从其归；顾命有治乱，臣子得从违"，如果君王是为了国家社稷，为了老百姓而死，我愿意追随他；如果君王的命令不合法理，那么，臣子就可以违背。这是经过三十多年的风风雨雨，作为士大夫的苏东坡思想上的升华。

这种升华，也体现在《千秋岁·岛边天外》这首词里，一方面坚守臣子的节操，另一方面坚守独立的人格。苏东坡这样的伟大人物，遇上北宋这个文化复兴的伟大时代，成就了一种真正意义上的士大夫的人格。

这首词的背景，也显现出儒家师生传承的意义。1097 年苏东坡被贬谪到海南，并非一个人，而是一个群体，就是元祐时期得到高太后重用的人都被贬到了岭南，只是苏东坡是最倒霉的一个，被贬到了最远的儋州。他的学生，北宋著名诗人秦观，被贬到广西横县。秦观在经过衡阳时，抄写了一首他的词《千秋岁·水边沙外》送给衡阳知州孔仲平：

> 水边沙外，城郭春寒退。花影乱，莺声碎。飘零疏酒盏，离别宽衣带。人不见，碧云暮合空相对。
> 忆昔西池会，鹓鹭同飞盖。携手处，今谁在？日边清梦断，镜里朱颜改。春去也，飞红万点愁如海。

这首词写尽了"伤心"两个字。上阕写眼前的景色和现在的状态，下阕回忆元祐时期在京城的朋友们的繁华生活。但一切都成了过去，成了回忆，就好像春天去了，留下点点残红，像忧伤的海洋。"春去也，飞红万点愁如海。"浓郁的悲哀，让人透不过气来。有人读了这首词，怀疑秦观会不会因伤心而死。当时秦观的很多朋友和了这首词，想要开解秦观的忧愁。1099年，苏东坡读到这首词，作为秦观的老师，和了一首《千秋岁·岛边天外》，一下子超越了其他所有人的作品，包括秦观本人的这首词。这既是对学生的勉励，也是自己一生的告白，也为他一生的形象作了一个定格。

苏东坡一生中三次被贬谪，通俗地说，就是三次飞来横祸，相当于一个现代企业家一生中三次破产，中间还夹杂了牢狱之灾。苏东坡在黄州生活了大约五年，在惠州生活了大约四年，在儋州生活了大约四年。三次贬居，前后大约十三年，在苏东坡六十六年的人生中，并不算很长的时间。但苏东坡去世之前，回首自己的一生，觉得最荣耀的，不是元祐年间在京城的飞黄腾达，也不是在杭州做通判或知州时的意气风发，而是被贬谪到黄州、惠州、儋州等地时的生活。

然而，挫折之中的体验，给了苏东坡最深刻的记忆。也许，正是这三次贬谪的经历，挫折、痛苦、孤独、寂寞、贫困、恐惧，让他领悟到了生命的奥秘，让他真正进入内在的平静，更让他体味到了生活的喜悦。

第三章

人生多风雨，如何平静？

01/ 也无风雨也无晴

1079 年，发生了"乌台诗案"。有人举报苏东坡的诗歌作品里有讥讽朝廷、谤议新政，对当今皇上不敬的内容。苏东坡在湖州任上被捕，押解到京城，进了监狱。大约半年后定罪，被贬谪到湖北黄州，责授黄州团练副使。虽然名义上有一个官衔，但是没有任何权力，也没有俸禄，要靠自己解决生计。苏东坡相当于被安置在黄州这个地方，监视居住。

乌台诗案对于苏东坡而言是一场飞来横祸。苏东坡不是神仙，他和我们一样，是凡人，遇到这样的事也会恐惧。他不知道接下来还会被别人抓住什么把柄，一种不确定感、不安全感和被背叛的沮丧感笼罩着他。但是，慢慢地，他接受了现实。到了荒凉的黄州，日子虽然很艰难，但他却很快喜欢上了黄州的生活，还打算在这里安家。

有一天，他听说附近的沙湖有一块很好的地，就和几个朋友去看地。走到一半的时候，天突然下起了大雨，带雨具的人已经走到前头去了。同行的人都觉得很狼狈，抱着头躲雨，只有苏东坡不当回事，继续在雨中向前走。

不久，雨就停了。

这样一个小小的途中遇雨的经历，触动了苏东坡的内心，乌台诗案之后那些情绪暗暗奔涌，最后沉淀成一首词，叫《定风波·莫听穿林打叶声》：

> 三月七日，沙湖道中遇雨。雨具先去，同行皆狼狈，余独不觉，已而遂晴，故作此词。
>
> 莫听穿林打叶声，何妨吟啸且徐行。竹杖芒鞋轻胜马，谁怕？一蓑烟雨任平生。
> 料峭春风吹酒醒，微冷，山头斜照却相迎。回首向来萧瑟处，归去，也无风雨也无晴。

定风波这个词牌，最初是平定社会动乱的意思。后来被广泛运用，在苏东坡这首词里，不妨看作是"平定内心的风波"。

上阕第一句"莫听穿林打叶声，何妨吟啸且徐行"，经常有人把"莫听穿林打叶声"解释为"不要去听穿过树林打在叶子上的雨声"，按字面意思理解好像没有错，但"莫听穿林打叶声"和"何妨吟啸且徐行"是一个完整的上下句子，要从整体上去理解，确切的意思应该是：不要听到那么大的雨声就害怕了，以为不能走路了，其实风雨并不妨碍我们一边唱歌一边慢慢往前走。

很微妙的区别，意义上却有深刻的不同，把"莫听穿林打叶声"理解成"不要去听风雨声"是一种误导，会导致自欺欺人的自我安慰，让人变得阿Q。风雨声来了，你怎么可能不去听呢？雨会因为你不听而不下吗？

所以，苏东坡真正要表达的是，即便风雨来了，猝不及防，出人意料，但是，并不能影响我继续走我自己的路。听到了风雨声，不要以为世界就完蛋了，不要逃避，不要不去听，而是老老实实面对它，老老实实解决它。在没有雨具的情况下，解决它最好的办法就是"吟啸且徐行"，继续做自己能够做的事情，继续自己的生活。

下雨了，我们总要向外去寻求，找雨伞，找挡雨的地方；挫折来了，总想着去寻求外部的援助；疫情来了，我们总在等待疫情的结束……但苏东坡说，下雨了，我还是继续走路，挫折、意外发生了，我还是要继续我自己的人生，不能一味去等待。

"竹杖芒鞋轻胜马，谁怕？"虽然我没有高头大马，只有一根简单的竹杖，一双芒鞋，但轻便胜过高头大马，有什么好怕的呢？就像现在我没有宝马奔驰，只有一辆破单车，但我也轻轻松松走我人生的路，没有什么好怕的。

"一蓑烟雨任平生"，就算这一辈子都在风雨里，我也很坦然。

下阕开头"料峭春风吹酒醒，微冷，山头斜照却相迎"，看来在旅途上苏东坡还喝了酒。料峭的春风吹来，把酒醉的我吹醒了，微微感到有一点寒意。"山头斜照却相迎"，山上斜斜的太阳照耀，雨后天晴。

"回首向来萧瑟处，归去，也无风雨也无晴。"再回头看刚才的风吹雨打，有了不同的感受，觉得也不过如此。当风雨来的时候，我们本能地会感到害怕，阳光灿烂的时候，我们本能地会感到喜悦，但风雨之后总会有阳光，阳光之后总会有风雨。所以，我们既不必害怕，也不必高兴。因为从根本上来说，并没有风雨，也没有晴天。

"归去"，是回家吗？当然是回家。但苏东坡这里显然有更深一层的意思，就是要越过风雨和晴朗这两个表象。这首词的上下两阕，每一阕前几句都是讲的那天下雨发生的很平常的事情，最后一句上升到人生哲理，一下子让平常的事情变得不平常。

上阕写突然而至的大雨，最后的"一蓑烟雨任平生"上升到人生哲理，是要打破我们一般人对于"晴"的执念，我们执着于阳光明媚，繁花似锦，执着于成功幸福。但苏东坡说，我们更应该接纳风雨，接纳挫败，学会在风雨挫败中过好自己的一生。晴朗是生活，风雨也是生活。

下阕写春风吹来，天气转晴，最后的"也无风雨也无晴"上升到更高的人生哲理，从下雨后又天晴这么一个自然的现象，上升到要打破我们的分别心，打破执念。下雨、天晴，都是变化的表象。下雨，一定会过去，天晴，也一定会过去。不要执着于晴朗，也不要执着于风雨。这些都是烟云，都像梦幻泡影。

02/ 过眼青钱转手空

乌台诗案，不仅是苏东坡一生中最重要的一个事件，也是北宋历史上一个重要的事件。

1073 年，苏东坡在杭州任上时，去农村考察，发现王安石推行的变法新政给农民带来了许多痛苦，于是写了不少诗表达不满。其中《山村五绝》是比较有名的一组诗，总共五首，其中第二、第三、第四首都以讽刺的语言抨击新法。第二、第三首我们在前面讲过，现在我们讲一下第四首：

山村五绝 · 其四

杖藜裹饭去匆匆，过眼青钱转手空。
赢得儿童语音好，一年强半在城中。

这首诗批评了青苗法。青苗法让农民每年在青黄不接的时候向政府贷款两次，等到收获后以二分利偿还。因为要贷款，一年中大半时间往城里跑，结果一转手就把钱花完了。小孩因为在城里待得久了，倒是学会了城里人的口音。苏东坡写这首诗的时候，绝对想不到这首诗后来会成为他的一个罪证。

王安石变法，造成新党旧党的分裂，旧党被外派到地方做官，新党控制了朝廷，但总体上言论还是自由的。但到了1079年，出现了乌台诗案，要把苏东坡这位旧党的官员治罪，这是一个新的情况。所谓乌台，就是御史台；诗案，就是关于诗歌的一个案件。当时蔡确任宰相，李定负责御史台，这两个人都是新政的坚定支持者。

1079年6月27日，开始了对苏东坡的弹劾。第一个写上札的是台谏官何正臣，他之所以弹劾苏东坡，是因为苏东坡在《湖州谢上表》里写的一句话。宋代官员得到任命之后，要写一个谢上表，表达对君王的感谢。1079年3月朝廷任命苏东坡担任湖州知州，苏东坡就写了一封《湖州谢上表》，里面有这么一句话："知其愚不适时，难以追陪新进；察其老不生事，或能牧养小民。"大概的意思，皇帝体谅我跟不上新的形势，但念我还算老实，就让我在地方上做做管理者。

何正臣觉得苏东坡话中有话，有情绪，是在"愚弄朝廷，妄自尊大"，又进一步推导说"一有水灾，盗贼之变，轼必倡言归咎新法，喜动颜色。轼所为讥讽文字，传于人者众。今独取镂版而鬻于市者进呈"。又说"陛下发钱以本业贫民，则曰：'赢得儿童语音好，一年强半在城中'；陛下明法以课试郡吏，则曰：'读书万卷不读律，致君尧舜知无术'；陛下兴水利，则曰：'东海若知明主意，应教斥卤变桑田'；陛下谨禁盐，则曰：'岂是闻韶解忘味，迩来三月食无盐'；其他触物即事，应口所言，无一不是讥讽为主。小则镂版，大则刻石，传布中外，自以为能。其尤甚者，至远引衰汉梁窦专朝之士，杂取小说燕蝠争晨昏之语，旁属大臣，而缘以指斥乘舆，盖可谓大不恭矣"。

何正臣的指控里，有三个要点：第一，苏东坡一贯攻击新政；第二，苏东坡的讥讽、抨击形成了文字，还出版成书，公开售卖，传播很广；第三，苏东坡公开出版的诗文里，有很多是和皇帝唱反调，皇帝支持什么，他就反对什么。第三点是致命的，很明显，御史台一开始就想把苏东坡定为死罪。

接着，御史舒亶又上札说："臣伏见知湖州苏轼进谢上表，有讥切时事之言。流俗翕然，争相传送，忠义之士，无不愤惋。"强调了苏东坡攻击皇帝的诗文流传很广，引起了很多人的愤怒。

再接着，御史中丞李定在7月2日上札，罗列了苏东坡的四宗罪，全部围绕苏东坡毁谤皇帝展开。神宗批了一句"送御史台根勘闻奏"。李定奏请先罢苏东坡湖州的现职，并请派人去抓捕，神宗批令："御史台选牒朝臣一员，乘驿马追摄。"于是就派了太常博士皇甫僎赶往湖州，逮捕苏东坡。苏东坡到湖州上任是4月29日，到 7 月 28 日为止，刚刚过去三个月。

1079 年，苏东坡在湖州任上被捕，到了京城，被关进了监狱。从 8 月 18 日进监狱一直到 11 月底，经历了三个多月的牢狱之苦。最后的结论是："奉圣旨：苏轼可责授检校水部员外郎，充黄州团练副使，本州安置，不得签书公事。"在另一个版本里这样表述："准圣旨牒，奉敕，某人依断，特责授检校水部员外郎，充黄州团练副使，本州安置。"

但乌台诗案，并不像我们想象的那样，苏东坡得罪了御史台或皇帝，然后御史台的最高领导就可以给他判罪。事实上，北宋的司法制度有一套自己的程序，并且有相对独立性。针对苏东坡的判决，并不是一个行政决定，而是一个符合当时法理的法律判决。

御史台只负责立案、审理案件，审理完就把材料送到大理寺，由大理寺判决。大理寺的判决是：当徒二年，会赦当原。意思是根据苏东坡犯的罪，应该判二年的徒刑，但因为处于朝廷的"大赦"期间，所以免去刑罚，等于无罪释放。御史台不满，提出反对，由审刑院来复核，审刑院维持了大理寺的判决。

值得注意的是，当时大理寺和审刑院的负责人，属于新党。但在判案中，秉持了一个司法人员的职业精神。另外，判案时所勘查的内容，严格局限在《元丰续添苏子瞻学士钱塘集》这本诗文集内，其他的诗文都不在勘查之列。所以，今天我们不能因为苏东坡的文学地位，就简单地认为乌台诗案是一帮小人在玩弄权术。从历史的角度看，神宗时期的新党旧党之争，其根本都是为了国家的利益，纯粹的"小人"并不多。虽然王安石和司马光的见解不同，但整体上还是君子之争。乌台诗案，当然夹杂着权斗，以及某些人对于苏东坡才华的嫉妒。但总体上来说，还是按照规则审理的一个案件。据说，这是北宋最后一次比较独立的司法判决。

最后，神宗根据判决做出了最后的决定，将苏东坡贬谪到黄州。这对苏东坡来说，是一个最好的结果。当然，这样的结果，除了因为当时司法相对独立之外，还有一些个人的因素。比如，流传很广的说法是宋仁宗的曹皇后，当时是太皇太后，曾经要求神宗释放苏东坡。因为神宗没有答应，生了病。于是，皇帝大赦天下，但太皇太后说没有必要大赦天下，只要放了苏东坡一人就可以了。不久，曹皇后就去世了。苏东坡那时还在监狱里，写了诗悼念。营救苏东坡的人还有张方平这样的一些元老，甚至王安石的弟弟王安礼，也为苏东坡求情。他认为苏东坡虽然确实说了一些不敬的话，但不应该被判死罪。后来成为苏东坡政敌的章惇，也同情苏东坡。从史料来看，主张严惩苏东坡的，只有御史台的人，其他的官员大多持同情的态度。这些因素，应该也影响了皇帝作最后的决定。

当然，神宗皇帝本人并非昏庸之君。神宗决定大赦天下，王定等人担心苏东坡逃过死罪，让王珪又向神宗告状，说苏东坡在杭州写的一首诗里，写到了龙，有对皇上大不敬的意思。但神宗皇帝说，诗人写诗，怎么能这样理解？苏轼写他的桧树，关我什么事？一旁的章惇也说：龙，并不独指人君，臣子也有称龙的。神宗马上说：诸葛亮就是卧龙。王珪尴尬地退下。

后来，神宗去世，苏东坡在给朋友王定国的信里表达了如下意思：

当年无端被废，很多人想置我于死地，而先帝独同情，而今而后，谁还能再把我从深沟中再搭救出来？完了，归耕田园到死罢了。

客观地说，苏东坡如果不是身处北宋，而是在明清时代，基本没有什么悬念，他会被杀头。当然，明清时代也很难出现苏东坡这样的人。

03/ 化工只欲呈新巧，不放闲花得少休

1073 年，当时的杭州知州陈襄，也就是陈述古，看到牡丹开放，就写了一组诗。苏东坡和了一组，其中一首是这样写的：

和述古冬日牡丹四首·其一

一朵妖红翠欲流，春光回照雪霜羞。

化工只欲呈新巧，不放闲花得少休。

意思是牡丹盛开，鲜红得像是在流动。春天到了，暖和的阳光在慢慢融化霜雪。苏东坡却说，春天的阳光照得霜雪很害羞，霜雪变成了人害羞的样子。

化工，不是我们现在说的化工，而是指造物主。造物主为了表现新奇巧妙，不让牡丹这样很悠闲的花有休息的时间。毫无疑问，

后面这一句联想是在批评当时的新政。

后来在密州，苏东坡写过一篇《盖公堂记》，说的也是这个意思。他用看病来比喻，说有一个人得了病寒而咳嗽，为了尽快治愈，就不停地换医生看病，每一个医生用的药都不一样，结果病情越来越严重。有一个老人对他说，你这个病其实不需要折腾，只要好好休息，想吃什么就吃什么，等到体力恢复，再找一些针对你症状的药，就可以了。然后，苏东坡说，治理国家也一样，不断地出台新的政策，瞎折腾，只会让人民疲惫不堪。

这些批评，在乌台诗案发生之前，只是正常的不同意见。北宋开国以来一直信奉"言者无罪"的原则，所以，苏东坡发表这些言论的时候，应该完全想不到会有乌台诗案那样的后果。那么，为什么到了1079年，北宋一直奉行的"言者无罪"的传统突然遭遇挫折，苏东坡因为言论会差一点获死罪呢？

分析起来，有五个原因。

第一，方向性分歧。在王安石变法之前，"政见"不同，不过是对于具体政策的看法有不同的意见。比如对外应该"议和"还是"打仗"，一直有两派意见。某个具体意见的争论，基本上是局部的、阶段性的，苏东坡以及他的同僚已经习以为常。

但宋神宗和王安石的改革，是一个系统性的变革，牵涉到方方面面，关乎国家的方向和政体。因此，不再是具体意见的不同，而是对于国家发展方向的分歧，是体系式的。所以，叫作"党争"，意指新党和旧党之间的争议。但是在北宋，整个社会还没有为政党竞争提供一套制度性的空间，所以，当这种竞争越来越激烈的时候，手段也会变得越来越极端，而且引发了没完没了的连锁反应。

神宗时代的人，包括苏东坡，当然都看到了这种变化，但并不明白这种变化真正会带来什么后果。所以，他们的思考和行为方式，还是沿着以前的惯性。根据以前的经验，最坏的情况也就是行政降职到地方上任职，再差也就是退隐到地方养老。所以，当御史台的人到湖州去抓苏东坡的时候，他很愕然，其他人也很愕然。苏东坡被关在监狱里的时候，很多人为他求情，甚至王安石的弟弟王安礼也为他求情。他觉得按照惯例，不应该这样对待苏东坡。

第二，权力格局发生了微妙变化。王安石于1069年开始主持改革工作，以强硬作风推行改革，引起上下官员的激烈反对。1074年，神宗被迫罢免了王安石，但一年后又任用了他。这个时候，王安石新党内部出现了严重矛盾。1074年王安石被罢免后，推荐吕惠卿做参知政事。没有料到吕惠卿掌握大权后，很想接着做宰相，他怕王安石再回到朝廷，居然设计陷害王安石的弟弟王安国，甚至意图陷害王安石本人。正是在这种情况下，神宗又把王安石请回来继续做宰相，但王安石获得的支持很少。所以，1076年他提出辞呈，加上儿子去世，更加心灰意懒，坚决请辞。当年10月，获得批准，到江宁过着半隐退的生活。王安石的辞职，引发了新一轮的权力斗争。

当时主政的是吴充和王珪，都很平庸，却又相互不和。神宗大概对于他们两人都不太满意。以李定为首的一些官员，是靠着支持"变法"而获得高位的，很担心这样发展下去，新党里没有一个强势的人让神宗满意，神宗会不会召旧党的人回来。旧党的人里，最有影响力的当然是司马光，但已经是一个老人，赋闲在洛阳，写他的《资治通鉴》。旧党第二号人物是苏东坡，正值中年，一直是呼声很高的宰相人选。当年中进士的时候，仁宗皇帝看了苏东坡、苏辙的文章，兴奋地对皇后说："我今天为子孙找到了两个太平宰相。"神宗皇帝虽然不喜欢苏东坡对于变法的态度，但很喜欢他的文章，据说每次看到苏东坡的文章，都赞叹不已。对于苏东坡在地方的政绩，也予以表扬，可见苏东坡当时的名声很高。

所以，李定等人选中苏东坡作为目标来打击旧党，阻碍旧党重回朝廷，这里面有权斗的因素，也有嫉妒的因素，有很复杂很微妙的心理纠缠，慢慢酝酿，最后成了乌台诗案。但这一切，在酝酿过程中，苏东坡浑然不知，正应了一句话：真正影响我们命运的，往往是我们完全不知道的事情。

第三，御史台机制。古代中国皇帝专制，但也有对于皇帝的制约，就是设立"言官"，对于皇帝的行为有所观察，提出意见，叫作"谏言"。唐代时有御史台，属于宰相管理的下级部门，针对的是皇帝。到宋代，情况发生了变化，御史台不归宰相管理，而是归皇帝直接管理。但皇帝的领导往往是名义上，这样一来，御史台的地位就很特别了。御史台批评的是宰相，是政府，加上宋代特别强调"言者无罪"，所以，御史台的谏官虽然职位不高，但特别敢言，也特别重要，可以影响舆论。

钱穆先生在《中国历代政治得失》里有一段评论：

> 谏官本是以言为职，无论什么事什么地方他都可以讲话，不讲话就是不尽职，讲错话不要紧。……他们讲话错了，当然要免职，可是免了职，声望反而更高，反而更有升迁的机会。所以，宰相说东，他们便说西，宰相说西，他们又说东。总是不附和，总爱对政府表示异见……

御史台很像舆论监督机构，也有点像监察机构，但缺乏现代政治的制度基础，渐渐变成了权斗的工具。有时候皇帝加上宰相，对他们也没有办法，因为他们在道义上预设性地占了优势。这是北宋很有意思的一个现象。另外，为了控制舆论，御史台成为一个重要的权力机构，发展到后来，台谏官还会兼任其他职务。而宰相为了让御史台和自己达成一致，也会安插自己的人在御史台里。1079年，坚决执行新政的蔡确担任宰相，那个时候，负责御史台的人叫李定，宰相和御史台已经成为一个阵线的同盟。

第四，传播技术的发展。传播手段的变化，引发的不仅仅是社会生活的变化，还会深刻影响到整个人类发展的方向。20世纪媒介理论家马歇尔·麦克卢汉分析了西方文明从口语、手抄书到印刷术出现时期，人类如何从听觉文化过渡至视觉文化，以及印刷术最后如何促成人类意识的同质性、民族主义，以及个人主义的诞生过程。在西方，15世纪约翰·古登堡发明的活字印刷，开启了印刷文明时代。麦克卢汉的一本传播理论的书就叫《古登堡星汉璀璨：印刷文明的诞生》。

中国学者在研究苏东坡的时候，往往忽略了一个重要因素：传播。宋仁宗庆历年间（1041—1048），毕昇发明了活字印刷。也就是说，苏东坡的童年时代，遇到了一个时代性的文化事件——印刷术的革命，见证了从手抄本到印刷书籍的转折。苏东坡不仅仅见证了这个转折，还是这个历史的参与者。印刷术的出现，催生了出版业，当时的杭州已经有私营的出版商。苏东坡到杭州做通判的时候，有出版商出版了他的作品，名字叫作《苏子瞻学士钱塘集》。估计销量不错，不久又推出一部《元丰续添苏子瞻学士钱塘集》。这部"续添"的钱塘集后来成为苏东坡被定罪的重要证据。

这在中国历史上是第一次文字狱。苏东坡以及他的同时代人，都没有意识到印刷术的深刻影响。现代的中国学者研究苏东坡时，也忽略了这个关键的历史细节。反而是日本学者内山精也捕捉到了这个细节，他在《传媒与真相：苏轼及其周围士大夫的文学》一书里提到这个细节的意义：

在这一事件（乌台诗案）从弹劾到审议的过程中，起了极其重要作用的，是当时民间印刷刊行的苏轼诗文集《元丰续添苏子瞻学士钱塘集》。由现存的文献可以确认，在中国，作者的诗文集在生前，而且在创作活动的鼎盛时期（壮年期）几乎现时地得到刊行，要数苏轼的这个集子为先例。而最具有象征意味的是，本来应该成为中国文学史上传媒与同时代文学初次合作之宣言的这个诗文集，同时也引起了中国史上第一次文字狱。

以前手抄本流传很有限，基本在少数朋友间传播。但印刷的书籍让文字变成公共传播，性质发生了变化。儒家一直以来主张"言者无罪"，宋朝的开国者，也特别重视士大夫的言论自由，但到了苏东坡公开出版诗文集，"言者无罪"就遇到了挑战，甚至可以说开始崩溃。

第五，皇帝和宰相的位置发生了变动。本来官员议论、批评时政，被认为是批评宰相，就像王安石担任宰相时，虽然大家都知道神宗在后面支持他，但毕竟在前台活动的是王安石，无论对新政有多大的意见，针对的都是王安石。批评新政，被认为是批评王安石。北宋皇帝在宰相和官员之间，会扮演平衡的角色。神宗虽然态度鲜明地支持新政，但对于司马光等旧党，还是会进行安抚。

从1074年王安石被罢相，到1076年他辞官，这一段时间情况发生了微妙的变化。如前面提到过的吴充和王珪，都很平庸，所以，实际上是神宗自己担任宰相的职责。于是出现了一种模棱两可的判断，这一段时间，如果你抨击朝廷的政策，既可以看作是对政府的批评，也可以看作是对皇帝的抨击，而抨击皇帝，在古代是要杀头的。

总之，乌台诗案的发生，不是一个偶然的事件，也不能简单地归因于朝廷里的"小人"要整苏东坡，更不是一个正邪对立的斗争，而是各种因素聚合发生的一个无法预测的事件，其对于个人的命运带来的深刻影响，是一个时代与个人关系的典型案例。

早在1072年，苏东坡在湖州和孙觉吟诗喝酒的时候，上面讲的五个因素，已经体现在他的生活之中。但苏东坡以及同时代的其他人，都无法想到这些变化带来的结果是什么，也并不知道这些微妙的变化，会在后来改变他们的命运。所以，1072年的苏东坡，还是典型的北宋士大夫，并不知道一些微妙而深刻的变化正在发生，正在改变他的命运。

04/ 日传万纸

　　前面我费了不少笔墨讲乌台诗案，想说明的是，乌台诗案，不是今天我们一般人认为的古代的那种"奸臣陷害忠良"的故事。如果放在当时的语境下，这个故事里并没有奸臣，也没有昏庸的皇帝，而是一个时代转折点上的政治事件和司法事件，参与的人都在自己的岗位上做着"合理"的事情，酿成的是个人的巨大悲剧。

　　乌台诗案完全超出了苏东坡的预想，也超出了同时代人的想象，以他们的生活经验而言，这是不可能发生的事件，但它确实发生了。它的发生，来自不确定性，也因此引发了连锁的不确定性。究其原因，苏东坡处于时代的转折点上，他看到了这种转折带来的现象，但并不能理解其中的含义。

　　用美国学者纳西姆·尼古拉斯·塔勒布的术语来形容，乌台诗案是"一只时代的黑天鹅"。塔勒布研究人类生活中的"不确定性"

问题，写了《黑天鹅》《反脆弱》等著作，他提出的"黑天鹅"概念广为人知。塔勒布借用哲学家罗素的一个比喻来说明"黑天鹅"。这个比喻是这样的，一个农夫养了一只鸡，每天给它喂食，连续1000天，每喂一次食，那只鸡就认为农夫的手一出现，就会带来好吃的。渐渐地，它以为这是常态，不会改变。但到了第1001天，农夫的手伸出来时，那只鸡以为又是在喂食，但不幸的是，这次农夫抓住它把它杀了，当作节日的菜肴。

这个第1001天是异常的，却是致命的。塔勒布说这就是"黑天鹅"。常态生活里突然出现的反常，能够改变整个社会的形态，也能改变个人的命运。但我们总是固守于前面1000天的经验，这不仅没有意义，而且正是这个经验，让我们完全看不到第1001天的出现。在1000天之内，我们可以通过科学的推理，分析出各种预测，但很难预测第1001天。那么，应该如何对待"第1001天"这只黑天鹅呢？塔勒布从风险管理的角度作了各个层面的分析，也提出了各种策略。

在塔勒布看来，像印刷术的发明，像一本书突然成为畅销书，像突然的股灾，像突然出台的什么政策，等等，这些现象很难预测，它们出现之后，也很难判断会带来什么结果。事后人们总是分析出各种原因，但都是"事后诸葛亮"，实际上，没有人能够预测到。塔勒布把这种现象叫作"黑天鹅"。

回到苏东坡。北宋时，印刷术带来革命性的变化，图书不再只是用手写，而是可以大量复制。苏东坡有一段文字描述了这种变化："余犹及见老先生，自言其少时，欲求《史记》《汉书》而不可得，幸而得到之，皆手自书，日夜诵读，唯恐不及。近岁市人转相摹刻诸子百家之书，日传万纸，学者之于书，多且易致。"（《李氏山房藏书记》）又批评当时的年轻人"皆束书不观，游谈无根"。

但苏东坡并没有意识到，这种新的传播技术背后深层次的意义。当他的书出版后，成为畅销书，他并不觉得事情在发生变化。就像二十多年前，苹果手机出现的时候，很多人并没有意识到自己的生活会发生什么样的改变。当我们第一次用微信发表意见的时候，也没有意识到它的后果会是什么。往更深一层去探讨，欧洲是在 15 世纪的时候才出现古登堡的活字印刷，引发的是《圣经》的普及化，把《圣经》从教会垄断的解释权里解放出来，还促进了"出版业"和"版权法"的诞生，甚至被认为是文明的转型，是印刷文化时代的开始。

但在中国，北宋的活字印刷术，对中国社会并没有形成本质性的影响，像苏东坡这样最为杰出的人，亲身体验了这种技术，但只是把它作为传播的工具。从北宋到明清时代，一直有微弱的出版市场，加上书画市场，构成了暧昧的古代中国文化市场。北宋时，在杭州一带有人印书赚钱，明清时代江南一直有图书市场，也有书画市场。一些文人，如江南四大才子等，靠着这个微弱的文化市场得以解决生计问题。少数像文徵明这样的人，靠着它可以脱离官场，过上相对独立自由的生活。

但总体上，中国人并没有从印刷术的进步中找到文明转型之道。对于文化人来说，也没有意识到这种技术可以开辟另一种谋生之道。这和中国文化里对于商业的轻视有关。夸张一点说，即使才华横溢的苏东坡，也错过了中国历史上堪称伟大的一次时代机遇。人的意识与思维，决定了他能看到什么。这种机遇超出了儒释道的思想范畴，明明白白在他面前，他还是不能弄懂其中的意义。

钱穆先生在《中国历代政治得失》里有一段精彩论述：

> 中国历史上的传统政治，造成了社会各阶层一天天地趋向于平等。节制资本的政策，一直延续。除了元清两代，废除特权的政策一直延续。官吏不能世袭，但造成了聪明的人都去读书当官，使得中国政治表现出臃肿的毛病。不像西方，根本上没有官，只有世袭的贵族。聪明的人都去经营工商业，待他们自己有了力量，才结合着争政权，形成了今天的西方社会。

钱穆先生的分析，也许有助于我们理解同样是新的传播技术，何以在传统中国和传统欧洲形成了不同的结果。

了解了这个大背景，我们就能明白活字印刷在北宋并没有带来"文明转型"，但对于原有的社会传统会有"润物细无声"的冲击，如会瓦解北宋开国以来形成的"言者无罪"的传统。乌台诗案发生之前，苏东坡以及他的同时代人，都浸淫在宋代开国以来形成的"言者无罪"的氛围中。1069年，他上书神宗皇帝，讨论台谏制度，在苏东坡看来，台谏制度是宋代的优越性所在。他说，历史上的王朝有两种，一种是"内重外轻"，就是中央集权型，以秦和魏为代表；另一种是"外重内轻"，就是地方分权型，以周和唐为代表。二者都有弊端，前者奸臣专横，后者军阀割据。苏东坡认为宋属于"内重外轻"，却没有像秦、魏那样出现奸臣专横。原因何在呢？因为有"台谏"的存在，是"圣人防过之至计"。

苏东坡特别提到，秦汉以来，到唐、五代，因为谏言被杀的人不下几百人，而宋朝开国以来，从未有人因为谏言而被处死。即便被问罪，也能够很快恢复名誉。苏东坡还特别赞扬了赋予台谏官的特权：即使没有确证，根据传言也可以弹劾百官。对于台谏官的言论，不管是谁，哪怕是皇帝弹劾宰相，都要认真倾听。

苏东坡的这一段话，讲出了他那个时代所有人的共识，第一是言者无罪，第二是肯定御史台的监察作用。

可以想见，在这样的环境下，苏东坡对于自己的言论，一直都没放在心上，觉得不会出什么大问题。即使早在1073年，沈括把苏东坡抄写给他的诗作作为证据，向皇帝举报苏东坡的诗里有对朝廷的不满，神宗都没有理会，苏东坡也没有当回事。他并没有意识到在新的传播方式下，问题正在发芽。到了1079年7月，酝酿已久的问题终于爆发。

05/ 今日捉将官里去，这回断送老头皮

前面我们提到了塔勒布"黑天鹅"的概念，这个概念对于我们普通人来说，是在提醒我们：第一，常态的规律靠不住，总有意外事件会打破常态；第二，意外事件的原因，往往超越了我们的认知，很难预测，或者说，就是无解；第三，即使我们预测到了，重要的还是如何面对，就像苏东坡那首《定风波·莫听穿林打叶声》里说的一样，风雨来了，你没有地方可以躲避，你只能面对。

人与人之间的差异，其实就是在如何面对挫折、如何面对不确定性上体现出来的。而人的成长，也是从面对不可知、不可解开始的，尤其是从面对挫折开始的。每一次的面对，都是一次脱胎换骨。

1079 年 3 月，正在徐州任知州的苏东坡接到了朝廷的任命，要他赴湖州担任知州。这种地方之间的调动，在北宋非常正常。苏东坡像往常一样，在赴任之前，总是抽出时间去看望弟弟苏辙。所

以去湖州之前，他去了南都（今河南商丘），和苏辙相聚。

除了和苏辙相聚，顺便又拜访了前辈张方平。当年苏东坡和父亲、弟弟离开眉州，去京城科考，就是张方平的建议，并资助了他们路费。经过扬州时，知州鲜于子骏在平山堂招待他。平山堂是欧阳修修建的。欧阳修是苏东坡一生中重要的伯乐，也是他的老师，已经在1072年去世。苏东坡免不了一番感慨，填写了一首词《西江月·平山堂》：

> 三过平山堂下，半生弹指声中。十年不见老仙翁，壁上龙蛇飞动。
> 欲吊文章太守，仍歌杨柳春风。休言万事转头空，未转头时皆梦。

虽然感叹世事如梦，但苏东坡去湖州的路上，绝对不会料想到"乌台诗案"的出现，张方平、欧阳修这两个前辈走过的道路，就是自己的未来。特别是苏东坡，一直被认为是欧阳修的接班人。苏东坡对于自己的未来的想象，一定不会是被贬黄州和儋州，而是和张方平、欧阳修一样，无非是在中央做官，得不到重用，就去地方当官，最后退隐养老，如此而已。这是苏东坡那个时代一般士大夫的标准人生。

到了湖州，苏东坡游山玩水，呼朋唤友，吟诗喝酒。他写了不少诗词，有一首《南歌子·山雨潇潇过》：

> 山雨潇潇过，溪桥浏浏青。小园幽榭枕苹汀。门外月
> 华如水、彩舟横。
> 苕岸霜花尽，江湖雪阵平。两山遥指海门青。回首水
> 云何处、觅孤城。

陶醉在湖州清秀的山水之间，苏东坡全然不知道此时的京城正
在为他编织罗网。

1079 年 7 月 28 日，很平常的一天，苏东坡在湖州的府衙上班，
突然听说有御史台的官员到了。一个叫皇甫僎的官员带着两名台卒，
态度凶横，苏东坡以为自己犯了什么大罪，皇帝派人来赐死自己，
吓得不敢出去。他的同事通判祖无颇说："事情已经这样了，无可
奈何，还是出去见一下。"苏东坡又犹豫着穿什么衣服好，因为如
果是赐死，就不能穿官服。祖通判说："还没有定罪，当然是穿官
服。"出去以后，祖通判向皇甫僎要文书，才知道不是什么很大的事，
不过是要把苏东坡请去问话而已，并没有定罪。事后他回忆："顷
刻之间，拉一太守，如驱犬鸡。"（孔平仲《孔氏谈苑》）

临走的时候，苏东坡的夫人带着家人出来，哭哭啼啼的。这个
时候，苏东坡好像忘掉了恐惧，觉得要安慰自己的妻了。他笑着讲
了一个故事，说是真宗年间，有一个隐士叫杨朴，很有名望，皇帝
想让他出山当官，就派人去请他。他到皇宫后，皇帝就问他，你走

的时候，有没有人为你作诗送别？杨朴说，临走时，我的老妻给我写了一首诗："且休落魄贪杯酒，更莫猖狂爱咏诗。今日捉将官里去，这回断送老头皮。"（《送夫诗》）皇帝听了，哈哈大笑，又送他回去了。

苏东坡笑着对妻子说："你为什么不像杨朴的妻子那样，也写一首诗给我呢？"

他的妻子破涕为笑。

我们都是普通人，遇到猝不及防的事都会恐惧。但面对恐惧的时候，有些人会被恐惧挟持，而有些人，如苏东坡，会尝试着摆脱恐惧。

这在心理学上叫"情绪建构"。

情绪并不是天生的，而是我们自己的大脑和文化建构出来的，不能简单地把情绪看作一种本能的、天生的对于世界的反应。比如，有三个人走在树林里，第一个男孩子突然发现了一条蛇，按照传统的情绪理论，这个男孩一定会产生恐惧，由大脑中负责恐惧的情绪产生反应。但事实上，如果这个男孩是学习动物学的，发现这条蛇是没有毒性的，他就不会恐惧，再如，这个男孩会想到后面有两个朋友，或者有一个女孩是他喜欢的，他会想到：如果我表现得很害怕，会被朋友或那个女孩子瞧不起，那么他也会表现出平静的样子。所以，情绪是我们每一个个体自己创造出来的，如果我们去弄清楚这种创造的过程，那么情绪是可以控制的。

心理学家威廉·詹姆斯有一个很简单的说法，一般人总认为快乐了就会微笑，但实际上，还有一种更重要的心理现象：你微笑了，就会快乐。

当然，在那样一个时刻还能笑出来，和苏东坡长期以来的认知也有关系。苏东坡20多岁的时候，从眉州回京城，经过长江的滟滪堆，这里被认为是天下最危险的地方，因为这里有一块巨石，来往的船只经常因为遭到撞击而翻船。但苏东坡写了一篇《滟滪堆赋》，反驳这种看法，认为这个危险的地方，其实对于那些船夫来说是好事。因为长江的水，一路浩浩荡荡漫流于平原沙洲，势不可当，忽然到了滟滪堆，好像把万顷之水猛然汇在一个酒杯中，水流暴怒地想要摧毁这块巨石，巨石却岿然不动。水流只好弯弯曲曲从旁边流去，变得平稳。苏东坡总结说："物固有以安而生变兮，亦有以用危而求安。得吾说而推之兮，亦足以知物理之固然。"

事物本来就有这样的规律，因安逸得太久，就会发生变故，而突然遇到的危险，却可以给人更深刻的平安。依照这个说法，推而广之，就可以知道自然不过如此而已。按照这个说法，乌台诗案也不过是苏东坡人生道路上的"滟滪堆"，对于生命的成长未尝不是好事。

06/ 回首尚心惊

从湖州去往京城的路上，皇甫僎曾请示，每晚住宿要把苏东坡押解到当地的官署监管，相当于完全把苏东坡当作罪犯了。但这个请求，没有得到神宗的批准。苏东坡后来写信给一位朋友，讲述他在湖州被捕，以及赴京途中的情况，其中一部分的大意是：

我在湖州被捕，然后去京城的监狱，有一个儿子稍微大一些，步行紧紧跟着我，陪着我。家里其他人，基本是妇女小孩，都暂时留在湖州官府的房子里。到了宿州，御史下了朝廷的符命，要到我家里搜查文书。州郡得到这封信，就带了人，围住我家人乘坐的船只，仔细搜查。全家老少都很害怕。搜查的人一走，我家的女人就忿忿地说："喜欢写诗写文章，有什么好呢？把我们吓成这个样子！"说着就把所写的文章都烧了。等到案子了结，我重新查找，有十分之七八的文章，都被烧了。到达黄州，什么也不想了。但又把玩《易》《论语》，于是继承先父的学术，作《易经》九卷，又自己别出心裁，作了《论语》五卷。

……我自己穷愁多灾，不知道还能活多久，担心这两本书一旦散失，就不能流传下去，所以，想多抄几本保存起来。转而一想，我刚刚因为文字而惹祸，别人一定会把这两本书看作不祥之物，谁肯收藏呢？

我在徐州任上，看到各州郡盗贼蜂起，酿成匪患，而盗贼多半是凶恶和游侠不顺从的人，又因为饥饿难活，担心他们发展下去，不只是偷盗劫杀。正要把这些情况报告朝廷，恰好遇上在湖州被捕，不得不中止……

……既发配到黄州也就不能到处去，去亦不自由，恐怕要老死这个地方了。写到这不禁悲从中来，只有希望您时时为国自重。

以上，只是这封信的片段。在古代，这算是一封长信，絮絮叨叨的，可以想见苏东坡劫后余生的心情，以及当时的狼狈。另外，即使在狼狈不堪的时候，还想着要完成书稿，有传世的想法，还想着徐州的匪患，要报告朝廷。可见，苏东坡一辈子没有脱离过士大夫的自我定位，一辈子都在进退之间彷徨。

苏东坡从湖州到京城，经过了很长一段的水路，过吴江时他写了一首诗：

吴江岸

晓色兼秋色，蝉声杂鸟声。

壮怀销铄尽，回首尚心惊。

早晨的晨光里感受到秋天的气息，蝉声里夹杂着各种鸟的声音。曾经怀有的远大志向和情怀在火里销铄尽了，回头看，还惊魂未定。短短几句，写出了突如其来的牢狱之灾，带给苏东坡心理上的巨大冲击。

有一天晚上，船停泊在"鲈香亭"下。鲈香亭这个名字不知道有没有让苏东坡想起张翰。

张翰是西晋时期的人，在朝廷做高官。有一次，在首都洛阳"见秋风起，因思吴中菰菜羹、鲈鱼脍"，感慨："人生贵得适意尔，何能羁宦数千里以要名爵！"（《晋书·张翰传》）意思是人活着就要自在快活，何必为了当官跑到千里之外。说完，就辞官回到苏州老家，从此过着钓鱼、写诗、闲逛的美好生活。

年轻时读这段文字，觉得张翰这个人真是潇洒，为了故乡的鲈鱼菰菜，一个念想就辞了职，说走就走。后来，读更多的历史才发现，潇洒后面是并不轻盈浪漫的现实，是很沉重的人生考量。

张翰是吴国人，他父亲是吴国的高官。吴被西晋所灭，张翰还有吴国的其他一些贵族，像陆机、顾荣、贺循等，都去了北方洛阳效忠新的王朝。张翰就在齐王司马冏的幕府里。齐王深陷西晋的权力斗争之中，大约让张翰感到了不安。他对同乡顾荣说："天下纷纭，祸难未已。夫有四海之名者，求退良难，吾本山林间人，无望于时。"（《张翰帖》）

这句话里的重点是"求退良难"，退一步海阔天空。就算我们不求上进，走投无路了，退一步总可以吧？但人生的残酷在于，很多时候你想退都没有了退路。张翰的同乡陆机，一直处于权力中心，后来被满门抄斩，临死时感叹："华亭鹤唳，岂可复闻？"意思是还能听到家乡鹤鸟的鸣叫吗，还能退回到从前吗？

苏东坡在鲈香亭下，大约有"求退良难"的哀伤，觉得再也没有了退路。后悔没有像张翰那样及时"身退"，现在已经来不及了。湖水在月光下波光粼粼，寂静中有水草的气息。苏东坡决定纵身一跳，遁入水中，永远离开这个世界，却被押解的台卒一把拉了回来。

07/ 是处青山可埋骨，他年夜雨独伤神

1079 年 8 月 18 日，苏东坡进了京城的御史台监狱，经历了一段段不堪回首的审讯。当时有一个同监狱的人记载："遥怜北户吴兴守，诟辱通宵不忍闻。"（周必大《记东坡乌台诗案引》）可以想见审讯是一个什么样的过程！审讯人员一首诗接一首诗，一句话接一句话地核查，审问苏东坡为什么写这句诗，这样写是不是在攻击皇帝，让苏东坡把多年前做过的事、说过的话一一回忆。

苏东坡感觉自己不太可能活着走出监狱，做了最坏的打算，写了两首绝命诗，请一个叫梁成的狱卒无论如何要转交给弟弟苏辙。

予以事系御史台狱，狱吏稍见侵，自度不能堪，死狱中，

不得一别子由，故作二诗，授予狱卒梁成，以遗子由。

之一

圣主如天万物春，小臣愚暗自亡身。
百年未满先尝债，十口无归更累人。
是处青山可埋骨，他年夜雨独伤神。
与君世为兄弟，又结来生未了因。

之二

柏台霜气夜凄凄，风动琅珰月向低。
梦绕云山心似鹿，魂飞汤火命如鸡。
眼中犀角真吾子，身后牛衣愧老妻。
百岁神游定何处，桐乡知葬浙江西。

这两首诗的题目很长，大意是我自己因为犯了事被羁押在御史台的监狱，负责审查和关押的人对我有点凌辱，估计我很难忍受这样的折磨，一定会死在狱中，不能和弟弟苏辙告别。所以，写了两首诗，请狱卒梁成，转交给苏辙。

第一首诗的首联"圣主如天万物春，小臣愚暗自亡身"，君王像上天一样，让万物生机勃勃，我自己愚昧昏暗，自取灭亡。"百年未满先尝债，十口无归更累人"，还没有走完一生，先要去还前世的债，只是家里还有十几口人，连累了弟弟。"是处青山可埋骨，他年夜雨独伤神"，我自己死了就死了，哪里的青山都可以埋葬，并无所谓，只是留下你独自一人，尤其在夜雨时分，会更加哀伤吧。"夜雨对床"，是苏东坡兄弟的约定，很像一个暗号，两人看到了都心领神会。"与君世世为兄弟，又结来生未了因"，来世我会和你一直做兄弟，把兄弟的因缘好好延续。

第一首绝命诗，是写给弟弟苏辙的。

第二首诗的首联"柏台霜气夜凄凄，风动琅玕月向低"，写御史台的夜晚弥漫着寒冷的霜气，风吹动着屋檐上的铃铛，月亮显得很低。"梦绕云山心似鹿，魂飞汤火命如鸡"，梦里绕着云山，心像小鹿一样奔跑，而现实里的命运是，像一只待宰的鸡，面临着滚烫的热水，魂飞魄散。"眼中犀角真吾子，身后牛衣愧老妻"，眼前浮现出孩子们的面容，对于妻子很惭愧，也没有给她留下什么。"身后牛衣愧老妻"出自一个典故，西汉时的王章，少年时很贫困，冬天睡在牛衣里。他的妻子鼓励他好好读书，后来他做了大官，弹劾一个外戚权臣，他的妻子劝他不要鲁莽，他不听，结果惹祸，进了监狱死掉了。"百岁神游定何处，桐乡知葬浙江西"，死后埋葬在哪里呢？桐乡知葬浙江西。这里也有一个典故，西汉有一个叫朱邑的人，在桐乡做过官，深得百姓爱戴，死后就埋在那里。苏东坡在御史台监狱的时候，杭州人为他连续做了几个月的道场，祈祷他平安度过这次灾难。苏东坡知道了，很感动，所以，这里就说死后埋在"浙江西"杭州吧。

第二首绝命诗，是写给孩子和妻子的。

这两首绝命诗，没有豪言壮语，只有平常人的认命。他坦然承认了自己的恐惧，身陷囹圄，好像即将被扔到热水里待宰杀的鸡。对于家人，他心里充满愧疚。对于皇帝或其他人，没有怨恨。但是，字里行间，处处耐人寻味。第一首诗的首联，说英明皇帝治下春光明媚，万物生长，但我一个普通官员却因写了几首诗，而惹来杀身之祸。诗中所用的两个典故，也很有曲折的意味。朱邑的典故，一方面在感谢杭州的人民，另一方面也在肯定自己为老百姓做了不少事。

苏东坡为什么要写这首绝命诗？有一种戏剧性的说法是，苏东坡在御史台监狱里，儿子苏迈每天给父亲送饭，两人约定，一般只送肉菜和饭，如果送的是鱼，就说明判了死刑。有一天，苏迈因为有事，托一个亲戚代为送饭，但忘了告诉亲戚不能送鱼。结果，这个亲戚恰恰送了鱼。苏东坡以为死期将至，就写了绝命诗。

不管哪一种说法，乌台诗案确实让苏东坡感到了绝望，连自杀的念头都萌生了。在监狱里，又真切地感受到了无路可走的困境。死亡，确实是一个人成长过程里最好的老师。当我们意识到自己会死，我们才会去思考生活的意义；当我们陷入绝境，只有死路一条的时候，才能体验存在的局限，明白终极的无力感。当我们从绝境中再次回到生活，就能坦然面对各种不确定和挫折，也能更懂得生活的意义。

如果没有乌台诗案，让苏东坡体验到真正的绝望，那么苏东坡不可能写出"也无风雨也无晴"这样的词句。也许，止因为经历过"乌台诗案"的恐惧和绝望，后来被贬岭南的时候，苏东坡表现出来的是其他人没有的那种坦然，或者说豪迈。

08/ 缥缈孤鸿影

刚到黄州时，笼罩苏东坡的是孤独和悲伤。1079 年 12 月 26 日，朝廷对苏东坡做出终审判决，责授水部员外郎、黄州团练副使，本州安置，不得签书公事。用俗话来说，就是流放。1080 年 2 月，苏东坡到达黄州，借住在定惠院。他给朋友写信讲述他在黄州的状态：

> 获罪流放到了黄州，几乎和外界没有什么来往，有时候穿着草鞋，乘着小船，放浪山水之间，和那些砍柴的、打鱼的，混在一起，往往被那些醉汉推着骂着，但慢慢的，也开始喜欢这里没有人认识我，只是把我当作一个普通的陌生人。亲戚朋友也没有了来往，偶尔有书信来，也不敢回。

名满天下的苏东坡，到了黄州，没有人认识他，亲戚朋友也没有了来往，成了一个当地人眼中陌生的老头儿，还不时受到醉汉的骚扰。爱热闹的苏东坡，有意无意间，把自己孤立于人事之外。

后来苏东坡写有一篇《安国寺记》，在文章里，苏东坡说自己到了黄州大致安顿好后，就关起门，打扫庭院，"收召魂魄"，监狱的经历让他失魂落魄，现在他想把魂收回来。躲在房子里，静静地反省，觉得以前自己的行为都有问题。如何改变呢？必须要从心性层面去改，彻底地解决。所以，他就诚心皈依了佛门，寻访到黄州有一座精舍安国寺，就每隔一两天去那里焚香打坐，"物我相忘，身心皆空"。

遭受牢狱之灾后，苏东坡一是孤单，需要重组自己和外在世界的关系，二是焦虑需要回归内心，重组自己和自己的关系。这两者带来的，是苏东坡精神世界的一次蜕变。这种蜕变，体现在《卜算子·缺月挂疏桐》这首词里，体现在"孤鸿"这个意象里：

卜算子·缺月挂疏桐

缺月挂疏桐，漏断人初静。时见幽人独往来，缥缈孤鸿影。

惊起却回头，有恨无人省。拣尽寒枝不肯栖，寂寞沙洲冷。

上阕写夜晚的景象，月亮残缺不圆，好像挂在疏散的梧桐树上，计算时间的漏壶里的水已经滴尽了，人都安静下来进入梦乡了。这个时候见到"幽人"独自来去，好像缥缈的孤独的鸟儿。幽人，可以解释为"隐逸"之人，也可以解释为"幽囚"之人。总之是一个很孤独的人，在夜间独来独往。这是第一段，写了一个人。

下阕写鸟儿受到惊吓，忍不住回头看看。心中有很多委屈，却没有人能够理解。树上有很多寒冷的树枝，挑拣来挑拣去，始终找不到一根适合自己栖息。那么，宁愿睡在寂寞寒冷的沙洲。

关于这首词的创作来源有不少说法，有一种说法是苏东坡写给一个女孩子的。苏东坡在黄州的时候，一个邻家的女孩经常在墙外听苏东坡读书。当她到了谈婚论嫁的年龄时，她对家人说，一定要找一个像苏东坡那样的丈夫。当然很难找到，女子郁郁而死。这首词就是苏东坡写来纪念她的。更戏剧性的说法是，这首词其实是苏东坡在惠州写的。惠州温都监有一个女儿，听说苏东坡到了惠州，就说：这是我丈夫。每天晚上她都会去偷听苏东坡读书。苏东坡知道后，就为她物色对象，谁知还没有物色到，自己就被贬到了海南。等到他从海南北归，经过惠州时，听说这个女子已经去世了，就写了词悼念她。"拣尽寒枝不肯栖"，说的是怎么都找不到意中人，"寂寞沙洲冷"指的是她的坟墓在江边的沙洲上。

这些说法，过于牵强附会。这首词对于苏东坡而言，具有转折的意义，写的是一种心境。

《卜算子·缺月挂疏桐》里有一个"孤鸿"的意象，和以前的"飞鸿"遥相呼应，也和后来的"归鸿"一脉相承。透过这首词，我们可以思考孤独是什么，悲伤是什么，可以体会一下亚里士多德的一句话："悲伤是心灵的洁净器。"

这种心境的底色是：黑暗、冷，寂寞中带有一点点孤高。如果说《定风波·莫听穿林打叶声》写风雨之后的平静，那这首词写的则是一种惊魂未定。受到了惊吓，突然发现自己被世界抛弃了，孤零零的，前路茫茫，产生一种很深的无力感、无助感。所以，在时间上，应该早于那首《定风波·莫听穿林打叶声》，符合苏东坡刚刚到黄州时的境况。

定惠院东边的海棠，同样的寂寞孤独，只是海棠更偏重于"沦落"，从高处沦落到底层，而孤鸿偏重于孤单和悲伤，偏重于孤单中的自我爱怜，悲伤中的自我净化，一种蜕变式的自我回归。在黑暗的夜晚，寒冷之中，月亮缺失了一半，时间的沙漏停止了，却仍有"拣尽寒枝不肯栖"的倔强。

09/ 也拟哭途穷，死灰吹不起

1082 年的春天，有一天，苏东坡突然看到乌鸦在啄焚烧过后的纸钱，意识到已经是寒食了。掐指一算，这已经是他在黄州度过的第三个寒食节了。时间过得真快，每一年春天来了，都会很珍惜，但不管怎么珍惜，春天还会消逝。今年的春天又是两个月的阴雨连绵，仿佛像萧瑟的秋天。睡在床上，也能闻到海棠的花香，却因为风雨，凋谢在污泥里了。

苏东坡刚到黄州的时候，住在定惠院，有一天吃饱了饭，去东边瞎逛，一边走一边摸着自己的肚皮。突然他看到一株海棠，混杂在满山遍野的野花当中，当地居然没有人知道这是名贵的海棠花。

现在又看到海棠在污泥里零落。不知不觉中，有什么神奇的力量，就把海棠的美和青春带走了，就像一个少年，大病一场之后，头发就白了。苏东坡由污泥里被摧残的海棠，想到了时间的残酷。

雨很大，江水涨起来，快要漫溢进家里了。家很小，像一条渔舟，在茫茫的水云之间。厨房空空的，煮着简单的菜。灶底是潮湿的芦苇，不想今天居然是寒食节，乌鸦在啄着烧过的纸钱。朝廷的大门一重一重的有九重之深，祖坟在万里之外。从前阮籍走路走到尽头的时候，都会流泪，因为人生最痛苦的，就是穷途末路。很想学阮籍那样"哭穷途"，但是自己的心已经完全像死灰，再也不会被点燃。于是，写了《寒食雨》两首诗：

寒食雨二首

其一

自我来黄州，已过三寒食。
年年欲惜春，春去不容惜。
今年又苦雨，两月秋萧瑟。
卧闻海棠花，泥污燕脂雪。
暗中偷负去，夜半真有力。
何殊病少年，病起头已白。

其二

春江欲入户，雨势来不已。
小屋如渔舟，濛濛水云里。
空庖煮寒菜，破灶烧湿苇。

那知是寒食，但见乌衔纸。

　　君门深九重，坟墓在万里。

　　也拟哭途穷，死灰吹不起。

　　这两首诗写贫穷，写孤独，写绝望，和那一首《卜算子·缺月挂疏桐》不一样。那一首是比喻，用意象来呈现心境，仍有孤高的情怀在；这一首是写实，每一句都是生活的日常情景，都是大白话。一个名满天下的文人，到了黄州，没有人认识他，只把他看作一个有趣的老头儿，慢慢地，这个老头儿也在这里找到了自己的位置。当寒食节写下这些平实的句子，每一个字都很沉痛，每一个字也都很坦然。

　　在无常的命运面前，苏东坡用了很平淡的语调讲述自己的绝望，讲述这个春雨绵绵的寒食节，讲述那一朵零落在污泥里的海棠，讲述他对于时间的感受。一般人会说：时间过得真快，像飞一样。孔夫子说：逝者如斯夫。这里苏东坡用了"暗中偷负去，夜半真有力"，引用了庄子讲过的一段话，庄子说我们以为把船藏在山里面就稳当了，却不知夜半有一个大力士连山都一起搬走了。庄子要表达的是，万事万物在不知不觉之中，都在一点点地"丢失"，你不可能牢固地拥有什么。

　　苏东坡引用这句话的时候，突出了"真有力"，对应海棠被摧残。时间不是温柔地流淌，而是有着暴力的一面，可以把美的东西撕毁。

也可以说，这个比喻折射出苏东坡对于乌台诗案的感受：是一次打击。

打击的结果是把他困在了江边，简陋的居所，既不能回到朝廷展开理想的翅膀，也不能回到老家过安稳的小日子，实在是穷途末路。但苏东坡说，我不想哭诉自己的穷途末路，只是想说我已经心如死灰，不再期待什么了。一旦对这个世界不再期待什么，这个世界就不能再伤害我了。

不知道是在雨天还是晴天，在东坡雪堂，他研了墨，铺开纸，拿出笔，一口气写完了这首诗。他的满腔心事，都在或大或小、错落有致的字体里面了，每一笔，都涌动着生命的感知与情绪。这幅字，叫《黄州寒食帖》，成了书法史上不朽的经典。

10/ 此生归路愈茫然

1084 年，苏东坡离开黄州后，因为高太后主政，1085 年一直到
1089 年，他又回到了朝廷，很快成为权力中心的核心人物。但又因为人
事斗争，1092 年主动要求外派，先后去了杭州、颍州、扬州、定州做知州，
却经常想着要提前退休，因为他有淡淡的担心。政治很残酷，他的前辈
像范仲淹、欧阳修，最后都不太如意，退隐到了地方。苏东坡觉得自己
的余生也应该如此，离开京城，离开名利场，最好是到江南，安度晚年。

苏东坡一定觉得流放到黄州应该是他一生中最倒霉的事了，不
会再有第二次。

但万万想不到的是，更倒霉的事情来了，而且来了两次：惠州、
儋州，一次比一次倒霉。

1093 年 9 月 3 日，高太后去世，哲宗皇帝独立执政。不知道
为什么，这个皇帝对于太后和旧党，包括他的几个老师，都非常厌恶。

也许从心理学上说，是因为从小被控制而产生的逆反心理。据文献记载，哲宗对人感叹，太皇太后垂帘听政，他每次看到的都是大臣的"臀背"。这说明大臣没有把他当回事，只有一个叫苏颂的大臣，每次上朝完毕后还会回头向他示意。所以，后来他重用了这个大臣。这个细节透露出很丰富又很简单的一个心理现象——童年时代的创伤会影响成年之后的价值观。哲宗10岁的时候，就由高太后和旧党的大臣辅助执政，本来旧党和哲宗之间的关系有先天的优势，但他们失败了。哲宗不仅不亲近他们，反而很厌恶他们。

有人说旧党的这几位老师，包括苏东坡在内，在教育上都很失败，尤其是程颐，很迂腐。哲宗11岁那年，有一次课间休息，哲宗看到柳树上长满了新枝，在微风里飘拂，一时童心大起，折了一枝玩耍。结果引来程颐一顿教训，说"现在是春天，草木生长，万物复苏，皇上千万不要随意摧残生命，会伤了天地的和气。何况为君者，应该以仁爱为本，哪怕是一根小草，一棵小树，都要加以爱护"。道理当然没有错，但对于一个11岁的少年来说，这样的说教未免太煞风景了。

当然，哲宗厌恶旧党，不一定完全是教育方法的问题，还可能因为他和高太后之间微妙的关系。当时朝廷有人，大概是新党的人，挑拨离间，暗示高太后要扶持自己的儿子，而对哲宗不利。《续资治通鉴长编拾补》里记载了高太后去世之前的一个场景，当时她已经病重，把吕大防、范纯仁、苏辙几个老臣叫到床前，说了一番意味深长的话。第一，她特意说明自己的"一子一女病且死"，表明自己从未有过私心。

第二，她告诫这几位臣子，"公等亦宜早求退，令官家别用一番新人"。"官家"即皇帝，意思是你们应该早早求退，可以让皇帝另用新人。如果祖孙俩关系融洽，她是绝对不会说出这样的话来的。

神宗不喜欢旧党，纯因政治见解上的分歧，所以，理性的成分居多，你还是可以和他讲道理的。神宗作为皇帝，努力平衡两方的力量，尽可能让人才为自己所用。所以，还能想起黄州的苏东坡，觉得人才太难得，"不忍终弃"。

哲宗不一样，他厌恶旧党，完全出于心理上的情结，非理性的成分居多。你没有办法和他讲道理。所以，苏东坡以及元祐党人，注定要遭遇北宋立国以来最严厉的处罚。哲宗首先把年号改成"绍圣"，意思是要恢复神宗的政策，1094年成了绍圣元年；其次是把元祐时期被贬的新党官员召回朝廷。

以章惇为首的"新党"重新掌权后，把元祐时期执政的旧党官员贴上了"元祐党人"的标签，并且定性为反对神宗、哲宗，后来上升到反对"国是"。一旦给某个群体贴上标签，就很难做理性的判断。新党的复仇心理，加上哲宗的心结，酿成了宋代历史上最大的一次贬谪，大量的官员被贬到边陲。

北宋有不杀士大夫的传统，若士大夫犯错，一般就是被贬到比较偏远的地方，最多到黄州这样的地方，已经很倒霉了。最远的是岭南，但很少有人受过这样的处罚。元祐前期，蔡确因为写了一首《车盖亭诗》，被认为是毁谤太皇太后，有人主张把他贬到岭南。范纯仁听到后，就向宰相吕大防说："我朝从乾兴以来，没有人被发配到岭南，这条路荆棘丛生已经七十年了。现在如果我们重新开启这条路，将来政局变化，恐怕自己也免不了。"

吕大防觉得有道理，就没有把蔡确贬到岭南。后来旧党重新掌权，章惇等新党也被贬到岭南，章惇还死在了岭南。应了范纯仁那一句话，也应了"冤冤相报何时了"这句老话。

1094年4月，第一道诏令，苏东坡被贬到岭南的英州，成了第一个被贬岭南的旧党官员。5月，第二道诏令，改为贬到更远的惠州。第三道诏令，取消苏东坡叙官（调级升官）的资格。第四道诏令，降级为"不得签书公事"。第五道诏令，再次降低级别，变成了"宁远军节度副使，仍惠州安置"。

那一年，苏东坡已经59岁，一下子从礼部尚书跌落到"宁远军节度副使"，而且是戴罪的，由地方政府监管。苏东坡带着侍妾朝云和次子苏过，一路跋涉，向着蛮荒的岭南赶路，不断收到朝廷加重惩罚的诏令，会是一种什么样的心情？

苏东坡从河北定州一路南下去广东，走到安徽慈湖夹，坐船的时候遇到风暴，他用一组诗记录了当时的情景：

慈湖夹阻风·节选

此生归路愈茫然，无数青山水拍天。

犹有小船来卖饼，喜闻墟落在山前。

"此生归路"，这里又有一个"归"字。这一生回去的路看来是越来越茫然了。这一句人生感叹，是由身边"无数青山水拍天"的场景而来，一个又一个山峰，狂暴的风雨，好像把人困住了，再也走不出去了。没有想到，前面突然有小船来卖饼，更令人惊喜的是，有一个市集就在山的前面。这有点像后来陆游写的诗：山重水复疑无路，柳暗花明又一村，区别在于陆游写的只是迷路，而苏东坡写的，是在风雨中受到阻挡，找不到出路。

卖饼的，还有市集，都是人间烟火。喜悦之情，一下子洋溢在字里行间。

进入广东之后，又遇到了风险，苏东坡给朋友的信中这样描述：

> 将到曲江的时候，船在滩上搁浅倾斜，撑船的有十多人，篙声石头的声音荦荦，四面望去都是波涛，船里的士子面无人色，而我照样写字，为什么呢？我经历了很多变故，明白一个道理，就是这个时候，就算你放下笔，也没有事情可以做，还不如静静地写字。

面对波涛汹涌，静静地写字。平静，这个看似简单，实际上最不简单的一个词，出现在了苏东坡的风雨兼程里。经历风雨之后，一切都很平常，一切的风雨，都不会有波澜，只有平静。这是苏东坡真正在日常生活里做到了"也无风雨也无晴""此生归路愈茫然"，回到外在的家好像很茫然，但回到内心的家却变得如此清晰。

11/ 岭南万户皆春色，会有幽人客寓公

苏东坡的《十月二日初到惠州》，写了刚到惠州时的心情，可以和前面刚到黄州时的心情做一些比较。在惠州期间，苏东坡好几次写到荔枝，而在黄州，好几次写到海棠，可以比较一下他写海棠和写荔枝有什么不同。

刚到惠州，他给一个朋友写的信里这样说：

> 我八月到了岭南，有小儿子陪着我，还有三个伙夫。一切都还好。这里的风土环境不算恶劣。正好在这里可以远离世俗，保持身心安宁，小儿子也跟着超然物外，大概是有其子必有其父吧。哈哈……住在南方还是北方，是命里注定的，我心里没有回到北方的打算，明年就在这里买田建房子，从此做惠州人。

给好友参寥禅师的信中是这样写的：

我来到贬谪的居所有半年了，凡事大多过得去，这里
也就不细说了。就好像灵隐寺、天竺寺的僧人离开禅房，
住到了一个小村落中过活，用断腿的锅煮饭，捞里面的糙
米饭吃，就这样过一辈子了。其余的，就是这里病人多，
都是因为湿热之气生病的。但是话说回来，北方何尝没有
人生病呢，并不单单是因为瘴气才让人生病。只是这里缺
少医药，不过京城里的著名医生也不能保证不死人呀。你
看到此处肯定会哈哈一笑，不用再为我忧虑。

两封信里都有"哈哈"一笑。

1094 年 10 月 2 日，是苏东坡到惠州的那一天，他特意写了一
首诗：

十月二日初到惠州

仿佛曾游岂梦中，欣然鸡犬识新丰。
吏民惊怪坐何事，父老相携迎此翁。
苏武岂知还漠北，管宁自欲老辽东。
岭南万户皆春色，会有幽人客寓公。

"仿佛曾游岂梦中，欣然鸡犬识新丰"这两句是说，一到惠州，
感觉好像曾在梦里来过一样，有故乡般的亲切。"新丰"这个词有

一个典故，刘邦当上皇帝后，把他父亲接到长安，但老人很想念家乡丰县。于是，刘邦就在长安附近建了一个新丰，和原来的丰县一模一样。一模一样到什么程度呢？把老家丰县的鸡和狗带过来，都能认识各自的家。这样一来，刘邦的父亲住在长安，和住在家乡没有区别，有点像现在的虚拟空间。

"吏民惊怪坐何事，父老相携迎此翁"，官员和老百姓都关心我因为什么被贬，大家都出来迎接我。苏东坡到黄州并没有当地百姓相迎的盛况，为什么这次到了惠州会出现这样的场面呢？可能是因为苏东坡的影响力现在更大了。而且，他在元祐年间，在朝廷担任过很高的职务，也可能是因为惠州民风淳朴，那里的人大多是被放逐者的后裔，所以，对于中原的流放者有天然的同情。

"苏武岂知还漠北，管宁自欲老辽东"，苏武是汉朝时出使匈奴的使者，被扣留在匈奴，以为再也回不来了。管宁是东汉末年躲避战乱逃到边塞辽东，自己愿意在那儿终老。岭南这个地方家家都有美酒，一定会有高人来招待我。

这是苏东坡刚到惠州时写的诗，语调是轻松的。特意标记了时间，取题《十月二日初到惠州》，说明这一天很重要，是又一次的自我蜕变。在这首诗里，苏东坡提到了岭南的酒，很快他就发现了一种他从未见过的水果：荔枝。1095年3月4日，当地一位朋友请苏东坡游览白水寨佛迹寺，晚上在荔浦休息，看到树上的果实，当地人指着说："这是荔枝，很快就能吃了，到时候您带着酒再来，一边喝酒，一边品尝荔枝。"

过了一个多月，苏东坡第一次吃到荔枝，写了一首《四月十一日初食荔支》，把荔枝比作"尤物"，但没有了黄州时写海棠的那种凄凉，相反，多了一份热闹。苏东坡用了诗的语言说，荔枝本身风姿绰约，不需要借助杨贵妃的欣赏；不知道上天有意还是无意，让这样的尤物生长在沿海地区；又说荔枝的美味好像烹制好的江瑶柱，又像鲜美的河豚腹部。最后四句：

> 我生涉世本为口，一官久已轻莼鲈。
> 人间何者非梦幻，南来万里真良图。

"一官久已轻莼鲈"，这是前面提到的张翰的典故。秋风起的时候，张翰想起家乡苏中的鲈鱼，就辞官回家了。苏东坡却说，我一生做官不过是为了养家糊口，为求得一官半职，长期漂泊，早没有了故乡的概念。人世间到哪儿都是如梦如幻，能够来到这个万里之外的地方，也算是一个美好的计划吧。

因为有荔枝的美味，被流放的羞辱、痛苦，好像都消失了。苏东坡后来写过一首著名的诗：

食荔支二首·其一

罗浮山下四时春，卢橘杨梅次第新。
日啖荔支三百颗，不辞长作岭南人。

张翰因为想念故乡的莼菜和鲈鱼而辞官回家，苏东坡却因为喜欢岭南的荔枝，而"不辞长作岭南人"。因为喜欢一种食物，而爱上一个地方，苏东坡大概是第一人吧。

12/ 更著短檐高屋帽，东坡何事不违时

1096 年，苏东坡在惠州的白鹤峰造了房子，安顿一家老小。苏东坡很容易"随遇而安"。惠州的生活虽然很艰苦，他却也活得怡然自得。有一首诗写他生活的一个片段：

纵笔

白头萧散满霜风，小阁藤床寄病容。
报道先生春睡美，道人轻打五更钟。

据说，章惇读到这首诗，觉得苏东坡在惠州还是这么快活，有点不爽，就把他再次贬到了海南。这个说法，多半来自野史。章惇他们再次把元祐党人贬往更边远的地方，多半还是出于政治上的考虑，很大的原因是担心哲宗还会起用旧党。据说，吕大防的哥哥吕

大忠入朝时，哲宗关切地询问他弟弟的情况，并且对大忠说："那些执政的人本来要把你哥哥贬到岭南，是朕把他安排在湖北安陆，请你代我问候。大防是忠厚的人，不过被人出卖，二三年后可以再回到朝廷。"这话当然会引起新党的警惕，觉得哲宗可能还会召回旧党的人。于是，决定再次打击旧党，把他们往更南的地方贬谪。

又一次完全想不到，苏东坡被贬到了最远的海南儋州，这是北宋能够给予官员的最大惩罚。当苏东坡听到被贬儋州的消息时，挥笔写下了两句诗：

平生万事足，所欠唯一死。（《赠郑清叟秀才》）

我不欠这个世界什么了，唯一所欠的就是死亡了。就算现在死了，也没有遗憾了。

然后，他开始安排自己的后事。当时已经 60 岁出头的苏东坡，抱着有去无回的心态，踏上了海南之路。以当时的交通水平，去海南，夸张地说，和现在去月球一样艰难。去月球的宇航员基本上都可以平安回来，但当时不要说去海南，就算去近一点的广东，能活着回到中原的概率只有 50%。长子苏迈送他到海边，他对苏迈说，自己一到海南，就会赶紧做好棺材，选好墓地，死后就把他葬在海南，孩子们没有必要去扶灵。用现在的话说，不需要举小葬礼。

苏东坡 1097 年 6 月渡海，7 月 2 日到达儋州。一年后他在给程全父的信中如是说：

分别后一晃就是一年多了，海外穷荒孤独，与人断绝
了往来，通信也很少（因为当时渡海到海南岛十分艰巨）。
有船来了，突然收到你的信，欣喜宽慰之情，不可言喻。……
我和孩子身体还好，和黎族人等少数民族杂居在一起，不
是文明社会的人过的日子。一切生活用品，要什么没有什么。
刚来那一会儿，租了官府的房子，近来被赶了出来，只好
谋划着买地建茅屋。活在这里，只是免于睡在野外，而囊
中空空，一无所有。人在困苦厄运之中，什么事都会碰到，
把它们放在一边，不值得一提，不如一笑置之。从前的朋
友亲戚，哪敢梦想着再见到，只能在回忆中一起游山玩水，
时时吟诵美好的诗句，来安慰寂寞的自己……

在给另一个朋友的信中他这样写道：

……最近买了一片地盖了五间房和一个过厅。在南污
池的旁边，大树之下，倒是可以闭门面壁安静地闲居一段
时间了。只是花钱太多。这里的孤独不是人间所有的，不过，
我住得很安心。摆满了各种书籍，可以和这些书的作者聊
聊天。……

苏东坡到海南后，毫无疑问是绝望的，但绝望中的平静闪耀出
一种光芒，照亮了蛮荒的天涯海角。苏东坡在黄州有海棠，在惠州

有荔枝，在儋州呢，有椰子。海棠是一种花，用来欣赏；荔枝是一种水果，可以一饱口福；椰子呢，当然可以吃。但苏东坡把椰浆当作美酒来喝，还用椰子壳做帽子，戴在头上，写了一首《椰子冠》：

椰子冠

> 天教日饮欲全丝，美酒生林不待仪。
> 自漉疏巾邀醉客，更将空壳付冠师。
> 规模简古人争看，簪导轻安发不知。
> 更著短檐高屋帽，东坡何事不违时。

"天教日饮欲全丝，美酒生林不待仪"，这两句有两个典故，一个是讲汉代的袁丝，被任命为吴国的相国，吴国不是三国时的吴国，是汉朝的封地。他的亲戚对袁丝说："吴王这个人很昏庸残暴，你如果认真履行职责，他要么向皇帝告你的状，要么就会暗杀你。你不如天天喝酒，装疯卖傻，就可以保全自己。"另一个讲的是仪狄，大禹时善于酿酒的人，大禹喝了他的酒，就说以后一定有人因为酒而亡国，就疏远了仪狄。苏东坡这句诗的意思很简单，就是我来到海南，可以像袁丝那样天天喝酒，避免了从前朝廷里的那些是是非非，也挺好的。这里的椰子里都有椰浆，就是美味的酒，不需要酿酒的仪狄。

"自漉疏巾邀醉客，更将空壳付冠师"，这里用了一个陶渊明的典故。陶渊明每次酿酒酒熟的时候，就拿自己的头巾过滤酒，然后又戴在自己头上。苏东坡说，我用自己的头巾过滤椰子酒，邀请朋友一起来喝；掏空了的椰子壳，就交给专门做帽子的师傅。

"规模简古人争看，簪导轻安发不知"，帽子很简单，很古朴，戴着出去，大家争相观看；帽子很轻，戴在头上感觉不到它的重量。

"更著短檐高屋帽，东坡何事不违时"，我以前还戴过边缘短、帽筒长的高帽，东坡啊，你做的事情哪有一件不是与众不同？据说，苏东坡以前在京城的时候，自己设计这种边缘短、帽筒长的帽子，引起士大夫的仿效，被称为"子瞻帽"。

从海棠花，到荔枝，再到椰子，苏东坡越来越轻松，越来越平静。椰子冠，好像是一个游戏，60多岁的苏东坡，以一种游戏的态度，对待人间的悲痛，成就了生命的圆融。这首诗让我想起席勒的一句话："人应该同美一起只是游戏，人应该只同美一起游戏。终于可以这样说，只有当人在充分意义上是人的时候，他才游戏；只有当人游戏的时候，他才是完整的人。"（《美育书简》）按照席勒的逻辑，我们可以说，苏东坡用他一生的痛苦，完成了作为一个人的自我解放，以及生命的圆融。

13/ 黄州、惠州、儋州

    苏东坡去世之前两个月，写了一首名为《自题金山画像》的诗，诗里有一句很有名的话："问汝平生功业，黄州、惠州、儋州。"这三个地方是苏东坡被贬时去的地方，为什么苏东坡说他一生的成就都在这三个地方呢？透过这首诗，可以让我们思考磨难和痛苦的意义，就像文学艺术，流传于世的基本上是悲剧，喜剧很少。为什么悲剧更能打动人心？一方面是因为生存本身充满痛苦和烦恼，另一方面，对于痛苦和烦恼的抒写，可以净化人的心灵。

    苏东坡去海南时，以为再也回不来了。没想到四年后，1100 年，哲宗去世了，他的弟弟赵佶即位，就是宋徽宗。神宗的妻子向太后以皇太后的身份垂帘听政，政治天平又短暂地转向旧党，元祐党人获得大赦，苏东坡才踏上了北归之路。

    1100 年 6 月，苏东坡渡海北归，有一首诗记录当时的情况：

六月二十日夜渡海

参横斗转欲三更，苦雨终风也解晴。
云散月明谁点缀，天容海色本澄清。
空余鲁叟乘桴意，粗识轩辕奏乐声。
九死南荒吾不悔，兹游奇绝冠平生。

"参横斗转"，讲的是参星横斜，北斗星转变方向，说明夜很深，已经三更天了。"苦雨"，就是下了很久停不下来的雨；"终风"，就是整天吹的风。"参横斗转欲三更，苦雨终风也解晴"，就是说当夜很深的时候，下了很久的雨，吹了一天的风，也变成了晴朗。

"云散月明谁点缀，天容海色本澄清"，云散开之后，月光明亮，原来是谁把它遮蔽了呢？天的容颜和大海的本色，是清澈透明的。

"空余鲁叟乘桴意，粗识轩辕奏乐声"，又提到了孔子"道不行，吾将乘桴浮于海"。又提到了轩辕帝，也就是黄帝在咸池演奏的乐曲。大意是我空怀着孔子的操守，也粗粗明白了轩辕帝演奏的乐曲有什么含义。

"九死南荒吾不悔，兹游奇绝冠平生"，我被贬到了蛮荒的海南，九死一生，但我一点也没有怨恨，这一次的远游是我一生中最奇绝的经历。

这首渡海的诗，和那一首在雨中行走的词《定风波·莫听穿林打叶声》，表达的是同一种感情：经过风雨之后的平静。《定风波·莫听穿林打叶声》写的是一次突如其来的大雨之后的平静，这首诗写的是一次渡海，从海上的深夜写出了风雨之后的平静。前后两次的平静，我们可以细细品味一下其中微妙的心理变化。

苏东坡渡海之后，要去合浦，又遇到连日大雨，桥梁都毁坏了，也找不到船。于是只好回到海边，坐一种叫作蜒舟的船，从海上绕行去合浦。这一天是 6 月 29 日，又在海上漂流。天水相连，疏星满天。苏东坡坐在船头叹息，自己为什么总是遇到这样的危险？已经过了徐闻，没有想到还会遇到这样的厄运。儿子苏过在旁边睡着了，叫也叫不醒。

苏东坡从黄州开始，一直在撰写《周易》《尚书》《论语》的注释，书稿总是带在身边。看着这些书稿，苏东坡说了一句话："天未丧斯文，吾辈必济。"这句话字面上的意思是，假如老天不想丧失这几本书，那么我一定会顺利到达合浦。但这句话的背后，隐藏着宏大的文化背景。孔夫子被围困在匡地，后面有人追杀他，他只是静静地坐在一棵大树下，弟子请他赶紧逃跑，孔子却说了这么一番话："天之将丧斯文也，后死者不得与于斯文也；天之未丧斯文也，匡人其如予何？"大意是假如上天要丧失我所承担的那种文化传统，那么，后面的人就会和这种传统断裂；假如上天不想丧失这种传统，那么，匡人又能把我怎么样呢？

孔子这一段话，讲出了中国士大夫最核心的使命感：文化传统的守护者和传承者。而这种使命，来自上天。所以，苏东坡自己看重的并不是我们今天喜欢的他的诗词，而是他对于《易经》《尚书》

《论语》的注释，认为这才是自己一辈子最有价值的可以流传下去的东西。在去合浦的海上，苏东坡守着自己的三本手稿，讲了一句话，和孔子遥相呼应。

7月4日，苏东坡顺利到了合浦。然后，一路北上。第二年，也就是1101年5月，到了金山，在金山寺里，他看到了画家李公麟所画的一幅像。元祐年间，苏东坡在京城的家里，经常有朋友的聚会，李公麟是常客。一下子十几年过去了，恍如隔世，苏东坡在自己的画像上信笔题了一首诗：

自题金山画像

心似已灰之木，身如不系之舟。
问汝平生功业，黄州惠州儋州。

"心似已灰之木，身如不系之舟。"这两句诗源于《庄子》。《庄子·齐物论》的第一段开头，讲一个人坐在那里，进入了物我两忘的境界。有一个人就问他："何居乎？形固可使如槁木，而心固可使如死灰乎？今之隐机者，非昔之隐机者也。"意思是，这是怎么一回事呢？形体安定可以使它像干枯的树木，心灵寂静可以使它像熄灭了的灰烬吗？你今天凭几而坐的样子，和以前凭几而坐的样子不太一样啊！那个人就回答："你问得好，我今天之所以这样平静，是因为'吾丧吾'。"我丧失了我。更确切的解释，是我摆脱了自我意识的束缚，所以，就到了自在的境界。这是庄子讲的心如死灰的意思，绝对不是我们平常讲的心如死灰。

"身如不系之舟。"出自《庄子·列御寇》："巧者劳而知者忧，无能者无所求，饱食而遨游，泛若不系之舟，虚而遨游者也。"智巧的人劳苦，不用智巧的人无所求，饱食而遨游，飘飘然像无所系的船只，无目的地遨游。这句讲的是一种自由的状态。

"心似已灰之木，身如不系之舟。"心像燃烧之后的灰烬，身像失去了羁绊的小舟漂浮在水上。如果有人问我这一生有什么成绩，无非就是经历了黄州、惠州、儋州的贬居岁月。这个回答颠覆了"功业"的意义，一般人认为的功业，就是做了多少成功的事情，为国家做了什么事，为老百姓做了什么事，写了什么流传万世的文章。但苏东坡说，我的功业就是在我失败的地方。一方面，可能有调侃、反讽的意味；另一方面，也显示了苏东坡对于功业有不同的理解。人生最重要的，也许不是所谓的功业，而是自己生命的完成，恰恰在黄州、惠州、儋州，在失败和磨难之中，苏东坡遇到了最内在的自己，达成了最深刻的平静。所以，他说："问汝平生功业，黄州惠州儋州。"

这首诗很平淡，但暗暗涌动的，却是一生的悲欢。一切的希望和绝望，一切的喜悦和痛苦，在时间的流水里，只剩下平静的三个地名。

"苏东坡一生并未退隐，也从未真正归田，但他通过诗文所表达出来的那种人生空漠之感，却比前人任何口头上或事实上的'退隐''归田''遁世'要更深刻、更沉重。因为苏东坡诗文中所表达出来的这种'退隐'心绪，已不只是对于政治的退避，而是一种对社会的退避；它不是对政治杀戮的恐惧哀伤，也不是'一为黄雀哀，涕下谁能禁'（阮籍）、'荣华诚足贵，亦复可怜伤'（陶潜）那种具体的政治哀伤（尽管苏也有这种哀伤），而是对整个人生、世上的纷纷扰扰究竟有何目的和意义这个根本问题的怀疑、厌倦和企求解脱与舍弃。"

（李泽厚《美的历程》）

第四章

人生多虚无，如何豁达？

01/ 人行犹可复，岁行那可追

　　苏东坡年轻时在凤翔写过一组过年的组诗，比较完整地呈现
了中国人是怎样过年的，也是苏东坡比较早的表现时间虚无感的
诗，而且是在过年这样一个喜庆的节日里，特别耐人寻味。中国
有五千多年历史，但在岁月动荡里，很多精髓、很多韵味、很多
节日、很多华美的生活都消失了，好像只有过年从来没有消失过。
也许可以说，过年，是一个最简单也最深刻的中国符号，是一个
最为中国人普遍接受的中国符号。过年也是一个过程，一个最典
型、最集中地呈现中国人生活方式的过程。中国人的文化、信仰、
人情世故、衣食住行，都在过年这样一个过程里生动呈现。那么，
中国人如何过年呢？各地有各种不同的风俗，细节上有很多不一
样的地方，但基本的内容是一样的。历代也有很多诗人写过关于
年的诗，但最有代表性的是苏东坡的一组写过年的诗。这组诗没

有题目，但有一个简单的说明："岁晚相与馈问，为馈岁；酒食相邀，呼为别岁；至除夜，达旦不眠，为守岁。蜀之风俗如是，余官于岐下，岁暮思归而不可得，故为此三诗以寄子由。"这个说明里点出两点：一是过年的基本流程，包括馈岁、别岁、守岁三个环节；二是苏东坡为什么写这组诗，是因为和疫情下的很多人一样，回不了家。当时是1061年，苏东坡在陕西凤翔当官，而他的弟弟和父亲在京城过年。过年应该回家，但是回不了家，所以，就要写诗来治愈自己。

馈岁

农功各已收，岁事得相佐。

为欢恐无及，假物不论货。

山川随出产，贫富称小大。

置盘巨鲤横，发笼双兔卧。

富人事华靡，彩绣光翻座。

贫者愧不能，微挚出春磨。

官居故人少，里巷佳节过。

亦欲举乡风，独唱无人和。

别岁

故人适千里，临别尚迟迟。
人行犹可复，岁行那可追！
问岁安所之？远在天一涯。
已逐东流水，赴海归无时。
东邻酒初熟，西舍豕亦肥。
且为一日欢，慰此穷年悲。
勿嗟旧岁别，行与新岁辞。
去去勿回顾，还君老与衰。

守岁

欲知垂尽岁，有似赴壑蛇。
修鳞半已没，去意谁能遮？
况欲系其尾，虽勤知奈何！
儿童强不睡，相守夜欢哗。
晨鸡且勿唱，更鼓畏添挝。
坐久灯烬落，起看北斗斜。
明年岂无年，心事恐蹉跎。
努力尽今夕，少年犹可夸。

第一首写馈岁。"馈"有赠送食物、祭祀的意思。苏东坡第一首诗写的就是馈岁的情况。年底的时候，各种农活都结束了，大家相互帮忙，完成了一年的劳动。这是一段很短暂的时光，人们为了

186

享受共同的快乐，尽自己所能，拿出各种物品，相互赠送，表达感谢之情，也有感谢上天的含义。不管值多少钱，都是心意。富裕的人家，把大鲤鱼放置在盘上，用笼子装着双兔，当作礼物。而贫穷的人家，用的是自己手工做的糕点之类的简单礼物。然后，苏东坡说自己官府的所在地同乡很少，虽然街市上过年很热闹。但当我哼起故乡的曲调，没有人能够听懂。所以，很寂寞。这一首诗写自己独自在异乡过年的寂寞。

第二首写别岁，告别岁月。首先写人与人的告别。老朋友要去别的地方，虽然以后还可以见面，但临别的时候，还是依依不舍。时间和我们分别，一去不复返。我们永远追不上时间。时间去了天涯，也好像水一样永远在向东流。时间不可能停留，一分一秒都不可能。所以，我们和时间告别，要比依依不舍还要依依不舍。怎么办呢？不如一起喝酒吧。东家的酒已经酿好，西家的猪也快要杀好了。今天就好好快乐吧，忘掉一年中的悲哀和痛苦，也没有必要感叹时间过得真快，明天就是第二年，又要告别新的一年。一天天一年年过去，留下的是衰老。这首诗写相聚的场面很短，更多的是感叹时间的流逝，因为相聚的目的是和时间告别。

第三首写守岁，要守住岁月。第三首的第一句还是讲时间，时间就像一条蛇，已经钻到深山里去了，尾巴还露在外面。想要拉住它的尾巴，不让它走，但这是徒劳的。它是一定要走的，没有人能改变它的意志，但即使是徒劳，还是要守岁。孩子困了也不愿意睡，深更半夜还在笑闹喧哗。希望早晨的鸡不要鸣叫，更鼓不要再敲。坐得久了，油灯的灯花点点坠落，站起来看到屋外北斗星横斜在天空闪耀。难道明年就不过年了？还不如好好珍惜光阴，去做自己想做的事。现在就好好努力吧，不要辜负了自己的青春。

第一，这三首关于过年的诗，对仪式感的东西，写得并不多。苏东坡看重的，不是仪式感，而是心意。过年不一定要有什么固定的仪式，但心意要到。什么心意呢？是感恩。感恩亲人朋友，也感恩上天和大地。过年是岁和年的结合。岁和年，一样是时间概念，维度不一样。岁，原来的意思是木星，后来成为时间的量词，是基于天的时间。年，原来的意思是农作物成熟了，后来也成为时间的量词，是基于地的时间。年年岁岁，是时间的流转，而流转的背后，是天地的化育。

第二，是珍惜。过年是时间的一个节点，一个新旧交替的节点。但事实上，即使不是过年，时间也在消逝。就像苏东坡说的，除夕一过，就是在向新年告别。所以，过年不过是在提醒我们要珍惜时间。

第三，是快乐。时间在消逝，年年岁岁总有生活的艰辛，一年忙到头。过年不过在提醒我们，要停下来休息，好好喝上一杯酒，慰劳一下自己。

这些心意之所以重要，是因为建立在苏东坡对于时间虚无感的描写之上。"故人适千里，临别尚迟迟。人行犹可复，岁行那可追。

问岁安所之，远在天一涯。已逐东流水，赴海归无时。""勿嗟旧岁别，行与新岁辞。"这几句诗，写出了时间的残酷性：一去不复返。这也是人生的残酷，时间过去了就过去了，不能重复。在不可重复的时间的虚无之中，怎么办呢？苏东坡说："努力尽今夕，少年犹可夸。"除了好好活着，除了从当下马上就努力，你还能怎么办呢？因为不可重复，所以，不要辜负了我们的青春。

02/ 世事一场大梦

西江月·世事一场大梦

世事一场大梦，人生几度秋凉？夜来风叶已鸣廊，看取眉头鬓上。

酒贱常愁客少，月明多被云妨。中秋谁与共孤光，把盏凄然北望。

这首词有人说是苏东坡在黄州写的，也有人说是在儋州写的。这并不重要，重要的是这首词传达的虚无感，很有代表性。"世事一场大梦，人生几度秋凉"，世界上的事好像一场梦幻，人的一生又能够经历多少次凉爽的秋天呢？这一句一方面是在感叹时间的短暂，另一方面是在感叹世间的事情，过去了，就像做了一个梦，无法真实地捕捉和把握。这是从梦幻的角度写出了人生的虚无感。接下来写的全是当下的情景。"夜来风叶已鸣廊，看取眉头鬓上"，入夜的风阵阵，响动在这长廊，看看自己，忧愁爬上了眉头，鬓边生出了白发。"酒贱常愁客少，月明多被云妨"，没有好酒，常常担心客人太少，月光明亮，却总是被乌云遮住。"中秋谁与共孤光，把盏凄然北望"，今天是中秋节，有谁能和我一起欣赏孤独的月光？拿着酒盏，神色凄然，望向北方。

这首词非常悲观，由中秋节的孤独，感到了时间的短暂，容颜的易老，理想的难以实现，充满了怀疑和凄凉，最后，归结为"世事一场大梦"这样的虚无感。关于"世事一场大梦"，《庄子》里说过："且有大觉而后知此其大梦也。"《金刚经》里也有"如梦如幻"的说法。总的意思是，现实生活里的东西，其实并不真实。听起来很悲观。但是，恰恰是这种"如梦如幻"的虚无感，把我们从执着中带出来。既然世事是一场大梦，并非真实的，那么，我们也就没有必要去执着于这样虚幻的一个梦。"世事一场大梦"，一方面确实是悲观和虚无；另一方面，却是通向超脱和达观的途径。这在苏东坡的《满庭芳·蜗角虚名》里可以体会到。我们先看一下这首词：

蜗角虚名，蝇头微利，算来著甚干忙。事皆前定，谁弱又谁强。且趁闲身未老，尽放我、些子疏狂。百年里，浑教是醉，三万六千场。

思量，能几许？忧愁风雨，一半相妨。又何须，抵死说短论长。幸对清风皓月，苔茵展、云幕高张。江南好，千钟美酒，一曲《满庭芳》。

第一句里"蜗角虚名，蝇头微利"用了庄子的一个寓言，在蜗牛的两个角上，分别有两个国家，一个叫触国，一个叫蛮国，为了那点小得不能再小的土地，相互打仗，打得难分难解。人类看了觉得非常可笑，但是，人类为了那点名利，争来争去，如果从一个更广阔的视野来看，不也是和蜗牛角上的小动物一样可笑吗？庄子用这个寓言，把人类放在一个无限的背景里，讲了人世间功名利禄的虚无性。这和佛教的原理一样，一旦把人放在无限里，世间的一切都很无常，很虚无，所以要出离世间。

在这首词里，苏东坡借助对于世间虚无性的洞察，把自己从现实的痛苦中解脱出来。我们看看他的逻辑是如何展开的：第一句"蜗角虚名，蝇头微利，算来著甚干忙"，世间的人，包括自己都很傻，忙来忙去就为了一点虚幻的名声、一点虚幻的蝇头小利，太不值得了。确实，在宇宙的虚空里回望地球，它渺小得连一粒微尘都算不上。至于你工作中和家里的那一点点琐事，连微尘的微尘都算不上，太渺小了。哪还有什么想不开的呢？

"事皆前定，谁弱又谁强"，世间的事情，冥冥之中好像有一个定数，我们又何必强求。你看现在混得好的人、强大的人，是不是真的好呢？现在混得不好的人、弱小的人，是不是真的不好呢？

"且趁闲身未老，尽放我、些子疏狂"，算了，扯这些没有什么意思，还不如趁现在闲散的身体还没有老去，尽情放飞自我，活得张狂一点。"百年里，浑教是醉，三万六千场"，如果能够活一百年，也要陶醉在生活里，就好像每天喝了一场酒。

"思量，能几许？忧愁风雨，一半相妨"，仔细算来，人的一生又有多少忧愁风雨呢？大概有一半日子吧。"又何须，抵死说短论长。"所以，何必计较来计较去，非要争个成败输赢？

"幸对清风皓月，苔茵展、云幕高张"，现在正好对着皓月清风，就把草地当席子，把天空的云当作帐幕高高张起。"江南好，千钟美酒，一曲《满庭芳》"，在江南美好的风景里，痛饮一千盅美酒，聆听一首《满庭芳》的曲子。

这首词好像有点悲观，觉得世间的事情不过如此，不过是蜗角虚名、蝇头小利，不过如此而已；没有必要装模作样委屈自己，更没有必要辛苦自己。悲观之中，有一种洞察和清醒，是看破红尘之后的跳跃，是跳跃之后对于现实束缚的超越。苏东坡的重点在于，那些诱惑人的功名利禄太没有意思了，太不值得为它们浪费时间了，不如放开心怀，为自己而活。在大自然里，在美酒里，活得痛痛快快，活出自己，这不是悲观，而是透过虚无，活出豁达。

03/ 耳得之而为声，目遇之而成色

苏东坡的《前赤壁赋》，我们在中学就读过，我记得最牢的，是"惟江上之清风，与山间之明月，耳得之而为声，目遇之而成色，取之无禁，用之不竭，是造物者之无尽藏也，而吾与子之所共适"。

这句话使我在任何时候，不管多么贫困，不管多么忙碌，都提醒自己，其实我随时随地可以从大自然中得到治愈，得到喜悦，得到灵感。

这篇赋是苏东坡在黄州时写的。1082 年的黄州，家门口的江水让苏东坡感到了人世的艰辛、寂寞，写出了《寒食雨》这样的诗。但就在同一年，家附近一个叫赤壁矶的地方，那里的江水却让苏东坡升华，他把自己融入历史、山川、宇宙之中，个人的痛苦在浩瀚无垠里，显得那么渺小。

这一年 7 月 16 日，一个月夜，苏东坡和几个朋友去赤壁泛舟

游玩。朋友在船上喝酒，吟诵《诗经》里的诗歌。不一会儿，月亮升上了东山，徘徊在斗宿星和牛宿星之间，白露横江，水光接天。小船漂荡在茫茫无边的江上，好像凌空御风而行，不知道要到哪里去；飘飘荡荡的，好像要脱离尘世，像长了翅膀一样，飞升到神仙的所在。大家喝着酒，唱起了屈原的《离骚》：

> 桂棹兮兰桨，击空明兮溯流光。
> 渺渺兮予怀，望美人兮天一方。

桂木船棹啊香兰船桨，击打着月光下的清波，在泛着月光的水面逆流而上。我的情思啊悠远茫茫，眺望美人啊，却在天的另一方。

有一个客人会吹洞箫，大家唱歌的时候，他吹着箫伴奏。箫声呜咽，像含怨，像怀恋，像抽泣，像低诉。吹完后，余音悠长，像细长的丝缕延绵不断。这声音，能使深渊里潜藏的蛟龙起舞，使孤独小船上的寡妇悲泣。

苏东坡听了有些忧伤，问吹箫的客人："为什么吹奏出这样悲凉的声音？"那个客人回答："月明星稀，乌鹊南飞。这不是曹操的诗吗？从这里向西望是夏口，向东望是武昌，山水环绕，草木茂盛苍翠，不就是曹操被周瑜打败的地方吗？当年曹操攻占荆州，顺江一路向东，战船连接千里，旌旗遮蔽天空，临江饮酒，横握着长矛吟诗，是多么的豪迈！如今在哪里呢？像你我这样的平常人，在江中的小洲上捕鱼打柴，以鱼虾为伴侣，以麋鹿为朋友；驾着一只小船，举杯互相劝酒；在天地之间，我们的生命像蜉蝣一般短暂，渺小得像大海里的一粒小米。哀叹我们生命的短促，羡慕长江的无穷无尽。多么想和神仙相伴而遨游，同明月一道永世长存，但这是一种无法实现的愿望。人活着，大约就是无可奈何吧，我只是把无奈的心情寄托于曲调之中，在悲凉的秋风中吹奏出来而已。"

苏东坡对客人说："您知道水和月吗？水好像不断地在流走，但整体上，水在循环往复，并没有流走。月亮有时圆有时缺，但月亮还是那个月亮，并没有缺少，也没有增加，不过是浮云飘来飘去，变幻出圆缺，如果我们从变化的角度去看待，那么天地间的万事万物，每一瞬间都在变化。如果我们从不变的角度去看待，那么万物和我们是一样的，都没有穷尽，我们又何必羡慕明月呢？再说那天地之间，万物各有自己的规律，如果不是我该有的，一丝一毫也拿不走。只有江上的清风，与山间的明月，用耳朵去听，听到的便是声音，用眼睛去看，看到的便是色彩，你去获取不会被禁止，你去享用没有竭尽，这是大自然的无穷宝藏，是我和你可以共同享受的。"

客人听后，马上转悲为喜，洗了一下酒杯，重新斟满，又开始喝酒。把菜肴果品都吃完了，杯子盘子狼藉一片。大家互相倚靠着睡在了船上，不知不觉东方已经露出白色的曙光。

苏东坡把这一次夜游写成了《前赤壁赋》：

壬戌之秋，七月既望，苏子与客泛舟游于赤壁之下。清风徐来，水波不兴。举酒属客，诵明月之诗，歌窈窕之章。少焉，月出于东山之上，徘徊于斗牛之间。白露横江，水光接天。纵一苇之所如，凌万顷之茫然。浩浩乎如冯虚御风，而不知其所止；飘飘乎如遗世独立，羽化而登仙。

　　于是饮酒乐甚，扣舷而歌之。歌曰："桂棹兮兰桨，击空明兮溯流光。渺渺兮予怀，望美人兮天一方。"客有吹洞箫者，倚歌而和之。其声呜呜然，如怨如慕，如泣如诉，余音袅袅，不绝如缕。舞幽壑之潜蛟，泣孤舟之嫠妇。

　　苏子愀然，正襟危坐，而问客曰："何为其然也？"客曰："月明星稀，乌鹊南飞，此非曹孟德之诗乎？西望夏口，东望武昌，山川相缪，郁乎苍苍，此非孟德之困于周郎者乎？方其破荆州，下江陵，顺流而东也，舳舻千里，旌旗蔽空，酾酒临江，横槊赋诗，固一世之雄也，而今安在哉？况吾与子渔樵于江渚之上，侣鱼虾而友麋鹿，驾一叶之扁舟，举匏樽以相属。寄蜉蝣于天地，渺沧海之一粟。哀吾生之须臾，羡长江之无穷。挟飞仙以遨游，抱明月而长终。知不可乎骤得，托遗响于悲风。"

　　苏子曰："客亦知夫水与月乎？逝者如斯，而未尝往也；盈虚者如彼，而卒莫消长也。盖将自其变者而观之，则天地曾不能以一瞬；自其不变者而观之，则物与我皆无尽也，而又何羡乎！且夫天地之间，物各有主，苟非吾之所有，虽一毫而莫取。惟江上之清风，与山间之明月，耳得之而为声，目遇之而成色，取之无禁，用之不竭，是造物者之无尽藏也，而吾与子之所共适。"

　　客喜而笑，洗盏更酌。肴核既尽，杯盘狼藉。相与枕藉乎舟中，不知东方之既白。

这篇文章用一幅画面、一段对话，完成了一次深刻的自我治愈。画面包含了江水、月亮、人、歌声、箫声、饮酒。一次洋溢着古典中国神韵的夜游。人与人之间，人与自然之间，人与文化传统之间，人与历史之间，构成了连接。

眼前的景象，吹箫人感受到了人世的虚无，很悲哀。

眼前的景象，苏东坡却感受到了存在的寂静，很豁达。

苏东坡用了三个自然现象开解了悲哀的吹箫人，也开解了自己。

第一个自然现象，就是月亮和江水，虽然月亮和江水时刻在变化，但实际上，它们的本体一直没有什么变化，还是那个样子，由此推导出变化的视点和不变的视点。任何事物，都应当从两个视点去观察，就不会执着，也不会消极。一方面，没有任何东西是固定不变的，一切都在流动变幻之中；另一方面，没有任何东西是孤立的，都是在一个连绵不绝的整体里，其实从未消失。就我们个人而言，时刻在衰老，最终死亡。但我们个人死了以后，变成灰尘，融入空气，融入宇宙，转化成另一种能量。我们个人死了，人类还在，人类灭亡了，地球还在，地球灭亡了，宇宙还在，宇宙灭亡了，空虚还在……

第二个自然现象，是大自然里的万物，都各有造物主，都各有自己的法则，不属于我们的东西，一分一毫我们也无法取走。属于你的东西，你不想要，它也会去找你。

　　第三个自然现象，就是大自然的馈赠，不论穷人富人，不论什么种族的人，只要有感官，就能感受到自然，就能享受到无处不在的风景。这种自然的风景不会穷尽，但我们常常忘了抬头欣赏月亮，忘了家门口小路上的小树、小草、小花、小溪流……

04/ 开户视之，不见其处

　　透过苏东坡的《后赤壁赋》，我们来探讨一下虚无的另一个维度，就是不可知、神秘、时间的短暂，以及不可重复性，显现了我们生活在一种局限之中，而梦的体验，显现了虚无的不可把握性。这一切的背后，有着我们难以理解的法则，人好像只能知道他所知道的，很多时候很多事情就是无解。我们只能存而不论，保持敬畏，保持好奇心，保持探索。苏东坡这一篇《后赤壁赋》，读起来会觉得晦涩难解，但恰恰这种无法解释，为我们打开了理解虚无的另一个通道。

　　1082 年 10 月 15 日，也就是上一次赤壁夜游之后大约三个月，苏东坡和两个朋友又去了一次赤壁。那天，当地有两个朋友去东坡雪堂做客，天黑之后，苏东坡和他们从雪堂回临皋亭，经过黄泥坂。地面上有落叶，明月高悬，身影倒映在地上。他们一边走一边吟诗，相互酬答。

不一会儿，苏东坡感叹说："有客人却没有酒，有酒却没有菜。月光皎洁，清风徐来，如此美好的夜晚，应该美好地度过吧？"其中一位朋友说："今天傍晚，我撒网捕到了鱼，大嘴巴、细鳞片，形状就像吴淞江的鲈鱼。不过，到哪里去弄酒呢？"

苏东坡就回家和妻子商量，妻子说："我一直藏着一斗酒，就怕你有不时之需。"于是，苏东坡和朋友带着酒和鱼，再次到了赤壁下面去夜游。长江流水的声音，陡峭的江岸高峻直耸；山峦很高，月亮显得很小，水位降低，礁石露了出来。

也就三个月没来这里，江景山色却已经变了样子。苏东坡撩起衣襟上岸，踏着险峻的山岩，拨开纷乱的野草；蹲在虎豹形状的怪石上，又不时拉住形如虬龙的树枝，攀上猛禽做窝的悬崖，下望水神冯夷的深宫。两位朋友跟不上苏东坡。

苏东坡独自登上了极高处。在极高处，他放声长啸，草木震动，高山共鸣，深谷回声，大风刮起，波浪汹涌。苏东坡感到了悲哀，静默中有所恐惧，觉得这里森森然，不可久留。回到船上，把船划到江心，任凭它漂流到哪里就在哪里停泊。

快到半夜，望望四周，冷清寂寞。正好有一只鹤，横穿江面从东边飞来，翅膀像车轮一样，尾部的黑羽如同黑裙子，身上的白羽如同洁白的衣衫，它嘎嘎地拉长声音叫着，擦过游船向西飞去。

游玩了一会儿，朋友离开了，苏东坡也回家睡觉。他梦见一位道士，穿着羽毛编织成的衣裳，轻快地走来，走过临皋亭的下面，向他拱手作揖说："游赤壁快乐吗？"苏东坡问道士的姓名，道士低头不回答。苏东坡突然想起来，说："噢！哎呀！我知道了。昨天夜晚，从我身边飞鸣而过的人，不是你吗？"道士回头笑了起来，苏东坡也忽然惊醒，开门一看，却什么也没有看到。

这次夜游记录在《后赤壁赋》：

是岁十月之望，步自雪堂，将归于临皋。二客从予，过黄泥之坂。霜露既降，木叶尽脱，人影在地，仰见明月，顾而乐之，行歌相答。

已而叹曰："有客无酒，有酒无肴，月白风清，如此良夜何！"客曰："今者薄暮，举网得鱼，巨口细鳞，状似松江之鲈。顾安所得酒乎？"归而谋诸妇。妇曰："我有斗酒，藏之久矣，以待子不时之需。"于是携酒与鱼，复游于赤壁之下。江流有声，断岸千尺；山高月小，水落石出。曾日月之几何，而江山不可复识矣。

予乃摄衣而上，履巉岩，披蒙茸，踞虎豹，登虬龙，攀栖鹘之危巢，俯冯夷之幽宫。盖二客不能从焉。划然长啸，草木震动，山鸣谷应，风起水涌。予亦悄然而悲，肃然而恐，凛乎其不可留也。反而登舟，放乎中流，听其所止而休焉。

时夜将半，四顾寂寥。适有孤鹤，横江东来。翅如车轮，玄裳缟衣，戛然长鸣，掠予舟而西也。须臾客去，予亦就睡。梦一道士，羽衣蹁跹，过临皋之下，揖予而言曰："赤壁之游乐乎？"问其姓名，俯而不答。"呜呼！噫嘻！我知之矣。畴昔之夜，飞鸣而过我者，非子也邪？"道士顾笑，予亦惊寤。开户视之，不见其处。

和上一次的赤壁夜游不太一样，这一次是"兴之所至"，突然来了兴致，就去了。去了赤壁之后，是苏东坡一个人爬上最高的山岩。然后，就坐在船上，任其漂游。半夜，看见一只鹤飞过。然后，就回家了。回家之后，做了一个梦，梦见一个道士，醒来后，发现门外空无一人。

这篇文赋包含了三段：

第一段是即兴。夜色很好，觉得睡觉是一种浪费，临时找了鱼和酒，去赤壁游玩。生活中这种小小的即兴，会带来不可言说的快乐。我记得自己年轻时，有时候晚间，突然兴起，去火车站，随意选一个下车的目的地，买一张票，到了那里往往还是凌晨，当地人还在梦里，走过小镇，好像走过很多人的梦境。那几个乘兴而去的小镇，成为我记忆里永远不可磨灭的意象。越是感到生活的压力，越要有这种即兴的能力。

第二段是赤壁夜游。不是一起唱歌喝酒，而是一个人独自登上高处，像是发泄自己的情绪，划然长啸。想象一下，在有山岩的江边，夜半，一个人在那里长啸，会是什么感觉呢？从高处下来后，让船随意漂流。看见一只鹤飞过。和《卜算子·缺月挂疏桐》里"孤鸿"很接近，有一种孤独感。看到的鹤，也是单个的，夜空中鹤鸣的声音更让人觉得冷清。

第三段是做了一个梦。梦里飞来一个道士，也有版本写的是两个道士。这个道士好像就是前晚游赤壁时见到的鹤幻化而成。但到底是谁？没有明说。

这一篇《后赤壁赋》有点神秘，色调有点黯淡。形式上，《前赤壁赋》是一篇对话，非常明快，而这一篇更像一篇独白，更确切地说，应该是一次内心的自我探索，有点幽深。如果说，在《前赤壁赋》里，苏东坡用了三个自然现象建构起来的道理，开解了自己。那么，在《后赤壁赋》里，苏东坡用了自我探索，来缓解现实的痛苦，既然是自我探索，就会有黑暗面，有不可解的神秘性。但是，如果熟悉苏东坡从眉州到黄州的那一段经历，那么，你又能隐隐约约感觉到苏东坡借这一次探索，在回顾自己的人生，用隐晦的意象，面对人生中的不堪和痛苦。

05/ 人生如梦，一尊还酹江月

苏东坡的《念奴娇·赤壁怀古》中有一句"人生如梦"，这是苏东坡经常出现的感叹，也是千百年来中国文学里经常出现的感叹。但苏东坡在这一首词里，把"人生如梦"这种虚无感，写得如此豪迈，还是非常少见。

关于赤壁，苏东坡写了《前后赤壁赋》，还写了一首词《念奴娇·赤壁怀古》，这首词的具体写作时间有不同的说法，一般认为是与前、后赤壁赋的写作时间相同或接近。《前后赤壁赋》，写的是现实中的游历。而这首词，写的是神游。

一上来就说"大江东去，浪淘尽，千古风流人物"。大江奔流的景象，让苏东坡想到了悠久的历史，悠久的历史上那么多风流人物，好像在时间的大江大河里，都被浪冲走了。

接着写到现实的场景：一个古代留下来的堡垒。但目的不是要写这个遗迹，而是要穿越到历史当中去。当地人说这是三国时候周瑜打败曹操的地方。接着，又写眼前的景象：江边很多凌乱无序的石头，穿破空中，惊涛骇浪拍打着岸边，卷起白色的浪花，像千堆白雪。江山美得像图画一样。一时间出现了多少英雄豪杰。上阕写的是怀古。因为古代的遗迹，回想历史上的赤壁之战。

下阕把焦点放在了周瑜身上，当时周瑜刚刚娶了美女小乔。英雄美人，雄姿英发。摇着扇子，谈笑间，就让曹操的几十万大军灰飞烟灭。苏东坡的兴趣不在于赤壁之战本身这个历史事件，而是这个历史事件中的英雄豪杰，尤其是周瑜，年轻、优雅、纵横战场，却像闲庭信步，弹指间，就创造了历史，又收获了美好的爱情。生命的光辉，人生的美满，就在这样如画的江山里熠熠闪光。

然后，笔锋一转，说自己在这个古战场神游，别人大概会笑我太多情了，居然头发都白了。人生真的像梦幻一样，能够说什么呢？不如举杯致敬这永恒的江月，并祭奠江月曾照耀过的那些英雄豪杰。

　　大江东去，浪淘尽，千古风流人物。故垒西边，人道是，三国周郎赤壁。乱石穿空，惊涛拍岸，卷起千堆雪。江山如画，一时多少豪杰。
　　遥想公瑾当年，小乔初嫁了，雄姿英发。羽扇纶巾，谈笑间，樯橹灰飞烟灭。故国神游，多情应笑我，早生华发。人生如梦，一尊还酹江月。

还记得《寒食雨》那首诗吗？写出了苏东坡在黄州的真实境况：住在很简陋的小房子里，一下雨，江水就会漫溢到门口；经济拮据，一家人陷于困窘之中。在现实里，苏东坡不过是一个流落到黄州，住在江边陋室里的潦倒官员，还在为温饱担忧。

但这首词一开篇，写江水滚滚东流，淘尽了千百年来的风流人物。然后全篇都在写江山如画，写英雄豪杰，写周瑜的英雄美人，没有一点哀怨悲切，有的是开阔和豪迈。只是到了这一句"故国神游，多情应笑我，早生华发"，把个人的经历带了进来。多情，即多愁善感。抱持情怀、热爱、悲悯、敏感，都可以说是多情的表现。面对一个古旧的堡垒，生发出想象和感叹，也是多情。但"早生华发"不是今天一次怀古才发生，而是在怀古之前就发生了。正是因为有过人生的风霜，所以，看到古战场的遗迹，就特别动容，特别伤感。

最后一句"人生如梦，一尊还酹江月"。既是针对历史上的英雄豪杰，也是针对自己的经历。历史像梦幻，个人的经历也像梦幻。但江月穿过时间的迷雾，照耀着从前的风流人物，也照耀着今天潦倒的我。所以，我要举杯致敬这永恒的江月。

苏东坡这首《念奴娇·赤壁怀古》，一直是"豪放派"词的代表作。在中国学文学的人，都知道这么一个故事，说是苏东坡有一次问一个善歌的幕僚："我的词和柳永的词相比，怎么样？"幕僚回答："柳郎中（柳永）词，只合十七八女郎，执红牙板，唱'杨柳岸，晓风残月'；学士（苏东坡）词，须关西大汉，执铜琵琶，唱'大江东去'。"

这成了"婉约词"和"豪放词"的经典区分。一个适合女孩唱，一个适合大汉唱。这是形式上的差异。内容上，婉约词沉溺于个人性的细微情感，以及眼前的景色；而豪放词放眼深远广阔的历史背景和自然气象。

豪放词常常把个人的悲伤转换成"大问题"，或者寄寓于"大场景"。苏东坡《水调歌头·明月几时有》中"明月几时有"是一个大问题。这一首"大江东去"是一个大的历史场景。大问题、大场景，引发的都是"时间短暂"或"人生如梦"的感叹。

人生如梦，其实包含了"时间短暂"的感叹。《金刚经》里讲世间事物"如梦如幻"，像一个梦，很快就过去，同时像一个幻觉，并不真实，当然，也并不虚假。《金刚经》用这个比喻，是提醒我们，既然万事万物如同梦幻，那么，就不要执着，也不要放逸。保持中道，保持平静。

美国导演伍迪·艾伦讲过一个冷笑话，有一帮老年妇女去旅行，回来后一个妇女抱怨："这次旅行团太糟糕了，安排的食物那么难吃。"另一个人接着说："是啊，还给得那么少。"伍迪·艾伦说："这就是我的人生态度，我确实觉得人生太痛苦，太糟糕了，但是，我又觉得时间过得太快了。"

这好像是一个悖论，和另一个悖论类似，一方面我们觉得时间短暂，另一方面又觉得时间太漫长了。但这些悖论里有生存的真相。

回到苏东坡，挫折、不确定性，让他陷入困境，让他从一个上流社会跌到底层。他连自杀的心都有过。他的诗词、文章里写了自己不堪的生活现状，也充满了"人生如梦"的感慨。为什么会这样呢？一方面是好死不如赖活着的本能，说得文艺一点，就是再不堪的生活，人也还活着，活着就是美好的。另一方面，人生如梦，时间飞逝，那么，现实的沉重也可以很快消失。

这是一种消解和舒缓。

06/ 谁道人生无再少？

　　时间的虚无感，是古典中国的一种普遍感伤，自从孔夫子站在水边感叹"逝者如斯夫"，一代一代的中国人，翻来覆去在感叹时间像流水的虚无，但就像张爱玲说的，也就到此为止，不再往前了。充其量加一点"珍惜时间"的教训，好像不会走得更远。但苏东坡《浣溪沙·山下兰芽短浸溪》这首词走得很远，发出了很特别的声音，在中国古代的诗词里比较少见。

　　苏东坡有一篇《游沙湖》，记录了这首词的写作背景。苏东坡在黄州，想要买东南边沙湖的田，就去那里考察，路上淋了雨，就是《定风波·莫听穿林打叶声》写的情景。回来后苏东坡就生病了。他听说麻桥有一个叫庞安常的聋医，医术很高明，就去那里求医。庞安常悟性很高，只要写几个字，他就知道你的意思是什么。苏东坡和他开玩笑说："我是以手为口，靠写文章来表达，而你是以眼睛为耳朵，用眼睛来听，都不是寻常的人。"

病好了之后，苏东坡就和庞安常一起去游览清泉寺。寺庙在蕲水镇外两里左右，那里有王羲之的洗笔泉，泉水清甜，下面就是兰溪，溪水是往西边流的。这个现象一下子触动了苏东坡，因为水都是往东流的，不可能往西流，但眼前实实在在向西流淌的溪水，却告诉苏东坡，你以为不可能的事，其实也是有可能的。于是，苏东坡就写了这首词：

浣溪沙 · 游蕲水清泉寺

游蕲水清泉寺，寺临兰溪，溪水西流。

山下兰芽短浸溪，松间沙路净无泥，萧萧暮雨子规啼。
谁道人生无再少？门前流水尚能西！休将白发唱黄鸡。

山脚下溪边的兰草刚刚抽出嫩芽，浸泡在溪水之中，松树之间的沙石路，洁净得没有一点泥土，已经黄昏了，雨声萧萧，杜鹃鸟在鸣叫。

谁说老了就不会再年轻了呢？你看门前的水，尚且能向西边流去，我们又何必总是感叹时光流渐，感叹自己老了呢？

"休将白发唱黄鸡"套用了白居易的一首诗，白居易有一首《醉歌》，写给一个叫"商玲珑"的歌舞艺人：

罢胡琴，掩秦瑟，玲珑再拜歌初毕。

谁道使君不解歌，听唱黄鸡与白日。

黄鸡催晓丑时鸣，白日催年酉前没。

腰间红绶系未稳，镜里朱颜看已失。

玲珑玲珑奈老何，使君歌了汝更歌。

停下胡琴，掩上秦瑟，舞女玲珑行礼表示演奏结束了。谁说我不懂得欣赏歌曲？我好像听到了黄鸡报晓，白天的太阳来临。黄鸡在丑时就打鸣催促太阳升起，每日鸣叫着天要亮了，到了年底，黄鸡也死了。腰间的红绶带还没系牢，镜子里的容颜已经衰老。在黄鸡的报晓声里，玲珑也会老去。我们都会老去，我唱完了以后你再接着唱吧。

白居易的诗只是借着黄鸡的报晓，感伤时间的流逝，生命的老去。而苏东坡的词完全是相反的，是对于时间的一次抵御，不是顺着时间的流逝而随波逐流，而是逆流而上，逆转时间的方向。在无可奈何的时间之流里，苏东坡的"休将白发唱黄鸡"，为中国人的时间意识留下了一个倔强的姿态。

这首词让我想到穆旦的一首现代诗《听说我老了》：

我穿着一件破衣衫出门，

这么丑，我看着都觉得好笑，

因为我原有许多好的衣衫

都已让它在岁月里烂掉。
人们对我说：你老了，你老了，
但谁也没有看见赤裸的我，
只有在我深心的旷野中
才高唱出真正的自我之歌。
它唱到，"时间愚弄不了我，
我没有卖给青春，也不卖给老年，
我只不过随时序换一换装，
参加这场化装舞会的表演。
但我常常和大雁在碧空翱翔，
或者和蛟龙在海里翻腾，
凝神的山峦也时常邀请我
到它那辽阔的静穆里做梦。

　　"听说我老了"，不是自己觉得老了，而是别人说我老了。第一段讲的是皮囊的衰败，青春以及经历过的美好事物，现在都像一件破衣衫。第二段开始，是对于别人的回答。人们只看到我衰老的外表，却没有看到赤裸的我，更没有听到我内心的自我之歌。在年龄这个皮囊之下，是永不衰老的自由精神。

　　这首诗和苏东坡那首词，在时间的飞逝里，唤起我们生命内在的力量。在生命的旅程中，不要被时间愚弄，要时时刻刻在内心高唱真正的自我之歌。

07/ 十年生死两茫茫

这首《江城子·乙卯正月二十日夜记梦》，大家很熟悉，为什么要在讨论虚无的部分聊这首词？因为这首词写了一个和死亡、情爱有关的梦。苏东坡以意象式的语言，怀念一段随着死亡而消失了的爱情，至少，在这里，梦不是一种虚幻，反而是一种实在，把虚幻的带回到当前的现实。这正是这首词耐人寻味之处，因此，这首词算是对于虚无的一种迂回治愈。

这首词记录了一个梦，是 1075 年正月二十日夜晚的一个梦，那么，是一个什么样的梦呢？我们读一下这首词：

江城子·乙卯正月二十日夜记梦

十年生死两茫茫。不思量，自难忘。千里孤坟，无处话凄凉。纵使相逢应不识，尘满面，鬓如霜。

夜来幽梦忽还乡。小轩窗，正梳妆。相顾无言，惟有泪千行。料得年年肠断处，明月夜，短松冈。

"十年生死两茫茫"，第一句就写了生死。苏东坡年轻时候，第一次体验到死亡，是 1057 年母亲去世，第二次是 1065 年夫人王弗去世，第三次是 1066 年父亲苏洵去世。这一句写的，显然是王弗，王弗 16 岁就嫁给了 19 岁的苏东坡，他们在一起生活了十年多，27 岁的王弗就去世了。

"不思量，自难忘"，就算不去想你，却还是不能忘却，说明两人感情的深厚。然后，跳跃到了眉州。"千里孤坟，无处话凄凉"，王弗的坟墓在眉州，自从把王弗和父亲苏洵的灵柩送回眉州后，苏东坡再也没有回过故乡。所以，两人相隔千里之外，没有办法在一起诉说心中的凄凉。"纵使相逢应不识，尘满面，鬓如霜"，就算再见面，也可能认不出来对方，因为人死去之后，年龄就定格在了那个年纪，王弗 27 岁去世，面容就一直停留在 27 岁，而苏东坡随着时间的流逝又老了 10 岁。十年来为生活奔波，风尘满面，也有微微的白发了。

一开始说自己的思念。然后视角上发生了变化，好像变成了王弗的视角。"千里孤坟，无处话凄凉。纵使相逢应不识，尘满面，鬓如霜"，从王弗的角度，写了王弗在眉州的孤独凄凉，又从王弗的视角写出了自己这几年的奔波劳碌，脸上满是岁月的风霜。这是这首词的微妙之处，一方面是苏东坡单向的怀念，另一方面又仿佛是两个人在互动。

"夜来幽梦忽还乡"，晚上做了一个幽深的梦，回到了故乡。"小轩窗，正梳妆"，看到你正在小窗前梳妆。"相顾无言，惟有泪千行"，我们相互望着，默默无言，眼里是泪水。"料得年年肠断处，明月夜，短松冈"，我想，你每年伤悲断肠的地方，就是在明月照耀着的长着松树的坟头。

这首词是对妻子的怀念，写出了死亡带来的生离死别以及聚散无常，但因着记忆里的深情，有一种温暖渗透进这个世界的虚无冰冷。苏东坡作为禅宗、道家的信徒，对于死亡，以及梦幻的描写，常常是要把自己引入豁达。这首词的意义在于，苏东坡告诉我们，豁达不是冷漠，也是一种深情。

关于深情，我们再读一首苏东坡的词《蝶恋花·春景》：

花褪残红青杏小。燕子飞时，绿水人家绕。枝上柳绵
吹又少，天涯何处无芳草！
墙里秋千墙外道。墙外行人，墙里佳人笑。笑渐不闻
声渐悄，多情却被无情恼。

上阕写春天即将逝去的感伤。花朵开始凋谢，色彩开始暗淡，树枝上长出小小的青杏。清澈的河水围绕着村庄流淌。风吹来，树

216

枝上的柳絮越来越少，天地那么大，哪里没有芳草呢？虽然花在凋谢，但大地上总会有芳草生长。

下阕写了多情和无情。墙外有一条道路，路上有一个行人，墙里面呢，有一个秋千，有一个女孩子荡秋千的笑声。渐渐地听不到笑声了，变得静悄悄。那个行人因为笑声而产生了情意，而墙里面那个女孩子浑然不知，所以，多情却被无情恼，世间的多情，总要为无情所苦恼。

这首词总和王朝云相联系，苏东坡在第一任妻子王弗去世后，娶了王闰之。他在杭州做通判的时候，王朝云作为侍妾进了苏家，跟着苏东坡去了黄州。去惠州之前，王闰之去世。王朝云跟着苏东坡又到了惠州，最终在惠州去世。据说，在惠州的时候，苏东坡让朝云唱这首词，唱到"枝上柳绵吹又少，天涯何处无芳草"这一句时，朝云难过得不能唱下去。为什么呢？在我看来，这一句貌似豁达的句子，实际上包含的是一切都无法长久的悲哀，再加上第二段中情怀的阻隔，这是一首很感伤的词。王朝云去世之后，苏东坡再没有念过这首词，应该是不忍再读。因为王朝云的故事，使这首词为深情作了另一个注脚。

说到王朝云，我就想起杭州，想起杭州，就又想起苏东坡一首诗，是《陌上花三首》里的一首：

陌上花开蝴蝶飞，江山犹是昔人非。

遗民几度垂垂老，游女长歌缓缓归。

苏东坡在杭州的时候，有一次在城外的山里游玩，听到几个女孩在唱一首歌，名叫《陌上花缓缓曲》。苏东坡听的时候特别有感触，一口气写了三首诗，这是第一首。

这首诗的意思很简单，意思是已经改朝换代了，世界都已经变了，但是没有改变的是今天的女孩子还在传唱那首《陌上花缓缓曲》。

这里面有一个典故，这个典故来自五代十国。有一个小国家叫吴越国，吴越国的国君钱镠很爱他的一个妃子，那位妃子在寒食节的时候回娘家走亲戚。去了几天，钱镠很想念她，于是就写了一封信，本意应该是希望她早点回来，但他那封信的内容非常简单，只写了一句话：

陌上花开，可缓缓归矣。

意思是，田野间小路边，花已经开放了，你可以慢慢地回来。

就是这么一句朴素的话，被很多人认为，是最美的一句情话，也是最深情地表达想念、表达爱意的一句话。这确实是一句发自内心而又朴素得不能再朴素的话，却隐含了很体贴的关心。他说我非常想念你，非常希望你早点回来，但是呢，你不用着急，你慢慢来。这句话虽然简单，但是非常的美。他用了一个意象——陌上花开，路边的花开了。又用了一个日常化的语气词——缓缓。这两个词加在一起就很美，别有一种打动人心的旋律。

　　苏东坡的这句诗，他要表达的意思其实可以从更深一层去理解：这个世界变来变去，但是不管怎么变，人的深情是不会变的。无论这个世界多么残酷，只要我们有深情，就可以留下很多美好的东西。

08/ 可以寓意于物，而不可以留意于物

　　《墨妙亭记》的缘起是湖州知州孙莘老建了一座墨妙亭，把湖州境内从汉代以来所存的古文碑刻放在里面，请苏东坡为这座亭写一篇记。苏东坡首先讲了湖州的山水清远，孙莘老在湖州的政绩，然后讲到孙莘老建立这座亭的过程，最后却提了一个疑问，就是说，世界上的万物都会归于灭亡，尤其是那些形体坚固的东西，尤其不能长久存在；但是，人的名声和文章，就能流传后世，比那些有形的东西更为长久，那么，现在孙莘老却把文章、词赋寄托在金石之上，让那些可以长久流传的东西求助于很快就会毁坏的载体，而且还造了宏伟宽敞的亭子来保存它们，难道孙莘老不懂得事物的规律吗？

　　针对这个疑问，苏东坡替孙莘老作了这样一番回答：

　　　　余以为知命者，必尽人事，然后理足而无憾。物之有

成必有坏，譬如人之有生必有死，而国之有兴必有亡也。虽知其然，而君子之养身也，凡可以久生而缓死者无不用；其治国也，凡可以存存而救亡者无不为，至于不可奈何而后已。此之谓知命。是亭之作否，无足争者，而其理则不可以不辨。

苏东坡说，在我看来，凡是懂得天命的人，一定会竭尽自己的全力把人能够做好的事做到最好，然后就心安理得，没有遗憾了。万物有生就必然有灭，就像人有出生就一定会有死亡，国家有兴起一定就会有毁灭。虽然人人都明白这个规律，但作为君子，还是会修养自己的身心，凡是能够延缓衰老的办法，无不尽力而为。治理国家也是一样，凡是能够挽救衰败的方法，也是无不尽力而为，直到实在无可奈何为止。这就是真正懂得了天命。这个亭子该不该建，不值得讨论，但其中的道理，我们应该分辨明白。

苏东坡讲天命，不是消极地接受上天的安排，而是要尽力把人能够做到的做到最好，虽然明知会死亡，但还是想尽办法延缓死亡，直至无可奈何。这个才是真正的豁达。尽力做了应该做的，至于结果，完全放下，交给上天。

《宝绘堂记》又从另一个角度讲了豁达。我们之所以做不到豁达，往往因为执着于自己喜欢的事物。所以，道家讲超然物外，佛家讲"无心""无念"，都是在告诉我们如何从人与事物的关系之中解脱出来。《宝绘堂记》一开头就提出了一个看法：

> 君子可以寓意于物，而不可以留意于物。寓意于物，
> 虽微物足以为乐，虽尤物不足以为病。留意于物，虽微物
> 足以为病，虽尤物不足以为乐。老子曰："五色令人目盲，
> 五音令人耳聋，五味令人口爽，驰骋田猎令人心发狂。'
> 然圣人未尝废此四者，亦聊以寓意焉耳。刘备之雄才也，
> 而好结髦。嵇康之达也，而好锻炼。阮孚之放也，而好蜡屐。
> 此岂有声色臭味也哉？而乐之终身不厌。

苏东坡说，君子可以把心意寄托在事物之中，而不应该把心意
沉溺在事物之中，也就是说，君子欣赏美好的事物，但不会沉溺于
美好的事物，再美好的事物，欣赏但不想着去占有，也不会上瘾。
如果把心意寄托在事物之中，保持着欣赏的态度，那么，虽然是很
微小的东西，也会给自己带来快乐，虽然是很珍贵的东西，也不会
沉溺、上瘾。如果把心意滞留在事物之上，那么，再微小的东西也
会伤害自己，再珍贵的东西也不会带来快乐。老子说过："过于缤
纷而好看的色彩反而使人失去视觉的能力，过于纷乱而动听的声音
反而使人丧失听觉的能力，过于甘美肥腻的食品反而使人失去味觉
的能力，过于驰骋游猎反而使人心性癫狂。"虽然这样说，但古代
的圣人并没有完全排斥色彩、音乐、美食、游猎这四件事，只不过

强调你要以欣赏事物的态度去做这四件事。以刘备那样的英雄，却喜欢编织饰品，以嵇康那样的通达，却喜欢打铁，以阮孚那样的狂放，却喜欢为人补鞋。难道其中有声色香味，而让他们喜欢了一辈子？

苏东坡讲刘备这些人的爱好，是在说明，只要不沉溺于其中，不管什么爱好，都没有什么坏处。刘备的爱好，一点不影响他成为一个英雄。接着，苏东坡说，万物之中，让人喜爱，带给人愉悦却不会败坏人心的，以书法和绘画为最。但即使这么美好的东西，如果你过分沉溺，也会给人带来意想不到的祸害。钟繇因在韦诞那里得不到喜欢的著作而呕血，盗了韦诞的墓；宋孝武帝和王僧虔为了喜欢的书画，相互猜忌；桓玄逃跑时还不忘把喜欢的书画带到船上；王涯临终时还操心着要把书画藏在什么地方。这些身外之物给他们带来了各种各样的祸害。这就是不懂得欣赏事物的后果。

苏东坡又举了自己的例子。他说自己年轻时也非常喜欢书画。家里收藏的，唯恐失去，别人拥有的，唯恐别人不给自己。后来自己嘲笑自己：轻视富贵，而厚爱书法，轻视性命，而厚爱绘画，这不是本末倒置吗？明白了这一点，就再也没有沉溺在对书画的喜爱之中。见到自己喜欢的作品，有时也会收藏，但是就算被别人拿走了，也不会觉得可惜。就像美丽的烟云从眼前经过，百鸟发出悦耳的声音，难道不欣然欣赏吗？但欣赏之后，不会过分眷恋，也不会想着去占有。这样一来，我从我喜欢的书法和绘画里，得到很多快乐，却不会使我沉溺。

人生多漂泊，如何安定？人生多冲突，如何进退？人生多风雨，如何平静？人生多虚无，如何豁达？归纳起来，就是人生多烦恼，怎么办呢？苏东坡提出了一种治愈主义的方法：作个闲人，对一张琴，一壶酒，一溪云。

"作个闲人"，是对社会身份的一种超越，一种扭转。"一张琴""一壶酒""一溪云"，是用三种具体的事物增添到我们原有的生活里，带来新的场景，新的爱好系统，新的观念系统，不需要摧毁性的革命，只需要视角的转换、事物的排列，以及观念的重构，就可以形成突围的能量，让生命蓬勃生长。

第五章

人生多烦恼，如何治愈？

01/ 作个闲人

　　1093 年，苏东坡 58 岁，已经经历过了人生的黑暗时刻，在黄州过了四年的底层生活，感叹过人生求富贵很难，但没有想到，求温饱也很难。而现在，没有想到的是，富贵自己来了，挡也挡不住。1093 年这一年，他在朝廷担任端明殿学士、翰林侍读学士、礼部尚书，这是他一生在世俗社会达到的高峰，再往前进步一点点就是宰相了。

　　在春风得意里，苏东坡写了一首词：

行香子·述怀

　　清夜无尘，月色如银。酒斟时、须满十分。浮名浮利，虚苦劳神。叹隙中驹，石中火，梦中身。

虽抱文章，开口谁亲。且陶陶、乐尽天真。几时归去，
作个闲人。对一张琴，一壶酒，一溪云。

"清夜无尘，月色如银"，夜晚空气清新，没有一点尘埃，月
光是银色的。

"酒斟时、须满十分"，往杯子里倒酒，应该倒得满满的。没
有说明是一个人喝，还是和朋友一起喝，只是一个喝酒的动作。

"浮名浮利，虚苦劳神"，喝了酒，更容易看到真相，名利是
浮在表面的东西，看上去很华美，但很脆弱，如过眼云烟。但我们
却为了名利，劳心劳力，还忧愁烦恼。

"叹隙中驹，石中火，梦中身"，我们对着一条隙缝，看到一
匹白马奔驰而过，比喻时间飞逝；石头敲击发出的火花，一下子就
消失，比喻人生短暂；梦中身，梦境里的身体，不是真实的，是幻觉，
就像李白所说的"浮生若梦，为欢几何"。

"虽抱文章，开口谁亲"。古代中国人把文章看得很重，所谓"文
章经国之大业，不朽之盛事"。怀抱文章，说的是怀抱着美好的政
治理想，想要去改变社会。但是"开口谁亲"，意思是我的理想、
我的主张，又会得到谁的喜欢呢？有点怀才不遇，有点孤独。

"且陶陶、乐尽天真"，算了，不去想那些乱七八糟的事了，
顺其自然，自得其乐吧。

"几时归去，作个闲人"，什么时候，我能够归去呢，做一个

闲人。

"对一张琴，一壶酒，一溪云"，做一个闲人，就是对着一张琴，一壶酒，一溪云。想一想这样一个画面，一个人在弹琴，旁边有美酒，房子的外面有溪流，溪流里有云彩。这就是闲人生活的意境。

三个"一"，很简洁，但每一个"一"都意蕴无限。一溪云，这个意象很美。一般说一朵云，这里把溪流的溪当作了量词，展现出这样一个画面：溪流清澈，满是蓝天白云的倒影。我们用现代汉语，完全没有办法以这么简洁的三个字，表现这么丰富的画面和意象。

这首词传达出一种很深的厌倦。厌倦什么呢？厌倦浮名浮利。因为这种厌倦，苏东坡对于人生产生了一种虚无感。既然忙忙碌碌为着名利没有什么意思，既然人生的一切都是空虚，那么，活着是为了什么呢？苏东坡没有回答这个问题，也许他觉得这是一个无法回答的问题，他只是提醒自己：什么时候回去呢？苏东坡用了"归去"这个词，让人联想到陶渊明的《归去来兮辞》。

陶渊明不愿意为五斗米折腰，辞官归隐了，去干什么？陶渊明说："归去。"意思是我不干了，我要回去了。《归去来兮辞》里说，再不回去田园将要荒芜了，为什么还不回去呢？陶渊明用了这样一个比喻：鸟倦飞而知还。

鸟在外面飞得疲倦了，都知道要回去。

回到哪里呢？回到家里。陶渊明写辞官后回家，感慨自由的感觉真好。一路上是轻快的小舟，是轻柔的风儿吹起了衣角，是轻快的心。欢天喜地，回到了家，那些用人啊，孩子啊，早就在门口等候了。回到了家，有亲人，有酒，自饮自酌，醉眼蒙眬中依稀看见庭院里的高树。靠在南边的窗口，觉得神畅气傲，环视狭小的居室，虽然环堵萧然，却住得让人心安。不用再理会世俗的应酬，不用再理会这个世界怎么看我，不用去追求这个社会要求我追求的名利。亲人之间淡淡的话语比什么都让人喜悦，弹弹琴读读书，也就没有什么忧虑了。

看看白云，做做农活。看着树木欣欣向荣，听着泉水涓涓流动。自然界的一切，都在季节里自然流转。人的生命是多么短暂，为什么要那么慌慌张张地急着求这求那呢？为什么不顺应自己的本心坦然面对生死？

陶渊明的"归"，不是回到儒家的"天理"，不是回到佛家的"真如"，不是回到道家的"道"，而是回到"生活"。陶渊明《归去来兮辞》的归去，表达了一个很通俗的意思：与其陪领导吃饭，不如回家和儿子翻跟斗。苏东坡的诗词里很多次用了"归去"这个词，延续的是陶渊明的传统：回到生活。

在中国历史上，陶渊明的意义在于：他是第一个"生活型"的人物。在陶渊明之前，基本上是"观念型"的人物，儒家的圣人、君子，道家的隐士、神仙，佛家的高僧，都是"观念型"的人物。老子、孔子、庄子、许由、伯夷、叔齐、屈原等人，包括后来的惠能、玄奘、朱熹、王阳明、曾国藩等人，都是"观念型"的人物，他们打动人的，都是因为他们践行了某种"观念"。在他们身上，"观念"是比生活更重要的东西。陶渊明出现了，带来了比"观念"更丰富的东西——生活。

"一张琴，一壶酒，一溪云"，也和陶渊明的《时运》遥相呼应："斯晨斯夕，言息其庐。花药分列，林竹翳如。清琴横床，浊酒半壶。黄唐莫逮，慨独在余。"从早到晚，我都在自己的家里，花卉药草长满了院子。树林郁郁葱葱。床上有一把寂寞的琴。壶里还有浊酒半杯。

"几时归去，作个闲人，对一张琴，一壶酒，一溪云。"是一个提醒，提醒自己不要在功名利禄的追求里迷失了自己；也是一个解决方案，一个针对人生痛苦的解决方案。人生有很多痛苦，怎么办呢？根本上是无解，但苏东坡说你可以接受、重组，创造新的场景和新的意义，让生命不断找到新的出口。这是一种治愈，一种自我的愈合，是和时间的对话。

在西方，治愈主义这个概念表达了哲学应该回归生活的愿景。朱尔斯·埃文斯在《生活的哲学》里对于"哲学"这门学科的"学院化"表示了疑虑，他认为哲学应该解决人生问题，解决如何生活的问题，应该能够抚慰人们的心灵，而不应该脱离生活，钻研那些抽象的玄乎的问题。他认为哲学的本意是生活的，在他看来："苏格拉底哲学核心的乐观信息是，我们有能力治愈自己，我们可以省察我们的信念，选择去改变我们，而这将改变我们的情绪。这种能力是内在于我们的。我们不需要向教士、心理分析师或物理学家下跪，去祈求救赎。"

苏格拉底、爱比克泰德等古代哲学家，和现代心理学一起，成为一种治愈资源，是"人生旅途的医药箱"。爱比克泰德的"你改变不了事情，但你可以改变你对事情的看法"，不知道治愈了多少焦虑的现代人。

相比之下，苏东坡的独特之处在于，他并没有停留在观念的治愈，这是他比西方的"生活哲学"更深刻、更有趣的地方，也是更具有"现代性"的所在。苏东坡进一步提出了三个意象：一张琴、一壶酒、一溪云，很具体的生活场景，然而都是"一"，很简单，不复杂，却很中国。

苏东坡用他一生的生活实践和海量创作，给我们传达的乐观信息是，我们可以选择做一个闲人，用"闲"来治愈因为"忙"带来的烦恼和痛苦，我们可以用"一张琴、一壶酒、一溪云"，来不断重组我们的生活，在重组中创造理想的生活。

02/ 散我不平气，洗我不和心

如果你很烦恼，怎么办呢？苏东坡说，不妨去听听琴。

1059 年，苏东坡和父亲苏洵、弟弟苏辙，从蜀地去京城，有一天深夜，听到父亲在江边弹琴，弹的是《松风》《瀑布》《玉佩》，听得苏东坡如痴如醉。这时，江面空阔，月亮爬上了山顶，听不到一点人的声音。这样安静的深夜，苏东坡请父亲再弹一曲《文王操》。

这首《文王操》，孔子曾经弹奏过。孔子向鲁国的乐师师襄子学习弹琴。一首曲子学习了十天，师襄子说："你已经学会这首曲子了，可以学习新的曲子了。"孔子却说："我只是学会了曲调，还没有学会技巧。"又练习了几天，师襄子对孔子说："演奏技巧你也已经学会了，可以学新的曲子了。"孔子说："还不行，我还没有领会这首曲子的志趣和神韵。"说完又全神贯注地弹奏起来。

琴声悠扬，仿佛天籁，一曲终了，师襄子："你已经完全领会了这首曲子的神韵志趣了，可以学新的曲子了。"孔子若有所思，说："还没有，我还没有琢磨出这首曲子的作者是一个怎样的人！"又继续弹奏。

过了很久，琴声突然停了，孔子说："我知道作者是谁了，除了周文王，谁还能创造出这样的曲子呢？"师襄子听了，马上向孔子叩首，说："您太了不起了，我的老师教我这首曲子的时候，说它的曲名叫《文王操》。"

年轻的苏东坡，去京城的途中在深夜的江边请他父亲演奏《文王操》。这个旋律从此回荡在他的生命里。后来，他已经宦海沉浮多年，写过一首词《浣溪沙·忆旧》，写了宓子贱的故事。宓子贱是孔子七十二门徒之一，鲁哀公让他治理单父这个地方。他出去时，总有随从跟着他。于是，每当随从做记录的时候，他就去拉扯他们的胳膊，以至随从们写的字很乱。随从很生气，就去向鲁哀公告状，鲁哀公反应过来，这是宓子贱在暗示，希望他在管理单父时，不要受到任何掣肘。于是，鲁哀公就把权力完全下放，让宓子贱全权负责。宓子贱在单父，并不是自己什么都做，而是大胆任用有才华和有品德的人，自己呢，经常在草堂里弹琴。三年之后，单父成为一个人民安居乐业的美好地方，人们称赞宓子贱是"鸣琴而治"。

> 长记鸣琴子贱堂。朱颜绿发映垂杨。如今秋鬓数茎霜。
> 聚散交游如梦寐，升沉闲事莫思量。仲卿终不避桐乡。

苏东坡说自己经常想起宓子贱的鸣琴而治。想起来自己也曾经年轻，红润的面色和黑色的头发映照着杨柳。现在呢，两鬓斑白，已经在经历人生的秋天。聚散离合，就像梦幻一样，得失进退，成败盛衰，没有必要去细细思量，就随他去吧。你看西汉时的朱邑（仲卿），在桐乡做了很多实实在在的事情，当地的老百姓就一直记得他，他死了也埋葬在那里。

　　这是苏东坡经历很多挫折之后写的一首词，想到的是宓子贱鸣琴而治的故事，虽然一切如梦如幻，虽然遇到种种不公平的对待，但最后却写了"仲卿终不避桐乡"，还是应该有所作为，有所作为总能得到回响。这首词有伤怀，更多的却是心平气和。

　　心平气和，正是"一张琴"的意义。

　　这就是为什么，当你烦恼的时候，苏东坡说，不妨去听听琴。有一次，他在杭州的一个寺庙，听一位僧人弹琴，听着听着，心平气和。

听僧昭素琴

> 至和无攫醳，至平无按抑。
> 不知微妙声，究竟从何出？
> 散我不平气，洗我不和心。
> 此心知有在，尚复此微吟。

"攫醳"，弹琴时琴弦一张一弛。"按抑"，弹琴时按弦的指法。弹琴到了最和谐最平正的境界，好像所有技巧都消失了，连那张琴都好像不存在了，只有微妙的声音环绕在周围，把我心中种种的不平遣散了，把我心中种种的不和洗净了。在琴声里，心变得平和，这是琴的意义，也是为什么在我们的生活里需要一张琴。

一张琴，治愈的是心，是情绪。在琴声中，那些引起烦恼的波动和混乱，会慢慢澄静下来。

03/ 欲待曲终寻问取，人不见，数峰青

　　有一天，苏东坡和朋友在西湖边闲坐，突然湖面上缓缓漂来一艘船。船上站着一个风姿绰约的女子，30 岁上下，见到苏东坡，就说自己没有出嫁之前就很喜欢苏东坡的诗文，却苦于没有机会见面，不想在这里偶遇，请苏东坡为自己写一首词。于是，苏东坡就写了《江城子·凤凰山下雨初晴》这首词，那个女子就在船上用古筝伴奏，唱了这首词。当然，这不过一个传说。

　　从词前面的说明来看，应该是和张先一起在西湖上游玩，吟诗作词，突然听到弹筝的音乐声，就写了这首词。

江城子 · 凤凰山下雨初晴

湖上与张先同赋，时闻弹筝

凤凰山下雨初晴，水风清，晚霞明。一朵芙蕖，开过尚盈盈。何处飞来双白鹭，如有意，慕娉婷。

忽闻江上弄哀筝，苦含情，遣谁听！烟敛云收，依约是湘灵。欲待曲终寻问取，人不见，数峰青。

凤凰山是杭州西湖边的一座山，雨后初晴，水是清清的，风是轻轻的，天边是明亮的晚霞。一朵荷花，虽然已经开放过，却依然美丽。哪里飞来一对白鹭，像是也能听懂乐曲，想要向弹筝的人表示倾慕。

忽然听到江上弹筝的声音，声音里流淌着悲哀，谁会忍心去听呢！烟霭为之敛容，云彩为之收色。好像是湘江女神在演奏。等到乐曲终了，想要去看看那个弹筝的人，却发现已经没有了踪影。

最后一句"欲待曲终寻问取，人不见，数峰青"，套用了唐代诗人钱起的诗《省试湘灵鼓瑟》，这是钱起参加考试时候的答卷，写湘妃在江上弹琴。最后一句"曲终人不见，江上数峰青"，当音乐结束的时候，弹奏的人不见了，只见几座山峰呈现出绿色。

钱起的诗写的是想象中的湘江女神在江边演奏，苏东坡写的是现实里的偶遇，偶遇之后，因乐曲而心有灵犀，却在曲终之后，不见人影，空留下淡淡的茫然，但心灵在音乐声里得到洗礼，而沉静为"人不见，数峰青"。

近二十年后，苏东坡泛舟在颍州西湖，正在船上欣赏湖光山色，突然传来婉转的歌声，细细一听，原来有歌女在唱欧阳修的《木兰花令》。欧阳修已经去世很多年了，居然在这里，还有人在唱他的词，勾起了苏东坡的回忆。一方面是飞逝的时间，一方面是凝固的情意。那些美好的东西，缓缓地留在了旋律里。当我们感到心烦意乱时，一首优美的老歌，就能把我们拉回到时间之外。

有一年苏东坡去了三次苏州。北宋时，士大夫聚会，总有歌妓相伴。苏东坡第三次到苏州，有一个女孩子问他："这次回去之后，还来苏州吗？"苏东坡当场写了一首《阮郎归·一年三度过苏台》：

> 一年三度过苏台，清樽长是开。佳人相问苦相猜：这回来不来？
> 情未尽，老先催。人生真可咍！他年桃李阿谁栽？刘郎双鬓衰。

面对女孩子的问题，苏东坡说，情缘未了，人却老了，人生就是可笑可叹，当我再回来的时候，大概两鬓都斑白了。实际上是在说，以后大概不会再来了。不知道那个女孩子唱这首词时是怎样的一种表情？人生很多无奈，还好有音乐，可以在旋律里流转。

苏东坡一生写了300多首词，词其实就是我们现在的歌词。北宋时期的士大夫，大多能够填词作曲，苏东坡当然也不例外。在各种聚会上，他经常当场填词。据说，苏东坡也能唱曲，唱曲的风格豪迈奔放，不愿意迁就音律。他有一个朋友，记录了苏东坡苦闷的时候，放声唱《古阳关》。

如果没有音乐，苏东坡会失去多少美好的时光。

所以，苏东坡说，烦恼的时候，不妨让音乐流进你的生活。

04/ 自谓人间乐事无逾此者

　　人生有很多烦恼，但只要我们有喜欢做的事，就总能化解这些烦恼。苏东坡说，你可以去听古琴，也可以去欣赏各种音乐，也可以自己去弹琴，当然，也可以去写书法，也可以去画画，可以抄书。

　　苏东坡有抄书的习惯，抄写过《后汉书》这样的历史著作，有些还抄写了很多遍，所以，很多文献，他都是脱口而出。和抄书有关的是书法，苏东坡喜爱书法，名列北宋四大书法家之一。他早期学习王羲之，之后学习颜真卿；中期自成风格，以《黄州寒食帖》为代表；后期，也就是海南时期，达到巅峰。苏东坡说："吾书虽不甚佳，然自出新意，不践古人，是一快也。"

　　苏东坡也喜欢画画，他评价王维"诗中有画，画中有诗"，其实也是他的特点。在黄州，有一段时间做什么都提不起兴趣，就埋头画画，他用一种很独特的材料和风格画了好几张画寄给朋友。苏东坡很自负，认为那是一种创造。在去海南的路上，他随手画了一张弥勒佛的像寄给秦观，又画了一张人像，好像是一个罪犯一样，还在上面写了一行小字："元祐罪人写影，示迈"。他把自己画成一个罪犯给儿子苏迈看。

苏东坡写书法、画画有一个共同特点，就是必须要先喝酒，喝到醉醺醺，才能写字、画画，他说："吾醉后乘兴作数十字，觉酒气拂拂从十指尖出也。"（《跋草书后》）又说自己在喝醉的时候，能写出平常状态下写不出来的字体。黄庭坚说："东坡居士性喜酒，然不能四五龠，已烂醉，不辞谢而就卧，鼻鼾如雷。少焉苏醒，落笔如风雨，虽谑弄皆有义味，真神仙中人……"（《题东坡字后》）

那么，这些爱好里，苏东坡最喜欢的是什么呢？是写文章。他说："某平生无快意事，惟作文章，意之所到，则笔力曲折，无不尽意，自谓世间乐事，无逾此者。" 苏东坡 20 岁左右开始创作，66 岁去世，四十多年间留下了 2700 多首诗歌，300 多首词，4200 多篇文章。要知道古人没有电脑，也没有钢笔，用的是毛笔。古时候没有空调，也没有风扇，夏天很炎热，冬天很冷，苏东坡却写了那么多的文字，像是在写日记。苏东坡写文章的特点，用他的话说："吾文如万斛泉源，不择地皆可出。在平地，滔滔汩汩，虽一日千里无难。及其与山石曲折，随物赋形，而不可知也。所可知者，常行于所当行，常止于不可不止，如是而已矣！其他虽吾亦不能知也。"（《文说》）

他的文思就像源源不断的泉水，随时随地都会涌出。在平地上，文思如滔滔流水不断，即使一天流淌千里也不难。遇到山峰石头，就随着山石高低婉转，自然事物是什么样，就变换成什么样，事前无法知晓。可以知道的，只是文思该行走的时候就行走，要停下来的时候，就会停下来，不过如此而已。其他的什么，我也不知道。

苏东坡除了诗词，还留下了很多信手拈来的小短文，特别能够看出他当时的心境，也特别能够体现出文字在日常生活里的意义。不经意记录一件小事，或者某一种心情，不仅治愈了当时的作者，也治愈了后来阅读的人。

他在黄州的日子过得并不好，却记下了一段文字：

> "黄州今年，大雪盈尺，吾方种麦东坡，得此，固我所喜。但舍外无薪米者，亦为之耿耿不寐，悲夫！"（《书雪》）

翻译过来的意思是，黄州今年下了很大的雪，有一尺深，我刚在东坡种好麦子，下了雪我自然很开心。但是，那些没有柴火和粮食的人，会因为大雪感到焦虑不安，睡不好觉，也是很悲哀的。看到下雪，苏东坡既为自己的麦子感到高兴，又为那些贫困的人感到揪心。这段文字写出了人之所以为人的本质：能够感受到别人的痛苦。这不仅是自我治愈的精神源流，也是人类文明的基本动力。

还是在黄州，他写下著名的《记承天寺夜游》：

元丰六年十月十二日夜，解衣欲睡，月色入户，欣然起行。念无与为乐者。遂至承天寺寻张怀民。怀民亦未寝，相与步于中庭。

庭下如积水空明，水中藻、荇交横，盖竹柏影也。

何夜无月，何处无竹柏，但少闲人如吾两人者耳。

翻译过来的意思是，元丰六年（1083）农历十月十二日的夜晚，刚想解衣睡觉，看到照进房子里的月光，突然起了兴头，想出去走一走。这样美好的月色，要是有人一起欣赏，就更加快乐了，于是就走到承天寺，去找张怀民。正好张怀民也没有睡觉，两个人到中庭去散步。月光底下，地面好像是清澈的水面，水中有各种水草纵横交错，其实是竹子和松柏的影子。哪一个晚上没有月亮呢？哪里没有松树竹子呢？但是缺少了两个像我们这样的闲人。

在儋州，苏东坡写了一段文字：

己卯上元，余在儋耳，有老书生数人来过，曰："良月佳夜，先生能一出乎？"予欣然从之。步城西，入僧舍，历小巷，民夷杂揉，屠酤纷然。归舍已三鼓矣。舍中掩关熟寝，已再鼾矣。放杖而笑，孰为得失？问先生何笑，盖自笑矣。然而笋韩退之钓鱼，钓鱼无得，更欲远去。不知钓者，未必得大鱼也。（《儋耳夜书》）

翻译过来的意思是：己卯上元节，我在儋州。有几个老书生过来看我，说："这样好的月光，这样美的夜晚，先生出去走走吗？"我很高兴地跟着他们走了出去。走到城西，进入僧人的住处，穿过小巷，那里汉族和少数民族混杂而居，乱哄哄的是那些卖肉的和卖酒的。游玩了很久，回到家已经三更了。家里人掩门就寝，已经一觉睡醒又睡下了。放下竹杖，自己笑了起来，究竟什么是得，什么是失？有人问我笑什么，我说不过自己笑自己，也在笑韩愈，他在一个地方没有钓到鱼，就想到更远的地方去，他根本不懂得钓鱼，真正懂得钓鱼的人，未必在乎能不能钓到大鱼。

05/ 明日黄花蝶也愁

如果你感到很烦恼，怎么办呢？苏东坡说，不如喝酒。

读读苏东坡三首重阳节的诗词，看看他是怎么喝酒的。

先看第一首：

九日次韵王巩

> 我醉欲眠君罢休，已教从事到青州。
> 鬓霜饶我三千丈，诗律输君一百筹。
> 闻道郎君闭东阁，且容老子上南楼。
> 相逢不用忙归去，明日黄花蝶也愁。

这首诗作于元丰元年（1078）农历九月九日，苏东坡在徐州当知州，虽然也有点牢骚，但那时候，他的人生还是很顺遂，一切都在轨道上。那一年的重阳节，苏东坡的好朋友王巩等一众人，正好在徐州，当然就要一起喝酒。

"我醉欲眠君罢休，已教从事到青州"，这里先用了陶渊明的句子，陶渊明喝酒喝多了，就说："我醉欲眠，卿可去。"意思是我喝多了，我要去睡了，你们回去吧。然后用了一个典故，晋朝时候，桓公手下有一个主簿，善于品鉴酒的好坏，遇到好酒，就说青州从事，不好的叫"平原督邮"。这是因为：青州有个齐郡，"齐"与"脐"同音，他认为好酒的酒力能达到人体下腹的脐部，所以称好酒为"青州从事"。平原郡有个鬲县，"鬲"与"膈"同音，不好的酒，酒力只能达到胸腹之间，所以称不好的酒为"平原督邮"。酒力直达肚脐，说明喝得很尽兴了。所以，这句诗的意思是，我有点醉了，想去睡觉了，你也不要再多喝了，今晚已经喝得很尽兴了。

"鬓霜饶我三千丈，诗律输君一百筹"，我花白的鬓发比你多了三千丈，你写诗的水平却比我高一百筹。是谦辞，说自己写诗的水平还不如王巩。

"闻道郎君闭东阁，且容老子上南楼"，听说你以后将在东阁闭门不出，那么我将会去南方陪你喝一杯。

"相逢不用忙归去，明日黄花蝶也愁"，相遇了不用匆忙分别，明天一过，重阳节就过了，蝴蝶会因为菊花凋谢而悲伤。

最后一句"明日黄花蝶也愁"，是这首诗的情绪焦点。明天的黄花，让蝴蝶感到悲伤。一个自然的意象，却写出了时间流逝的感伤，在时间流逝之中，朋友的相聚显得多么短暂。又好像隐隐地有另一层意思，在时间流逝之中，如果我的才华不能得到欣赏，那么，我很快就老了。还好有朋友可以一起喝酒，在醉意蒙眬中，却也有友情的喜悦。

再看第二首：

定风波 · 重阳

与客携壶上翠微，江涵秋影雁初飞，尘世难逢开口笑，年少，菊花须插满头归。

酩酊但酬佳节了，云峤，登临不用怨斜晖。古往今来谁不老，多少，牛山何必更沾衣。

这首词写于1081年，苏东坡的人生遇到了一个很大的坎坷，被贬谪到了黄州。这是他在黄州过的重阳节。

"与客携壶上翠微，江涵秋影雁初飞"，和客人带着酒壶去登山，长江水倒映着秋天景物的影子，大雁刚刚从这里飞过。

"尘世难逢开口笑，年少，菊花须插满头归"，活在世间很难遇到开心欢笑，趁年轻，满头插上菊花尽兴而归。

"酩酊但酬佳节了，云峤，登临不用怨斜晖"，为了佳节喝得酩酊大醉，爬上高耸入云的山顶，不要抱怨太阳快落山了。

"古往今来谁不老，多少，牛山何必更沾衣"，古往今来有谁

247

不老死，数不清啊，没有必要像齐景公登牛山感叹时光消逝而哭泣。

还是和朋友喝酒，但这首词写的重点不是宴饮的场面，而是秋天的景色，从景色里，感觉到了老去的萧条，但重点写了面对萧条时的豁达。世界上的人，都会老去，都会死去，有什么可感慨的呢？在醉眼蒙眬中，苏东坡对于时间流逝不再感伤，而是多了一份清醒的豁达。

再看第三首：

南乡子·重九涵辉楼呈徐君猷

霜降水痕收，浅碧鳞鳞露远洲。酒力渐消风力软，飕飕。破帽多情却恋头。

佳节若为酬，但把清尊断送秋。万事到头都是梦，休休。明日黄花蝶也愁。

这首词写于 1082 年，还是在黄州。"霜降水痕收，浅碧鳞鳞露远洲"，霜降了，水位下降了，远处江心的沙洲都露出来了。"酒力渐消风力软，飕飕"，酒力消了，觉察到微风吹过，凉飕飕的。"破帽多情却恋头"，这里用了一个和陶渊明有关的典故，陶渊明的外祖父叫孟嘉，有一年重阳节，和将军桓温一起登龙山，宴会上风吹掉了他的帽子，却浑然不觉。苏东坡反用了这个典故，讲的不是帽子吹落，而是说一顶破帽子，还眷恋着头，不肯离开。联系到苏东

248

坡经历了乌台诗案，这一句好像隐隐地有他复杂的心情，想退隐却总是下不了决心。

"佳节若为酬，但把清尊断送秋"，重阳节怎么过？除了喝酒送别秋天，还能做什么呢？"万事到头都是梦，休休"，万事到最后都是梦幻，算了吧，算了吧，往事何必再提呢？"明日黄花蝶也愁"，这一句在1078年的《九日次韵王巩》里出现过，但意味有所不同。1078年，苏东坡多少有点"为赋新词强说愁"，到了1082年，经历了人世的风霜、绝望，再写出"明日黄花蝶也愁"，那是一种真正的沧桑之感了。

三个重阳节，三种心境，但都有酒、有菊花。人事确实像一场大梦，明日黄花蝶也愁。但还好，有酒可以喝，有花可以欣赏，在飞逝的时间里，总有陶醉的片刻，让我们从时间和现实的罗网里解脱。这已经足够。

06/ 行看花柳动，共享无边春

苏东坡曾经感叹，原来只知道富贵难求，没想到求一温饱就已很难。人世的艰难，都在苏东坡这一句感叹里了。不过，再艰难，苏东坡总有他快乐的理由。

冬天很冷，但有阳光，哪里都可以晒太阳，就像后半生潦倒的诗人穆旦，即使人生已经到了严酷的冬天，他还是"爱在淡淡的短命的阳光里，临窗把喜爱的工作静静做完"。所以，人生的乐趣也在严酷的冬天。

那一年是1083年，大寒，一年中最冷的一天，也是二十四节气中的最后一个节气，之后是立春，新轮回开始。元稹说"大寒宜近火，无事莫开门"（《咏廿四气诗 大寒十二月中》），苏东坡的朋友文同说"大寒须遣酒争豪"（《和仲蒙夜坐》）。可以想象，从前中国人在大寒之日大都躲在房子里围炉喝酒。1083年，文同已经去世，苏东坡在黄州，雨下得天昏地暗，狂风乱卷，好像要把人吹倒。

晒太阳是晒不成了。

苏东坡说，还好，我有一壶酒。更好的是，我还有一个朋友，也在东坡。

这位朋友叫巢谷。这个人原来也考过进士，但突然就去当兵了，后来他离开了军队，流落江湖。苏东坡落难到黄州，他也到了黄州，做了苏东坡两个孩子的家庭老师。一种说法是他专门到黄州去帮助苏东坡，而另一种说法是苏东坡收留了他。不管事实是哪一种，都是两个朋友之间患难时的彼此温暖。

有一件事是确定的。当苏东坡离开黄州，重新回到朝廷，变得有权有势时，巢谷就回到老家，不再打扰苏东坡了。几年后，苏东坡被贬到海南，已经75岁的巢谷，从蜀地一路往海南走，想去探望再次落难的苏东坡。他一路奔波，劳累成疾，在广东新会去世。巢谷就是这么一个温暖的人。

那一年黄州大寒，苏东坡提了一壶酒，找他一起喝。

巢谷住的地方，其实也是苏东坡的家，是什么样子的呢？床上空荡荡的，就一床破棉被，锅灶也是破的，柴火是冒着雨捡来的，潮湿的。苏东坡说，这么冷的天，我们两个穷光蛋，就凑合着一起喝酒吧。一壶酒很少，我自己喝了也不会脸红。虽然少，自己独享，还是不地道。我拿过来，姑且让你润润嘴唇。从前我也有过好日子，

251

朋友都是达官贵人，连马夫喝的都是好酒。当时哪会想到今天，我会和你两个人坐在这样的破房子里，像秋天的虫子那样可怜。唉，算了，还是自己努力吧，不要怨天尤人了。说起来我们都是老天的子民。现在出门看看，虽然还是寒冬，花和柳却已经在萌动，春天已经来了，我们可以尽情享受无边的春色。

寒冷的天气里，没有太阳，就温一壶小酒；没有了前呼后拥，没有了繁华热闹，却有了一个生死相交的老朋友，淡淡地，彼此相对，发发牢骚，互相鼓励，一起欣赏已经萌动的无边春色。

再严酷的冬天，有了一壶酒，有了门外的绿叶，有了人与人之间那一点温情，也就有了穆旦所说的人生的乐趣。

大寒步至东坡赠巢三

春雨如暗尘，春风吹倒人。
东坡数间屋，巢子与谁邻。
空床敛败絮，破灶郁生薪。
相对不言寒，哀哉知我贫。
我有一瓢酒，独饮良不仁。
未能赪我颊，聊复濡子唇。
故人千钟禄，驭吏醉吐茵。
那知我与子，坐作寒蛩呻。
努力莫怨天，我尔皆天民。
行看花柳动，共享无边春。

07/ 且尽卢全七碗茶

人生多烦恼，怎么办呢？可以喝酒，也可以喝茶。广东潮州人喜欢喝茶，我每次到潮州，朋友带着我去见朋友，总是在喝茶，见你来了，只说坐下，喝茶，慢慢聊。不断有人来，也是坐下，慢慢聊。其间，有人起身，说你们慢慢喝，我先走了。这样来来去去，认识的、不认识的，坐在一起喝茶，云淡风轻。

潮州人喜欢说："没有什么事是喝茶解决不了的。"在云淡风轻的喝茶之中，世间的沉重，好像随着茶香和水雾袅袅而去。有什么大不了的事呢？我很喜欢潮州，倒不是喜欢那里的风景，而是喜欢这种见面就坐下喝茶慢慢聊的风情，喜欢这种把人生的磕磕绊绊消解在泡茶、喝茶中的氛围。

1073 年，苏东坡在杭州做通判，有一天病了，不太舒服，坐在家里尤聊，更加不舒服，就一个人到西湖游览了净慈、南屏、惠昭、小昭庆这些寺庙。天快黑了，他又去孤山拜访惠勤禅师。禅师请他喝茶，七碗茶下去，病痛居然消失了。

苏东坡写了一首《游诸佛舍，一日饮酽茶七盏，戏书勤师壁》：

> 示病维摩元不病，在家灵运已忘家。
> 何须魏帝一丸药，且尽卢仝七碗茶。

第一句写的是维摩诘，佛教里有名的居士，有一部佛经叫《维摩诘经》。维摩诘虽然身处红尘，内心却早已觉悟，所以，即使生病，也不是真正的病。第二句写的是谢灵运，东晋诗人，醉心于山水，所以，虽然身在家里，其实已然忘家。第三、第四句写虽然我病了，但是并不需要魏文帝的仙药，只要卢仝的七碗茶就可以了。

卢仝是唐朝诗人，他的《七碗茶歌》写出了喝茶的最高境界，被称为茶仙。《七碗茶歌》是卢仝《走笔谢孟谏议寄新茶》中的一段，讲的是喝茶之后的奇妙感受。

> 一碗喉吻润，二碗破孤闷。
> 三碗搜枯肠，惟有文字五千卷。
> 四碗发轻汗，平生不平事，尽向毛孔散。
> 五碗肌骨清，六碗通仙灵。
> 七碗吃不得也，惟觉两腋习习清风生。
> 蓬莱山，在何处？
> 玉川子，乘此清风欲归去。

第一碗茶喝下去，喉咙感到了滋润。

第二碗茶喝下去，孤单郁闷不见了，喝着茶就算一个人，也好像有老朋友在和你聊天。

第三碗茶喝下去，文思枯竭的人，也能灵感泉涌，下笔若有神。

第四碗茶喝下去，微微冒汗，平生那些愤愤不平的事，都从毛孔里散发了。

第五碗茶喝下去，身体肌骨感到清爽，由内而外都焕然一新，如同新生。

第六碗茶喝下去，身心似乎与天地自然合而为一，能够与神灵对话。

第七碗茶喝下去，感觉腋下徐徐生风，好像要羽化登仙了。

蓬莱山，在哪里呢？我卢仝喝了七碗茶，要乘着清风归去。

唐宋时候，禅院里把七碗茶演化成了一种禅修。我曾去过天台山，在通玄寺的茶室跟着茶师傅学习了七碗茶的喝法。这是一种融合了打坐、呼吸、吐纳的练习。喝七碗茶，慢慢喝，需要将近一个半小时。

天台山的周边有点混乱，但在山间还保留着两三间古朴的寺院，如智者大师塔院、古方广寺，一讲去就像到了唐诗宋词里。有些朋友惊讶："太像京都了。"其实，不是天台山像京都，而是京都的寺院像天台山。当年日本的僧人漂洋过海，来到天台山学习佛法，不仅学会了喝茶，还把天台山华顶上的茶叶种子带回了日本。

中国人经历的乱世太多，那些美好的往事常常湮灭在岁月的蛮荒里。

唐代的赵州禅师在自己的寺院里见到一个和尚，问他："你以前来过这里吗？"和尚回答："来过。"赵州马上说："吃茶去。"

又来了一个和尚，赵州又问："你以前来过这里吗？"和尚说："没有。"赵州即刻说："那吃茶去。"

旁边主管寺庙里事务的院主很疑惑，问："师父啊，人家来过，你让他去吃茶，人家没有来过，也叫他去吃茶。这是为什么呢？"

赵州叫了一声："院主。"院主答应道："师父，我在。"

赵州接着说："那吃茶去。"

我老家浙江的方言不说喝茶，说吃茶。从前中国人也不说喝茶，只说"吃茶"。不管是谁，赵州禅师都让他们去喝茶，为什么？也许只有我们去好好喝了茶才知道。又或者，赵州禅师所说的，不过是潮州人的口头禅："没有什么事是喝茶解决不了的。"

苏东坡在杭州时，三天两头去寺院里喝茶、写诗、读经。那真是一个明媚的时代，有那么多妙人，有那么多值得去花费时间的闲事。

到了荒凉的海南，苏东坡还是喝茶。我特别喜欢他在海南儋州写的一首喝茶的诗《汲江煎茶》：

活水还须活火烹，自临钓石取深清。
大瓢贮月归春瓮，小杓分江入夜瓶。
雪乳已翻煎处脚，松风忽作泻时声。
枯肠未易禁三碗，坐听荒城长短更。

也有人说这首诗是诗人在惠州写的。是惠州还是儋州不重要，重要的是，苏东坡把喝茶这件日常小事写得意味无穷，并再次引用了卢仝七碗茶的典故。苏东坡在这首诗中反用了卢仝的意思，卢仝说喝到第三碗就能让枯竭的才思重新泉涌，而苏东坡说三碗还不够。苏东坡喝了几碗，不知道。

汲江，就是从江里取水。煎茶，是宋代喝茶的习惯。我们现在是冲泡，而唐宋时期，是煎茶和点茶，煎茶是把茶放入滚水中煎煮。苏东坡这首诗就写了煎茶的过程，煎茶需要用流动的、有源头的活水和旺火来烹煮，于是亲自到江边钓石汲取深处的清水。大瓢把映有月影的江水贮存入瓮，小杓将清水滤净装进瓶内。茶沫如雪白的乳花在煎处翻腾漂浮，煮茶时的沸声好像松林间狂风在怒吼。要达到才思泉涌，好像不能以三碗为限，喝着茶，坐着倾听荒城里长更与短更相连。

杨万里特别喜欢第二句，说七个字却有五个意思，第一是水清，第二是深处清，第三是"石下之水，非有泥土"，第四是"石乃钓石，非寻常之石"，第五是"东坡自汲，非遣卒奴"。

我特别喜欢最后一句诗："坐听荒城长短更。"荒城，不一定就是荒废的城市。人世荒凉，哪里不是荒城呢？喝着茶，坐听时间的声音，再荒凉的人世也好像生动了起来，有了些许的暖意。

　　有一次，我在潮州，那一天夜晚到一点还没有睡，信步到附近的街区闲逛。在一个夜宵店的门口，两个老人居然在下象棋，泡着一壶茶，一言不发，在皎洁的一弯月光之下，想着下一步怎么走。我一个人坐着，看着他们，等他们下完一局，天已经亮了。我想起苏东坡那句"坐听荒城长短更"。

08/ 勿使常医弄疾

喝酒喝茶，能给身体带来愉悦。还有美食，也是让身体快乐的一种方法。关于美食，苏东坡写有一篇文章《老饕赋》。饕餮本来是一种凶恶贪吃的野兽，后用来形容贪吃的人。老饕，就是吃货。那么，苏东坡是怎么当吃货的呢？

苏东坡说，我们吃东西，首先烹调用的水、使用的餐具一定要干净，柴火也要烧得恰到好处。吃东西要有一个好的基础，包括食材和工具的使用。

其次，不要乱吃。吃肉只吃小猪的猪颈后部那一小块肉，吃螃蟹应该洗霜冻前最肥美的螃蟹，只吃它的大螯。把樱桃放在锅中煮烂煎成蜜，用杏仁浆蒸成精美的糕点。蛤蜊要半熟时就着酒吃，蟹则要和着酒糟蒸，稍微生些吃。苏东坡说，天下这些精美的食品，都是我这个老吃货所喜欢的。

再次，吃的时候要有好的氛围。要有端庄大方、艳若桃李的女子奏乐，要有仙女随着郁轮袍的古曲翩翩起舞，要用珍贵的南海玻璃杯斟上满满的凉州葡萄酒，还要倒一缸雪乳般的清茶，摆一艘装满上百种酒的酒船。

最后，用兔毫盏冲泡雪花茶。

这样一顿饭下来，苏东坡说"先生一笑而起，渺海阔而天高"，笑着起身，瞬间觉得海阔天空。显然，苏东坡虽然称自己是老饕，但实际并不贪吃，而是讲究，把饮食当作一种美学。因此，苏东坡被认为是美食家。

酒、茶、美食，都是为了取悦身体，但人的身体很脆弱，需要保养，所以，苏东坡又很讲究养生。他说过一句："勿使常医弄疾"，不要让平庸的医生治病。那让谁来治呢？让优秀的医生来治，但优秀的医生可遇不可求，所以，还要能自己为自己治病，自己做自己的医生。苏东坡一生漂泊，尤其是晚年，在海南岛上医疗条件极差，怎么治病呢？靠自己给自己看病。这也符合中医的一个理念，其实每一个人都是自己最好的医生。

苏东坡有不少文章谈论医学，谈论养生。在写给朋友的信中，养生是非常重要的内容。在写给王定国的信中，苏东坡表达的意思是：

> 扬州有侍从大臣太保的人，在南方烟瘴之地做官十多年，回到北方却红光满面，身体丝毫没有沾染瘴气。只因

他用了摩揉脚心的方法。请你也试试。更请加倍用功，坚持不懈。请你每天饮少量酒，调剂节制饮食，这样，可以让胃气壮健。

苏东坡给王定国的另一封信的大意是：

近来我颇知养生之法，也自觉稍有所得，见我的人都说我的气色与过去大不相同，要是再久别几年，你可能要到仙人所居的昆仑山去找我了……近日有人送我一点丹砂，光彩很奇特，当然不敢服用，然而这位先生教我以火炉炼制丹砂，观察火的变化，姑且可以用来消磨时间……朝廷发给的粮米虽不多，但我能狠下心来节俭，每日限用一百五十钱，从每月初一取四千五百钱整，分作三十块包起来，挂在梁上。天亮用权子挑下来一块，可以说是很节俭了。但是每天还有肉吃，因为这里物价便宜。

苏东坡在给秦观的信如是说：

我辈逐渐衰老，不能再用年少时的生活方式，应当尽快用道书和方士所说的方法，加强养生修炼。我被贬谪居住在黄州，没有什么事情做，颇能得到养生术的一点要领，已经借得本州天庆观道堂三间，冬至后，就搬进道堂去住，要过四十九天才能出来。要不是被贬谪，就不会有这么多的时间修炼。你将来一旦受到官场杂务的束缚，想要求得四十九天的空闲，又能从哪里得到呢？你应该趁着现在有空闲赶紧去修炼。你只需选择平时简要易行的方法，日夜修炼，除了睡觉吃饭之外，其他事都不要管了。只要满了这期限，就树立了养生的根本。以后即使又要出去做别的事情，事情一办完，心就能收回来了，修炼身心的事情自然不会废止。

苏东坡还有一篇《上张安道养生诀论》，详细地分享了自己的养生方法，主要运用打坐、呼吸来冥想，苏东坡还特别提到了一点，这种养生方法有三种人不能学，一是愤怒暴躁的人，二是阴险的人，三是贪婪的人。那什么人能学呢？清雅的有德之人。养生的问题又回到了修心的层面，身体的问题，归根结底还是要回到心性层面去解决。

苏东坡经常给自己提出一些要求，比如有一段时间，他要求自己早晚吃饭，不超过一杯酒和一个肉菜。如果有客人来，不超过三杯酒和三个肉菜；如果有人请他赴宴，主人却不同意这个定量，他就退席。他这样做的理由是为了"安分以养福""宽胃以养气""省费以养财"。

虽然苏东坡对于道家的炼丹之类很感兴趣，甚至还上过当，但总体上，他对于养生保持了理性的态度。他曾经带着点调侃给朋友开过四味长生药丸，第一味是"无事以当贵"，无事，指的是有平常心、闲心，把平常心、闲心当作宝贵的东西。第二味是"早寝以当富"，每天早起早睡就是你的财富。第三味是"安步以当车"，经常走路，经常运动。第四味是"晚食以当肉"，饿了才去吃，什么都像肉那样美味，不要吃太饱，保持微微的饥饿状态。所以，哪有什么长生不老的灵丹妙药，只要保持良好的心态和生活习惯，就能让你的身体保持健康。

就像他在给一位朋友的信中所说：

近颇觉养生事绝不用求新奇，惟老生常谈，便是妙诀，咽津纳息，真是丹头（养生的基础）。仍需用寻常所闻般运溯流法，令积久透彻乃效也。孟子说："事在易而求诸难，道在迩而求诸远。"

一些简简单单的事，很容易做到，就可以使得我们健康，没有必要去寻求奇奇怪怪的东西。

09/ 诗酒趁年华

1075 年，苏东坡在密州修复城北旧台，苏辙为这个台取名超然台，出自老子和庄子的思想：超然物外。1076 年暮春的一天，苏东坡登上超然台欣赏风景，写下了这首词：

望江南 · 超然台作

春未老，风细柳斜斜。试上超然台上看，半壕春水一城花。烟雨暗千家。

寒食后，酒醒却咨嗟。休对故人思故国，且将新火试新茶。诗酒趁年华。

读《望江南 · 超然台作》，我们可以发现，苏东坡将诗、茶、酒这三个元素巧妙地连接在一起，构成了一个完整的场景。这首词所显现的生活模式，贯穿了苏东坡人生的每一个阶段，甚至每一个时刻。

春天还没有老，把春天拟人化，实际上说的是，春天还没有过去。微风习习，柳枝斜斜地飘荡。登上超然台眺望，护城河里只有半满的春水微微荡漾，满城都是缤纷竞放的花朵。烟雨之中的家家户户，显得有点朦胧。

寒食节过后，酒醒之后常常叹息，不要对着老朋友思念故乡了，不如点上新火来煮一壶新茶。趁着年华还在，写写诗，喝喝酒。

上阕写春天的景象，下阕写自己的感怀。这是比较表面的解读。如果细细品味，会有新的发现。春未老，这是人对春天的感受，感受到了春天的活力。春天不是静态的，是活的，有生命力的。那么，这个感受从哪儿来的呢？是从微风中的柳树上感受到的。

"春未老，风细柳斜斜"，这里藏着一个人，这个人看到了柳树在风里斜斜地飘荡，引起了一种感动。"试上超然台上看"，试着去超然台，不是很正式地去，好像兴之所至。上了超然台看到了什么呢？"半壕春水一城花。烟雨暗千家。"河里面一半是春天的河水，而满城是缤纷的花，还有烟雨里变得朦胧而悠远的千家万户。

上阕从表面看，是写春天的景色，那个人隐藏在景色后面。我们读的时候，只看到景色，忘了人的存在。实际上，这是人的行动。什么行动呢？因为感受到了柳树上春天还在，就去了超然台，看到了"半壕春水一城花。烟雨暗千家"。

下阕是在抒写这个人的感怀。寒食之后，喝酒喝醉了，醒过来之后就叹息。叹息意味着遇到了不开心的事。"休对故人思故国，且将新火试新茶"，意思是这个人是在异乡遇到了老朋友，免不了要聊聊往事，但想了想还是算了吧，在这样一个春天，正好有新茶，不如喝茶。"诗酒趁年华"，在时光流逝里，年华老去，要珍惜生活里的诗和酒。

下阕把这个人的情绪写了出来，这是一个怀有心事的人。此时再去读上阕，又会有新的理解，上阕呈现了一种模式：一个怀有心事的人，当他从现实里抽离出来，去体验季节的流转，去观赏自然的风景，去高处远望自然中的人世间，好像一切都变得淡然了。

"烟雨暗千家"，千家万户构成了现实世界，各种冲突、各种是非在烟雨中变得模糊，变得遥远，变成了静态的景物。写词的人本来也是"千家"里的一家，现在却以观赏者的视角回看日常现实。这确实是最简单的一种自我治愈：即刻融入自然，一切的烦恼都会变成一种观赏的对象。我好像游于物之外。

这首词的下阕写的是酒、叹息，老朋友相聚、思念故乡、喝茶，最后用了一句"诗酒趁年华"。一方面是现实中琐碎的事情在慢慢消磨着生命，另一方面是时间迅速流逝，不如趁着年华还在，写写诗，喝喝酒。写诗，是为了心灵的陶冶；喝酒，包括喝茶，是为了身体的愉悦。在时间的流逝里，苏东坡透过"诗"和"酒"让身心安宁、愉悦。在平庸的日常里，我们每一个人都可以透过"诗"和"酒"

去创造生命的美和喜悦。

这首词的上阕是回到自然，下阕是诗和酒的升华，两段构成了一种组合。"烟雨暗千家""诗酒趁年华"这两句词，是自然、诗、酒、时间这几个元素的组合。因为有了"烟雨暗千家"这样一个背景，"诗酒趁年华"就有了和"及时行乐"不一样的沉静和明亮。

苏东坡还有一首词：

浣溪沙·细雨斜风作晓寒

元丰七年十二月二十四日，从泗州刘倩叔游南山。

细雨斜风作晓寒，淡烟疏柳媚晴滩。入淮清洛渐漫漫。
雪沫乳花浮午盏，蓼茸蒿笋试春盘。人间有味是清欢。

元丰七年（1084）农历十二月二十四日，苏东坡跟泗州刘倩叔一起游览南山。这首词写的是游览的经历。

冬天的早晨，细雨斜风，天气微寒，淡淡的烟雾和稀疏的杨柳，使得初晴后的沙滩更加妩媚。洛涧进入淮水后，茫茫一片。上阕写了两个变化，从阴雨到天晴，从河流的狭隘到开阔。

下阕又是一个变化，时间的变化，从早晨到中午。午盏，是午茶的意思。中午了，就要开始野餐。首先是茶，宋代人煎茶，讲究茶泡的颜色，以乳白色为贵，所以说"雪沫乳花浮午盏"。其次是春天的蔬菜。古人在立春时用蔬菜水果、糕饼等装盘馈赠亲友，叫春盘，这里指的是野餐时吃的蔬菜，特别点出了两种用来调味的菜，一是水蓼的嫩芽，二是蒿笋。水蓼是一种野菜，可用来调味，有点像胡椒，嫩芽可以生吃。水蓼的花在古代也有离愁的意思，李煜有一句诗："莫更留连好归去，露华凄冷蓼花愁。"（《秋莺》）

最后一句"人间有味是清欢"，人间虽然有很多烦恼，但还是可以活得有滋有味。这是一种理解。另一种理解是，人间最有味道的还是清淡的欢愉。"清欢"，代表了苏东坡对于快乐的理解。如果勉强找一个词来形容的话，可以说这是一种"轻享乐主义"，也是"微醺主义"。"人间有味是清欢"，不是凭空而来的，是经过了从狭隘到开阔，从阴雨到晴朗，在时间的流转里，在午茶的清香里，在新鲜蔬菜的调味里，慢慢浮现出人间真正的滋味，一种清淡的欢愉。

这首词在结构上和《望江南·超然台作》是一样的，上阕是融入自然，从狭小到开阔，隐含着自然规律；下阕讲人的审美努力，喝茶、喝酒、美食、写诗。当自然作为一个背景，作为人所指向的归宿，人的审美努力就显得生机勃勃，创造出丰富而内敛的意义。前面一首归结为"诗酒趁年华"，后面一首归结为"人间有味是清欢"。一则是动态生命的向上生长，一则是静态生命的向内品味。苏东坡用了"一张琴""一壶酒""一溪云"，为身心在人世间找到了安顿的所在。

10/ 明月几时有?

作为自然之物的月亮，陪伴了苏东坡一生，和他一起度过了每一次的悲欢。在惠州，苏东坡说："先生独饮勿叹息，幸有落月窥清樽。"（《十一月二十六日松风亭下梅花盛开》）一个人独自喝酒也不需要叹息，幸好你的酒杯里还有探看你的月亮。

而《水调歌头·明月几时有》这首词，把月亮写到了无人可及的高度。1076 年的中秋夜，苏东坡在密州的超然台和朋友一起通宵达旦喝酒，酩酊大醉。

苏东坡为什么会到密州呢？简单地说，因为王安石变法。

1065 年 1 月，苏东坡从凤翔回到京城，在登闻鼓院工作。这个登闻鼓院，属于谏官系统，就是专门对皇帝和丞相主导的政府提出各种意见的部门。老百姓如果有什么冤屈，都可以到鼓院击鼓告状。这是苏东坡在朝廷的第一份工作，处理各种建议和投诉。2 月，苏东坡参加秘阁考试，以第三等入选，担任直史馆，一个管理典籍和图书的职位，虽然清闲，却有很高的声望，只有名流才能入选。

1065 年年底，夫人王弗去世，1066 年，父亲苏洵去世。苏东坡把他们的灵柩送回眉州，并从 1066 年 6 月到 1068 年 7 月，在眉州居丧。1069 年 2 月回到京城，担任殿中丞直史馆判官告院，管理官员和将士的勋封、官告等事务，是比较闲散的一个职位。1070 年任开封府推官。1071 年兼任尚书祠官，一个和文书有关的职务。其间，正好遇上王安石变法，朝廷中围绕变法形成两个党派，新党和旧党。赞同变法的叫新党，反对变法的叫旧党，这在中国历史上是一个大事件。

对苏东坡来说，一生的命运都困在旧党和新党的冲突叙事里。他在政治上不赞成王安石的变法措施，成为旧党的核心人物，也卷入了党派斗争，这让他一开始就感到很厌倦。1071 年，苏东坡主动辞职，要求去地方做官，朝廷任命他为杭州通判。1074 年，又改派到密州做知州。

这是苏东坡到密州的历史背景。1076 年的中秋，他一个人在密州，想起了济南的弟弟，大概也想起了这些年来因为王安石变法而陷入人事的纠缠，总有身不由己的苦恼。他很想逃离，又有万般眷恋，信笔写下了一首词《水调歌头·明月几时有》。这首词后来成为千古名篇，有人甚至认为这首写中秋的词一出来，其他人写中秋的词就都不值得一看了。

水调歌头·明月几时有

丙辰中秋，欢饮达旦，大醉。作此篇，兼怀子由。

明月几时有？把酒问青天。不知天上宫阙，今夕是何年。
我欲乘风归去，又恐琼楼玉宇，高处不胜寒。起舞弄清影，
何似在人间。

转朱阁，低绮户，照无眠。不应有恨，何事长向别时圆？
人有悲欢离合，月有阴晴圆缺，此事古难全。但愿人长久，
千里共婵娟。

这首词的第一句："明月几时有？把酒问青天。"中秋节，苏
东坡和朋友一起赏月、喝酒。苏东坡的特别在于，他望着月亮，不
只是欣赏，而是发问，问月亮是什么时候挂在天上的。这个问题，
按照科学家霍金的说法，是"大问题"。比如"宇宙是什么时候开
始的""万物是从哪儿来的"这些大问题，超出人类的认知能力，
即使是科学，也一直在追问之中，并没有绝对的答案。但人类不断
追问这样的大问题，就能不断跳出自己的局限，不断地去接近无限。

中国人问这类大问题，在文学里，屈原是第一个。他的《天问》，
一连问了170余个诸如"天地是怎么形成的"之类的"大问题"，
开创了一个"天问"传统。张若虚的《春江花月夜》："江畔何人
初见月？江月何年初照人？"则开创了"明月几时有"的先河。

不过，中国人的"天问"激发的不是科学的探索，而是以"无限性"

的辽阔来治愈"有限性"的狭隘，以天上的宏伟想象来治愈人世间的琐细烦恼。所以答案不重要，重要的是提问本身，重要的是在提问中被治愈了。

痛苦的时候，仰望天空，问一句"明月几时有"，好像瞬间把自己拉到了和月亮同一层次的境界，一下子从狭隘的现实里飞跃到更广阔的空间中，觉得一切都很渺小。

李白有一首诗《把酒问月》："青天有月来几时？我今停杯一问之。"苏东坡的句子和李白的一脉相承。

"不知天上宫阙，今夕是何年。"不知道天上华美的宫殿，现在是什么时候？好像天上是和我们人间不一样的时空。

"我欲乘风归去"。我想乘着风，回到天上。这个有点奇怪，苏东坡不是世间的人吗，怎么说要回到天上？古代的中国人把那些有才华的人看作星宿下凡。而有才华的人，尤其是个性张扬的人，也常常自认为自己是"谪仙"，被贬到人间的神仙。李白就自称是"谪仙人"。苏东坡也认为自己是谪仙。

中秋之夜，人间很热闹。但苏东坡却关心天上是什么时候，他想回去了。但一转念，"又恐琼楼玉宇，高处不胜寒"。担心天上的宫殿虽然华丽辉煌，但在高处，容易吹到寒冷的风，也可以引申为越到高处越孤独。

当然，也有人把"天上宫阙"理解为朝廷，把这一段理解为要不要回朝廷的犹豫。据说，神宗皇帝读到这一句，就说苏东坡还是记挂着我的。看来神宗觉得词里的"天上宫阙"就是朝廷。

既然高处不胜寒，那么，不如回到人间。"起舞弄清影，何似在人间。"在人间，在月光下起舞，即使一个人很孤独，也有自己的影子陪伴。所以，天上哪里比得上人间呢？人间有人间的温度。

下阕以月光的角度写人间。"转朱阁，低绮户，照无眠。"讲月光的动态，在房子和房子之间，在门窗和门窗之间，在夜晚还没有睡觉的人身上流转、荡漾。这是一个很美的中秋之夜。"不应有恨，何事长向别时圆？"月亮不应该有什么怨恨吧，但为什么今晚的月亮那么圆，而我和家人却天各一方？

然后是自己开解自己，"人有悲欢离合，月有阴晴圆缺，此事古难全"。这几句写出了中国人快乐的秘密，中国人遇到不开心的事情，遇到挫折，这几句话一下子就能让他想得开。这是自然法则，月亮有圆，一定有缺，天气有晴，一定有阴，人也是一样，有悲痛，一定有欢乐，有相聚，一定有分别。这件事从古以来就很难两全。这个世界不完美，不可能只要成功，不要失败，只要快乐，不要悲伤，只要相聚，不要离别。所以，我们活在人间，就要接受人间的不完美。

"但愿人长久，千里共婵娟。"但愿每一个人长长久久，平平安安，虽然相隔千里，你在天涯，我在海角，不能相聚，但你我见到的月亮是同一个美好的月亮，只要你我能够欣赏同一个月亮的美好，就已经足够了，还需要什么呢？

这首词由赏月这样一个仪式，写出了月亮这个意象对于中国人意味着什么，首先是一种阴柔的美学，其次是一种感伤的情感，再次是一种豁达的哲理。月亮这银色的朦胧的意象，总是带给中国人感伤。月亮显现了时间上和空间上的双重局限：从前看到这个月亮的人早已不在人世了，但月亮还照耀着你我；另一个地方看月亮的你和这一个地方看月亮的我，在同一个月亮下相互隔绝。

月光照耀，开启中国人豁达的视野。月亮阴晴圆缺，人世悲欢离合，在时间之河和宇宙之海里，不过一粒微尘。苏东坡仰望星空，心存飞翔之想，但一转念，还是回到人间。人间烟火里琐琐碎碎、磕磕绊绊，也有清清爽爽、明明白白，更有生命温暖的平静和喜悦。

这首诗写尽了"月亮"的中国式意蕴，也写出了苏东坡一生的彷徨。一方面，苏东坡厌倦世俗生活的无聊和残酷，总在渴望着"归去"，总在努力退隐；另一方面，他又留恋人间生活的热闹和温暖，总在发现着诗意，总在体验着惊喜。这样的彷徨，好像一个悖论、一个矛盾，但恰恰因为在这样的悖论和矛盾里挣扎、苦恼，苏东坡一步一步充实着他的生命。

11/ 不识庐山真面目，只缘身在此山中

　　苏东坡这个人总是感动于四季的流转，生命里回荡着花花草草的芬芳，流水的声音，也沐浴在月光之下。苏东坡喜欢旅行，每到一个地方，都能发现这个地方独特的美，比如最有名的写杭州西湖："水光潋滟晴方好，山色空蒙雨亦奇。欲把西湖比西子，淡妆浓抹总相宜。"（《饮湖上初晴后雨二首·其一》）这首诗成为至今难以逾越的"西湖书写"。

　　事实上，从早年的凤翔，到后来的儋州，苏东坡每去一个地方旅行，都会和这个地方产生深刻的连接。一方面是苏东坡能发现这个地方没有人发现过的光与影，另一方面是这个地方往往能赋予苏东坡新的感悟，甚至能够让他发现另一个内在自我。

　　最突出的，毫无疑问是庐山的旅行，苏东坡在旅行之后留下的两首诗，既是中国人写庐山的一个巅峰，也是苏东坡心性层面的一

次蜕变。1084 年，苏东坡结束在黄州的流放生活，在去河南之前，他有一段空闲时间，就去了庐山游玩。

苏东坡一进入庐山，就感到山谷奇秀，是他这辈子从来没有见过的，而且庐山的美让他应接不暇。他本来不想写诗，但到了山里面，听到和尚和普通人都在说，苏东坡来了，就觉得应该写一点什么，就写了一首："芒鞋青竹杖，自挂百钱游。可怪深山里，人人识故侯。"（《初入庐山三首·其三》）既然开始写了，就有点收不住，接着又写了一首："青山若无素，偃蹇不相亲。要识庐山面，他年是故人。"（《初入庐山三首·其一》）又写了一首："自昔怀清赏，神游杳霭间。而今不是梦，真个在庐山。"（《初入庐山三首·其二》）

有一个朋友给了他一本《庐山记》，相当于我们现在的"庐山攻略"，他一边走一边读，看到里面有李白和徐凝写庐山的诗，他很欣赏李白那一句："飞流直下三千尺，疑是银河落九天。"（《望庐山瀑布》）这是神来之笔，是谪仙写的诗。而徐凝那一句"飞流溅沫知多少"很恶俗。

他在庐山走了十几天，他觉得最好的地方是漱玉亭和三峡桥。最后，他与东林寺的常总禅师会面，留下两首千古绝唱，第一首就是《题西林壁》，第二首就是《赠东林总长老》，又以第一首最为出名，在中国几乎家喻户晓。

题西林壁

横看成岭侧成峰，远近高低各不同。
不识庐山真面目，只缘身在此山中。

从字面上看，这首诗不复杂，大多数人都读得懂，讲的道理也很明白。这首诗讲的不过是一个自然现象，在山里走过路的人都会知道，从不同的角度、不同的高度看到的是不一样的景色。横看是山岭，侧看就成了山峰，远近高低各不同。为什么会这样呢？因为自身就在山里面。意思是你想要看到庐山的全貌，就要走出庐山，要站得比庐山更高更远。

日本学者内山精也提出了一个有趣而精辟的问题，"不识庐山真面目"中的庐山，是不是可以换成别的山？就这首诗表达的道理来说，好像换成什么山都可以，换成什么地方也都可以，甚至还可以运用到人生的一切方面，比如，你想要看清婚姻的面目，就要跳出婚姻。

内山精也认为这只是表层的，从深层看，对苏东坡而言，庐山是不可替换的。"不识庐山真面目"，只能是庐山，不能是别的山。为什么呢！他认为苏东坡在黄州的时候，有两个重大变化，一是信仰佛教，成了佛教徒，二是更加喜欢陶渊明。可以说，佛教以及陶渊明帮助苏东坡度过了最艰难的时光。而庐山和陶渊明，以及佛教的禅宗，都有深厚的联系。

陶渊明归隐田园，就在庐山的南边，他的饮酒诗第五首，讲了自己"采菊东篱下，悠然见南山"，然后就感觉到"此中有真意"，想要去分辨、捕捉，却难以言说，"欲辨已忘言"。这里讲了自然的韵味让人陶醉，让人忘言，另外，也好像是说自然法则是语言不能表达的，我们可以在审美之中去用直觉感受到，而很难用逻辑的语言去把握。苏东坡说的"不识庐山真面目"，所谓的"真面目"，相当于"此中有真意"的"真意"。这是我们在读这首诗时要了解的陶渊明的背景。

另一个背景是佛教，尤其是佛教里的禅宗。庐山是东晋时候慧远大师修行的地方。在苏东坡的年代，也是禅师们修行的地方。苏东坡很早就读过六祖惠能的《坛经》，应该知道有一个"本来面目"的禅宗公案。他去惠州经过韶关时，还把这个公案写到诗里了。惠能从黄梅回岭南，有人去追赶，想要去抢传法衣钵。有一个叫陈惠明的人追上了惠能，惠能把法衣给了他，他却不肯取，说："我追了这么久，是为了求佛的道理，不是求衣钵。"于是，惠能就问了他一个问题："不思善，不思恶，正与么时，那个是明上座本来面目？"意思是不要去想善，也不要去想恶，这个时候，我只问你哪一个是你的本来面目？这一问，陈惠明当下就觉悟了。

后来，在禅宗里，"哪个是明上座本来面目？"成为参禅的一个话头。修行就是为了看清我们的本来面目，回到我们的本来面目。所谓"庐山真面目"，也不妨看作我们的本来面目。

这两个背景，确实让《题西林壁》这首诗的内涵更为丰富，意义也更为明确。这是第一首，我们再读第二首：

赠东林总长老

溪声便是广长舌，山色岂非清净身。
夜来八万四千偈，他日如何举似人。

这首诗完全用了佛教的名词。"广长舌"，很长的舌头，是佛经里形容佛的舌头很神奇，可以说出美妙的佛法，指的是佛善于说法。溪流的声音，就是佛在说法，而山峦的色彩缤纷，难道不就是清净的佛身吗？"八万四千偈"，佛经说佛针对不同的众生，讲了八万四千法门。晚上在庐山听到各种自然的声音，看到各种自然的色彩，其实就是佛在显现八万四千法门，我听到了、看到了，却不知道怎么告诉别人。

禅宗有一个有名的说法，参禅有三个阶段。第一阶段是看山是山，看水是水；第二阶段是看山不是山，看水不是水；第三个阶段是看山还是山，看水还是水。觉悟的过程，好像随时随地与周边自然发生关系，这种关系取决于我们自己，我们可以不断以重新组合来创造新的意义和新的境界。把禅宗参禅的三个阶段和苏东坡的那首《赠东林总长老》相互玩味，我们对自然会有另一番的感悟。

12/ 一张琴，一壶酒，一溪云

《题西林壁》这首诗讲出了自然元素的最终作用：回归到本来面目，或者领悟到终极的自然法则。自然对苏东坡而言，固然是一种抽离，一种陶醉，一种赏心悦目，一种陪伴，但最终，透过自然，苏东坡要去领悟"庐山真面目"，这才是回归自然的真正意义。

对苏东坡而言，喝酒也一样，喝酒固然是为了身体的愉悦，但更是为了上升到终极的人生境界。苏东坡在《和陶饮酒诗·十三》里讲得非常透彻：

> 醉中虽可乐，犹是生灭境。
> 云何得此身，不醉亦不醒。

喝酒不是为了喝醉逃避现实，醉了虽然快乐，但还是生灭的境界，很快会消失。醉的时候很快乐，醒过来就更加忧愁。所以，苏东坡经常说自己半醉半醒，而在这首诗里，用了"不醉亦不醒"，这才是喝酒的最终意义。

弹琴也是一样，固然是为了心平气和，但更为了领悟自然的运行法则。他有一首《琴诗》，写得很明白：

若言琴上有琴声，放在匣中何不鸣？
若言声在指头上，何不于君指上听？

这首写琴的诗直接套用了《楞严经》里的经文，讲的是世间万事万物都不是孤立的，也不是无缘无故的，而是彼此连接的，有这个才会有那个，这个没有了，那个也就没有了。在弹琴这件事上，我们可以领会到什么是"五蕴聚合"。

人生有很多烦恼，假如你遇到不开心的事情，去找苏东坡聊天，想让他开导一下，他多半不会和你讲什么道理，而是随手拿起一壶酒，一起喝了再说。或者请你弹琴，或者拉着你去楼下的草地上躺下看云。生活中的烦恼，靠想可以想开一点，但更应该靠体验，去体验一件很美、很细微的事，在体验之中让心胸慢慢变得广阔。

那么，为什么要用琴、酒、云呢？

第一，这三种事物都是一种有形的东西，能够看见、听见、触摸。最关键的是能够让你去做具体的某件事，即弹琴、喝酒、看云。

这些东西有一个共同点，它们都不是必需品。我们的家必须有烧饭的锅，必须有睡觉的床，起床了必须穿衣服，必须出门去工作，必须每天喝水，但不一定需要一张琴、一壶酒、一溪云。它们都属于无用之物，属于业余爱好。

不是必须，却是应该。不是你必须做的事，却是你应该做的事。吃饭，不用别人说，你也一定会吃，不吃会饿。但弹琴之类的事，你可以不做，不去做也不会怎么样，但你应该去做，因为做了之后，生活就会有所不同。弹琴是欲望的升华、净化，会让你变得风雅。看云是把个人融入大自然，会让你变得有趣。喝酒是承认欲望，承认肉体的愉悦，在妥协中达到微醺，可以马上疏解你的痛苦，但也会伤害你，让你失控。喝酒的真正意义在于，让你学会节制、学会平衡，从而变得更好。所以，这三种事物，可以让我们的生活变得更有意思。

第二，这三种事物，不单单是一个孤立的器具，而是一个场景。弹琴、喝酒、看云，都是一个场景，不仅是场景，还是一个爱好体系。琴、棋、书、画是传统中国最典雅、最广泛的业余爱好，写作、阅读也可以归入其中。这些事情可以陶冶性情，可以让人心平气和，属于心灵层面的事情。

"一壶酒"代表着包括茶在内的美食体系，养生也包括在内。这个体系里的事情可以给人带来愉悦和陶醉，可以让人身体安康，属于身体层面。

"一溪云"代表着自然风景体系。苏东坡特别喜欢月亮，也喜欢海棠和梅花，喜欢旅行，喜欢在自然里感受季节的变化。

如何构建出我们的生活美学？最简单的方法，就是在生活中营造这三个体系：业余爱好体系、美食体系、自然体系。这三个体系可以为我们的生活增添一点盐，让人变得更有品位、更有趣味。

第三，这三种事物背后，包含着一套价值观。琴，代表音乐，儒家讲"礼乐"，这个乐，就是音乐。可见音乐在儒家心目中有多么重要。孔子喜欢音乐，曾经在齐国听韶乐，沉醉其中，三个月都不知道肉的味道。孔子有一句话很有名："兴于《诗》，立于礼，成于乐。"（《论语·泰伯》）大意是人的成长开始于学习诗，自立于学习礼，完成于学习乐。当我们把琴棋书画、写作等包含在"一张琴"里，意味着"一张琴"涵盖了成长的整个过程。

关于酒，古代希腊有酒神的传统。《庄子》关于酒的一个说法也颇耐人寻味："夫醉者之坠车，虽疾不死。骨节与人同而犯害与人异，其神全也。乘亦不知也，坠亦不知也，死生惊惧不入乎其胸中，是故遻物而不慴。"醉酒的人从车上掉下来，虽然满身都是伤却没有死去，他的骨骼关节跟别人一样，但受到的伤害却不同，为什么呢？是因为醉酒以后忘掉了外在现实，忘掉了对死的恐惧，因此，外物就伤害不了。庄子用了一个词：神全。醉酒的人，"神"是全的。这是透过非理性、直觉来探寻生命的本原。

关于自然，儒家说"仁者乐山，智者乐水"，道家说"道法自然"，佛教说"郁郁黄花，无非般若；翠翠青竹，总是法身"，又说"看山是山，看水是水；看山不是山，看水不是水；看山仍是山，看水仍是水"。儒、道、佛都认为人类应该和自然和谐共处，儒家上升到天命、天理，道家上升到返璞归真，佛家上升到觉悟成佛。

归纳起来，"一张琴、一壶酒、一溪云"不是必需品，是随手可得的审美之物。一旦我们把它们融入生活，就会带来一个体系式的场景，带来一套基于兴趣的生活方式。而这三种事物在儒家、道家、佛家以及在西方哲学的诠释系统里，都具有形而上的意义。"一张琴、一壶酒、一溪云"，都是一，很简单，带来的却是趣味和意义的无限叠加。通过"一张琴、一壶酒、一溪云"，最终我们可以从现实烦恼里解脱出来，通向本来面目，也通向自然法则。这就是苏东坡为什么说你需要"一张琴、一壶酒、一溪云"的原因。

这不仅仅是爱好，而是一种重组，在重组里为身心找到安顿。喜欢古琴，喜欢阅读，喜欢写作，喜欢喝酒，喜欢看月亮、看云，开始也许是为了缓解压力，但慢慢地，在欣赏之中，在陶醉之中，渐渐找回到本来面目，激发内在的直觉。那么，生命就在重组中不断被重新创造，不断突破边界，不断从有限走向无限。

詹姆斯·卡斯认为存在着无限和有限两种游戏，有限游戏的目的是赢得胜利，而无限游戏的目的是让游戏一直玩下去。有限的游戏在边界内玩，而无限的游戏玩的是边界，是对于边界的突破。有限的游戏具有确定的开始和结束，而无限的游戏没有明确的开始和结束，没有赢家和输家，可以一直玩下去，而且可以把更多的人带入游戏。

苏东坡"作个闲人"以"一张琴、一壶酒、一溪云"作为媒介，建构了一种无限的游戏。如果说官场或者现在的职场是有限的游戏，那么，"作个闲人"把人从有限的游戏里解放出来，进入了无限的游戏。

"一张琴、一壶酒、一溪云"，运用的不是宏大的观念或体系，而是一些微小的，甚至微不足道的事物。这让我想起卡夫卡的一则日记，第一次世界大战爆发那一天，卡夫卡在日记里写了这么一句："德国向俄国宣战——下午游泳。"面对巨大的时代变故，卡夫卡用了一个破折号表达了一种坚持，坚持自己的闲情逸致。

德国诗人海因里希·海涅说："人生最重要的东西就三样：自由、平等、蟹肉汤。"把蟹肉汤这么日常的食物和自由平等放在一起有点奇怪，但哲学家齐泽克觉得"蟹肉汤"的重要性一点不亚于"自由"，他把蟹肉汤解读为"生活中所有精致的乐趣"。一旦失去这些小确幸，我们就会变得与恐怖分子无异——我们会沦为抽象观念的信徒，并会丝毫不顾具体情境地要将这些观念付诸现实。

苏东坡的"一张琴、一壶酒、一溪云"所具有的意义和"蟹肉汤"是一样的，也是以"闲情逸致"来抵御现实的平庸和束缚。经历乌台诗案之后的苏东坡，刚到黄州就写下了这么两句诗："长江绕郭知鱼美，好竹连山觉笋香。"（《初到黄州》）风景和美食，这样的小确幸，让苏东坡从时代的洪流里抽身而出。

13/ 适然而已

"作个闲人"，"闲"是一种什么样的状态？"闲人"是一种什么样的人？

苏东坡流落在黄州，开始时还幻想着不久就能回到京城。很快，他就绝望了，决定在黄州安顿下来。有一个老朋友帮了他的忙，把一块官府废弃的荒地给了他。那个地方在东边的坡上，正好苏东坡喜欢的白居易在忠州时喜欢在东坡上种花，所以，苏东坡就把自己黄州的那块荒地叫作"东坡"。

他还为自己取了一个号"东坡居士"。古人的名和字是父辈取的，但号是自己取的，从古人的"号"上可以看到他内心向往哪一种生活，看出他的价值观。苏轼自号"东坡居士"，居士是佛教的在家修行者。可以看出，到黄州后，苏东坡喜欢上了佛教，甚至想要去修行。而"东坡"意味着他要学陶渊明，过一种田园生活，在这里种地、读书、写字、画画、弹琴、喝酒。他写了一首词《江城子·梦中了了醉中醒》：

> 梦中了了醉中醒，只渊明，是前生。走遍人间，依旧
> 却躬耕。昨夜东坡春雨足，乌鹊喜，报新晴。
> 雪堂西畔暗泉鸣，北山倾，小溪横。南望亭丘，孤秀
> 耸曾城。都是斜川当日境，吾老矣，寄余龄。

这首词的前面有一段说明，大概意思是，当年陶渊明在斜川游玩，流连忘返，于是写了《斜川诗》，至今还让人神往。我现在也回归田园，在东坡耕种，还建了东坡雪堂，四面的风景很怡人，和陶渊明的斜川有同样的韵味。在词里，苏东坡说，能够做着梦又很清醒的，能够越喝酒越清醒的，大概只有陶渊明吧，他是我的前辈，也是我的知己。我在人间历练了一番，如今还是回到田园耕作。昨夜东坡下了一场春雨，鹊鸟鸣叫着，预示着今天天气晴朗。雪堂西边的山石间一道幽泉流水潺潺，北山微微倾斜，还有小溪横流在山间，再向南边的四望亭小山丘望去，独特的美景好似当年陶渊明笔下的曾城山。我已经老了，剩下的岁月就在这里这样度过吧。

陶渊明辞官归隐田园，是主动的选择。他写了很多描绘自己劳动的诗歌，比如"采菊东篱下，悠然见南山"。但陶渊明留给我们的是永远的"桃花源"，"桃花源"成了人们理想生活的代名词。"桃花源"里没有神仙，没有菩萨，也没有圣人，都是普普通通的人，都是些平

平淡淡的日常，但这里没有改朝换代，没有权力斗争，只有岁月静好。"桃花源"里的生活是一种不被打扰的生活，一种不违心的生活。陶渊明开创了这种生活的基调，却缺少系统和丰富的细节。

"桃花源"就像一种召唤，又像一幅很治愈的画面，成为中国人千百年来沉淀在内心的一种向往。

苏东坡去黄州，不是主动的选择，而是身不由己。但在身不由己中，苏东坡在黄州开荒，在一块贫瘠的土地上耕田种菜。他还建了东坡雪堂，呼朋唤友，吟诗作画，喝酒听曲，创造了自己的桃花源。

"东坡"的意义在于：人应该拥有一块自己的天地，哪怕是很贫瘠的土地，在这块土地上，你要自食其力，做自己想做的事，让生活升华为一种诗意的境界。

虽然苏东坡很谦虚，说自己不如陶渊明，还在世俗事务里"缠绵之"，但在我看来，恰恰这个"世事缠绵之"，使苏东坡更具有当代性，也更深刻。从桃花源到东坡，是中国式"治愈主义"生活方式的一个完成。苏东坡把一种向往变成了现实。所以，桃花源一直就是桃花源，是一个诗意的地理概念。而"东坡"由一块荒芜贫瘠的山坡，变成了一个人名，一个最治愈中国人的人名。

"东坡"，显示了一个普通人在世俗生活里所能达到的最高生活境界。

苏轼还给自己取过另外一些"号"，比如东坡病叟、雪浪翁、毗陵先生、东坡道人、铁冠道人、老泉山人等，从他的这些号里可以一窥他的心路痕迹。在中国的文人里，苏东坡为自己取的号最多，别人称呼他的号也最多。一方面说明他从未停止过自我探索，另一方面也说明他给人的印象的多面性。但他最被接受的号还是"东坡"。当然，最重要的是，苏轼成为苏东坡之后，他和世界那种紧张关系被转化了。甚至可以说，当"东坡"这个名字出现的时候，传统中国文化的美妙哲理一下子就在日常生活中盛开成花朵，不再是教条，而是生动有趣的生活。

在这本书里，我全部用"苏东坡"这个名字，是因为我觉得"东坡"这个名字本身已经涵盖了我想在这本书里阐述的核心思想。更重要的是，就生活而言，"东坡"是一个比"桃花源"更意味深长，并具有实践性的意象，体现了中国式治愈主义的观念系统和行为系统。

在《江城子·梦中了了醉中醒》这首词里，提到了"雪堂"。这是苏东坡在东坡视野最好的一个地方，自己设计的一个空间，用来接待朋友。建好的时候，正好下雪，所以在墙上画满了雪景，取名雪堂。坐在里面，感觉四面都是雪。苏东坡有一篇散文叫《雪堂记》，说是有一天，他在雪堂里刚刚睡醒，有个朋友来到这里问苏东坡："你在世间是一个闲散的人，还是一个拘谨的人呢？"所谓闲散的人，就是不受束缚，自由任性的人，拘谨的人，就是受到各种束缚，放不开自己的人。苏东坡还没有回答，这个人就给苏东坡下了结论：你是想做闲散的人而不得。然后，这个客人就说了一通怎么达到闲散的道理，又批评苏东坡以为躲在雪堂，就是跳出了世间的藩篱，就可以安顿自己的身心，这其实是一种妄念，而且仍在危险之中。

苏东坡明白这个人说的意思，但是他有自己的看法，他觉得在雪堂生活已经可以了，没有必要再去更远的地方。而且更重要的是，他说："予之所为，适然而已，岂有心哉，殆也，奈何！"（《雪堂问潘邠老》）意思是"我的所作所为，不过是求个适意罢了，哪有什么用心？怎么能说我就危险了呢？"又说"吾非逃世之事，而逃世之机"。意思是"我并不想逃避世上的事物，只是想躲开世上的机锋"。

苏东坡只是求个适意罢了，并不是想逃避世界上的各种事情，只是要逃避现实里的各种算计、各种钩心斗角。

这才是苏东坡要表达的"作个闲人"最本质的意义：作个闲人，不过就是做个适意的人，做一个自然而然的人。

苏东坡评价陶渊明："欲仕则仕，不以求之为嫌；欲隐则隐，不以去之为高。饥则叩门而乞食，饱则鸡黍以延客。古今贤之，贵其真也。"

想当官就去当官，不觉得有什么不好意思，不想当了就不当，也不会觉得不当官了就有多么清高。饿了就敲邻居的门要点吃的，吃饱了就杀鸡宴请宾客。所以，从古到今的人都喜欢他，因为他做人很真实、很率真。

这应该就是苏东坡心目中"闲人"的形象。

当然，在苏东坡的观念里，"闲人"不应该是一个教条式的观念，而是一种生动的姿态。"闲人"不是由观念规定出来的，而是在具体的生活里活出来的，是鲜活的形象。

14/ 着力即差

通过一个故事，我们来了解一下苏东坡对于死亡的看法。

有一次，退休副宰相韩维的女婿拜访苏东坡，聊起他的岳父，说韩维退休后沉迷于宴饮享乐。

苏东坡听了不以为然，说老了更加不能这样。然后，他讲了一个故事，有一个老人，临终之前把子女叫到身边，告诉他们："我就要离开人世了，我只有一句话要留给你们。"子女问："什么话呢？"老人说："每天五更就起床。"

子女们很困惑，我们家那么富裕，为什么要起早呢？老人就说："五更起来，可以做自己的事，太阳出来后，想做自己的事就很难了。"子女更加困惑，自己的事什么时候都能做啊？家里的事不都是自己的事吗？老人就说："我说的自己的事，是死的时候能带走的。你们看我赚了万贯家财，死的时候都带不走，那我死的时候能带走什么呢？"

苏东坡说完这个故事，就对韩维的女婿说："请转告你岳父，越是到了晚年，越是要做自己的事。与其在声色犬马里消耗生命，不如多想想死的时候可以带走什么？"

为什么故事里老人说"五更起来，可以做自己的事，太阳出来后，想做自己的事就很难了"？为什么要自己独处的时候，才能做死后能带走的事情呢？

苏东坡临终之前的一番话也许可以回答这个问题。1101 年 8 月 24 日，苏东坡弥留之际，维琳法师在他耳边说："端明宜勿忘西方。"苏东坡曾经是端明殿学士，"端明"是对苏东坡的尊称，维琳法师是在提醒苏东坡不要忘了往生西方极乐世界。苏东坡轻声回答："西天不无，但此中着力不得。"（西方极乐世界不是没有，但不应该刻意用力。）他的朋友钱世雄在旁边劝导："固先生平时履践至此，更须着力。"（先生您一直在践行于此，此时更应该用力。）苏东坡回答："着力即差。"（用力就错了。）

佛教徒的苏东坡相信西方极乐世界，但他认为去往西方极乐世界，不应该用力，更不应该刻意。那么，死后他要带去的是什么呢？我们在苏东坡去世前两天，也就是 8 月 22 日，写给维琳法师的一首诗中可以找到答案：

答径山琳长老

与君皆丙子，各已三万日。
一日一千偈，电往那容诘。
大患缘有身，无身则无疾。
平生笑罗什，神咒真浪出。

我和你都是丙子年出生的，在这个世界上已经过了三万天。就算每一天说一千句偈，时间也像电一样一闪而过，不容置疑。人的忧患在于有身体，如果没有身体，就没有什么疾病。鸠摩罗什虽然是一位高僧，但好像还没有看透，临终前让弟子念西域的神咒，但念诵的仪式还没有完成，他就去世了。

苏东坡对于死亡，始终保持着一种坦然的态度。因为死亡不可避免，无论你怎么保养，怎么祈祷，人都会死亡。至于死亡之后是不是能够去极乐世界，苏东坡是抱着自然而然的态度，不赞成刻意追求去极乐世界，他觉得顺其自然就好。顺其自然，就是接受死亡；顺其自然，就是回到自然的本源，回到本来面目，不生不灭，不垢不净，不增不减。

仔细体会一下苏东坡的意思，死后，人世间的东西我们什么也带不走，西方世界不是有形的东西，也是一种妄念。我们真正能够带走的，或者说，我们能够进入的，是回到我们本来的样子。我们本来的样子是什么呢？就是《心经》里说的："不生不灭，不垢不净，不增不减。"这是空的境界。换一种说法，一旦我们放下执念，我们就能够回到自己本来的样子。这才是死后能够带走的。

苏东坡说，要作个闲人，最终极的意思是做一个活在空性里的人。这听起来有点玄，但在苏东坡的人生实践里变得很简单，就是做一个自然而然的人，用我们现在的话来说，就是做一个理性的人。

有一次苏东坡坐船遭遇逆风，船很难前行，他点了香向着僧伽寺祈祷，结果风向就变了，变成了顺风。但后来，他又遇到了逆风，却不愿再求神拜佛。为什么呢？耕田的人要下雨，收割的人要晴天；离去的人要顺风，来的人又对逆风抱怨。如要让人人祈祷都如愿，老天爷岂不是一天要千变万化？也就是说，如果满足了我的愿望，那一定会让别人满足不了愿望。所以，苏东坡说，从此以后"我今身世两悠悠，去无所逐来无恋。得行固愿留不恶，每到有求神亦倦。"（《泗州僧伽塔》）我如今自身和世俗两不相关，去无追求，来也无所留恋。能走得快些固然很好，走不了无所谓，假如每次有所求的时候就去求神，神也会厌倦。

"我今身世两悠悠，去无所逐来无恋。"确实是苏东坡一生作为闲人的最好写照。

跋

英国哲学家罗素 1920 年来到中国，做了好几场演讲，也发表了好几篇文章，大多谈论中国，后来结集为《中国问题》。罗素批评了中国人的"冷漠""贪婪"等毛病，但也看到了中国人的很多优点，比如，中国人冷静的尊严，喜欢享受自然环境之美，等等。尤其令他印象深刻的，是中国人的快乐天性。

罗素发现，一个普通的中国人可能比一个英国人穷，但却比英国人更快乐。由此，罗素得出一个结论："中国传统里对于智慧和美的重视，对于人生快乐的重视，使得其他的古国都已经消失，唯独中国生存了下来。"

因此，他给世界开了一个药方，现代中国人应该从西方学习科学知识，而西方人应该向中国学习"宽容的美德""深沉平和的心灵"。这样，世界就会变得更美好。

罗素讲的中国人，前面应该加上"传统的"这个定义。从晚清到今天的一百多年里，中国社会经历了巨大变化，中国人成了"现代中国人"。现代性、商业化、消费主义等，也让现代中国人在很大程度上变得更接近罗素口中的"西方人"，也同样遭遇到了"现代性"的冲击。

更确切地说，经过一百多年的全球化，今天没有纯粹的"西方人"，也没有纯粹的"东方人"，没有纯粹的"美国人"，也没有纯粹的"中国人"。

都是"现代人"。

科技、商业构成了现代生活的核心，关于科技和商业，西方的传统显然更具有优势。但如何解决科技和商业带来的人类精神问题，东方的传统更值得重视。作为中国人，回顾从晚清到现在的一百多年历史，总体上是向西方学习的一百年。今天我们生活其中的中国，从政治体制、教育、科技到生活方式，都烙上了"西方"的痕迹。传统中国在向西方学习的过程中，完成了现代转型。

到了21世纪，中国人发现了"传统中国"，中国经典读物开始流行，从《论语》《道德经》《庄子》《金刚经》，一直到《浮生六记》之类的生活艺术读物，都成为市场上的畅销书，再到近期"国潮"兴起，传统中国的时尚化成为趋势。

而在20世纪，西方人却在向中国、东方学习。20世纪50年代，美国人有意识地学习东方的"平和的心灵"。禅宗、藏传佛教、瑜伽之类，在西方成为一种"时尚"，延续至今。从垮掉的一代、嬉皮士到今天的硅谷精英，离不开的一个思想资源是东方的禅。2019年HBO的纪录片《"压力山大"的美国人》中，揭示了美国社会极高的压力指数，在寻求解决方法的时候，禅修、瑜伽、冥想之类成为很多美国人的首选。

所以，罗素才会开出这么一个药方，在现代社会，科学知识应该学习西方的传统，而心智层面，应该学习中国智慧。为什么呢？因为传统的中国人比较快乐，没有现代人的那种焦虑和精神压力。但罗素没有进一步去探寻为什么传统的中国人比较快乐。

为什么传统的中国人比较快乐呢？

最简单的回答，也许是传统的中国人对于生活持有"知足常乐"的态度。知足常乐，是最流行、最通俗的中国人生哲学。有一个中国民间故事，说是有一个人死了，成了鬼，阎王判他转世为富人。没想到这个鬼说，我不要做富人！阎王很奇怪，富人你都不想当，那你想做什么人呢？

这个鬼回答，只求一生有饭吃，有衣穿，没有是是非非，烧烧清香，吃吃苦茶，安安闲闲过日子，就很满足了。阎王听完，沉默了丁才慢慢说，你想要钱，给你几万两没有问题，但你想要清闲，实在太难太难了。

不去追求大富大贵，不去追求功名利禄，而是小富即安，平平淡淡，清清闲闲。这样的知足，其实并不容易，很难做到。因为欲壑难填。所以，中国人最看重的能力，就是知足。当一个人能够知足，那么，他就能够拥有美好的生活。

苏东坡在密州，认识一个当地人叫赵明叔，家里穷，却爱喝酒，什么酒都喝，喝了就醉，他很爱说一句话："薄薄酒，胜茶汤，丑丑妇，胜空房。"大意是虽然我喝着很差的酒，但和那些没有酒喝、只能喝茶汤的人相比，我已经很幸福了；虽然我媳妇很丑，但和那些娶不上媳妇的人相比，我已经很幸福了。

这叫"比上不足，比下有余"。从前的中国人，不论是富还是穷，都爱把这句话挂在嘴边，很治愈。

苏东坡是一个文人，而且是当时的文坛领袖，对这句话却很有一番共鸣，说赵明叔这句话虽然说得粗俗了一点，但话糙理不糙，"近乎达"。"近乎达"，是一个很高的评价。这个"达"，是中国人特别喜欢的一个字，很雅，有达观、通达的意思。做人，看得透彻，活得明白，就是"达"。苏东坡认为这句话里有"达"的境界，专门写了《薄薄酒二首》来诠释这句话。

第二首词的最后一句：

达人自达酒何功，世间是非忧乐本来空。

通达的人自己就通达，不需要借助酒醉，世间的是非忧乐，本来就是空的，何必想不开呢？读过《红楼梦》的人，再读苏东坡这

298

首词，会想起开篇的《好了歌》："好就是了"。很显然，中国人的知足，建立在虚无感上，因为人会死亡，世间一切都很虚无，所以，对于成功和富贵有很深的怀疑。当然，这种怀疑和中国历史的循环也有关，周期性的改朝换代，使中国式的成功很难长久。

这种怀疑使中国人注重当下，喜欢知足，通俗地说是想得开。这本书以苏东坡作为样本，分析了他如何重视智慧和美，如何重视人生快乐，尤其是如何从自我治愈中获得生活的乐趣和意义。

结束这本书的时候，好像要和苏东坡告别，有所不舍。千言万语，不如一起小酌。所以，我引用一段苏东坡关于喝酒的自述，再次给予大家一个提示，关于如何快乐的提示，作为一种告别。

苏东坡说自己每天喝酒，但喝得不多，他说天底下没有比他酒量更小的人了。但是他很喜欢别人喝酒，看着客人慢慢举杯品酒时，他会感到像是自己喝了酒一样，有心胸开阔、酣畅淋漓的感觉。他闲居在家，每一天家里都来客人，每一次都会为客人摆酒。他说天底下没有比他更喜欢喝酒的人了。

又说他认为人最快乐的莫过于身体健康，心里没有忧愁。他说自己身体还好，也很少忧愁，却总是见到一些得病的人或者忧愁的人，很不忍心，怎么能够见到这些不幸的人而又能让自己快乐呢？

因此，苏东坡每到一处常常会收集一些药物，有人跟他要，他就送给这个人，他还喜欢酿酒给别人喝。有人问苏东坡："你没有什么病却收集了那么多药，自己不喝酒却酿了许多酒，辛辛苦苦为别人做这些，到底是为了什么呢？"苏东坡回答："病人得到我的药之后，我就会感到身体轻松，喝酒的人没有酒喝，我让他喝了，自己就会感到痛快淋漓。其实我是为了自己才那么做的。"

参考书目

1. 苏轼《苏轼文集》（孔凡礼点校）（中华书局，2021年）

2. 苏轼《苏东坡文集》（北京燕山出版社，2009年）

3. 邹同庆，王宗堂《苏轼词编年校注》（中华书局，2020年）

4. 孔凡礼《苏轼年谱》（中华书局，2021年）

5. 钱穆《国史大纲》（商务印书馆，2021年）

6. 吕思勉《中国简史》（中国工人出版社，2007年）

7. 李泽厚《美的历程》（人民文学出版社，2021年）

8. 余英时《朱熹的历史世界：宋代士大夫政治文化的研究》（生活·读书·新知三联书店，2012年）

9. 小岛毅《中国思想与宗教的奔流：宋朝》（广西师范大学出版社，2012年）

10. 林语堂《苏东坡传》（陕西师范大学出版社，2006年）

11. 李一冰《苏东坡新传》（四川人民出版社，2020年）

12. 王水照《苏轼研究》（上海人民出版社，2021年）

13. 内山精也《传媒与真相：苏轼及其周围士大夫的文学》（上海古籍出版社，2013年）

14. 朱刚《苏轼十讲》（生活·读书·新知三联书店，2020年）

15. 陈中浙《苏轼书画艺术与佛教》（商务印书馆，2006年）

注：本书中引用苏东坡书信均出自《苏东坡文集》（北京燕山出版社，2009年）